COLLECTION FOLIO

# Milan Kundera

# Le livre
# du rire
# et de l'oubli

*Traduit du tchèque par*
*François Kérel*

NOUVELLE ÉDITION
REVUE PAR L'AUTEUR

Gallimard

*Titre original :*

KNIHA SMICHU A ZAPOMNĚNÍ

© *Milan Kundera, 1978.*
© *Éditions Gallimard, 1979, pour la traduction française ;*
*1985, pour la traduction française revue par l'auteur.*

*Milan Kundera est né en Tchécoslovaquie. En 1975, il s'installe en France.*

# PREMIÈRE PARTIE

## LES LETTRES PERDUES

# 1

En février 1948, le dirigeant communiste Klement Gottwald se mit au balcon d'un palais baroque de Prague pour haranguer les centaines de milliers de citoyens massés sur la place de la Vieille Ville. Ce fut un grand tournant dans l'histoire de la Bohême. Un moment fatidique comme il y en a un ou deux par millénaire.

Gottwald était flanqué de ses camarades, et à côté de lui, tout près, se tenait Clementis. Il neigeait, il faisait froid et Gottwald était nu-tête. Clementis, plein de sollicitude, a enlevé sa toque de fourrure et l'a posée sur la tête de Gottwald.

La section de propagande a reproduit à des centaines de milliers d'exemplaires la photographie du balcon d'où Gottwald, coiffé d'une toque de fourrure et entouré de ses camarades, parle au peuple. C'est sur ce balcon qu'a commencé l'histoire de la Bohême communiste. Tous les enfants connaissaient cette photographie pour l'avoir vue sur les affiches, dans les manuels ou dans les musées.

Quatre ans plus tard, Clementis fut accusé de trahison et pendu. La section de propagande le fit immédiatement disparaître de l'Histoire et, bien entendu, de toutes les photographies. Depuis, Gottwald est seul sur le balcon. Là où il y avait Clementis, il n'y a plus que le mur vide du palais. De Clementis, il n'est resté que la toque de fourrure sur la tête de Gottwald.

## 2

On est en 1971 et Mirek dit : la lutte de l'homme contre le pouvoir est la lutte de la mémoire contre l'oubli.

Il veut justifier ainsi ce que ses amis appellent de l'imprudence : il tient soigneusement son journal, conserve sa correspondance, rédige les minutes de toutes les réunions où ils discutent de la situation et se demandent comment continuer. Il leur explique : Ils ne font rien qui soit contraire à la constitution. Se cacher et se sentir coupable, ce serait le commencement de la défaite.

Il y a une semaine, pendant qu'il travaillait avec son équipe de monteurs en bâtiment sur le toit d'un immeuble en chantier, il a regardé en bas et il a eu le vertige. Il a perdu l'équilibre et s'est retenu à une poutre mal consolidée qui a lâché ; il a fallu ensuite le dégager. A première vue, la blessure paraissait sérieuse, mais un peu plus tard, quand il a constaté que ce n'était qu'une banale fracture de l'avant-bras, il s'est dit avec satisfaction qu'il allait avoir quelques semaines de congé et qu'il pourrait enfin régler des affaires dont il n'avait pas eu le temps de s'occuper jusqu'à maintenant.

Il a quand même fini par se ranger à l'opinion de ses amis plus prudents. La constitution, il est vrai, garantit la liberté de parole, mais les lois punissent tout ce qui peut être qualifié d'atteinte à la sécurité de l'État. On ne sait jamais quand l'État va se mettre à crier que cette parole-ci ou cette parole-là attente à sa sécurité. Il a donc décidé d'emporter en lieu sûr les écrits compromettants.

Mais il veut d'abord régler cette affaire avec Zdena. Il lui a téléphoné dans la ville où elle habite, mais il n'a pu la joindre. Il a ainsi perdu quatre jours. C'est seulement hier qu'il est parvenu à lui parler. Elle lui a promis de l'attendre cet après-midi.

Le fils de Mirek, qui a dix-sept ans, protestait : Mirek ne pouvait pas conduire avec un bras dans le plâtre. Et c'était vrai qu'il avait du mal à conduire. Le bras blessé, en écharpe, se balançait devant sa poitrine, impuissant et inutilisable. Pour passer les vitesses, Mirek devait lâcher le volant.

# 3

Il avait eu une liaison avec Zdena il y a vingt-cinq ans et, de cette période, il ne lui restait que quelques souvenirs.

Un jour qu'ils avaient rendez-vous, elle s'essuyait les yeux avec un mouchoir et elle reniflait. Il lui avait demandé ce qu'elle avait. Elle lui avait expliqué qu'un homme d'État russe était mort la veille. Un certain Jdanov, Arbouzov ou Masturbov. D'après l'abondance des gouttes lacrymales, la mort de Masturbov l'avait plus fortement émue que la mort de son propre père.

Est-il vraiment possible que cela ait eu lieu ? N'est-ce pas seulement sa haine d'aujourd'hui qui a inventé ces pleurs sur la mort de Masturbov ? Non, cela avait certainement eu lieu. Mais il est évidemment vrai que les circonstances immédiates qui avaient rendu ces pleurs croyables et réels lui échappaient aujourd'hui et que le souvenir en devint invraisemblable comme une caricature.

Tous les souvenirs qu'il avait d'elle étaient comme ça : Ils revenaient ensemble en tram de l'appartement où ils avaient fait l'amour pour la première fois. (Mirek constatait avec une satisfaction particulière qu'il avait totalement oublié leurs coïts et qu'il n'aurait pu en évoquer une seule seconde.) Elle était assise dans un coin sur la banquette, le tramway cahotait, et elle avait un visage maussade, fermé, étonnamment vieux. Quand il lui avait demandé pourquoi elle était si taciturne, il avait appris qu'elle n'était pas satisfaite de la façon dont ils s'étaient aimés. Elle disait

16

qu'il lui avait fait l'amour comme un intellectuel.

Le mot intellectuel, dans le jargon politique d'alors, était une insulte. Il désignait un homme qui ne comprend pas la vie et qui est coupé du peuple. Tous les communistes qui ont été pendus en ce temps-là par d'autres communistes ont été gratifiés de cette injure. Contrairement à ceux qui avaient solidement les pieds sur terre, ils planaient, disait-on, quelque part dans les airs. Il était donc juste, en un sens, que la terre fût par châtiment définitivement refusée à leurs pieds et qu'ils restent suspendus un peu au-dessus du sol.

Mais qu'est-ce que Zdena voulait dire quand elle l'accusait de faire l'amour comme un intellectuel ?

Pour une raison ou une autre, elle était mécontente de lui et, de même qu'elle était capable d'imprégner la relation la plus irréelle (relation avec Masturbov qu'elle ne connaissait pas) du sentiment le plus concret (matérialisé dans une larme), de même elle était capable de donner au plus concret des actes une signification abstraite et à son insatisfaction une dénomination politique.

## 4

Il regarde dans le rétroviseur et s'avise qu'une voiture de tourisme, toujours la même, roule derrière lui. Il n'a jamais douté qu'il était suivi, mais jusqu'à maintenant ils ont agi avec une discrétion exemplaire.

Aujourd'hui il s'est produit un changement radical : ils veulent qu'il s'aperçoive de leur présence.

En pleine campagne, à une vingtaine de kilomètres de Prague, il y a une grande palissade et, derrière, une station-service avec des ateliers de réparation. Il a un bon copain qui travaille là et il voudrait faire changer son démarreur défectueux. Il arrêta la voiture devant l'entrée bloquée par une barrière rayée peinte en rouge et blanc. A côté, il y avait une grosse bonne femme debout. Mirek attendait qu'elle lève la barrière mais elle se contentait de le regarder longuement, sans bouger. Il klaxonna, mais en vain. Il passa la tête par la portière. « Ils ne vous ont pas encore arrêté ? demanda la bonne femme.

— Non, ils ne m'ont pas encore arrêté, répondit Mirek. Pouvez-vous lever la barrière ? »

Elle le dévisagea encore pendant de longues secondes d'un air absent, puis elle bâilla et retourna dans sa guérite. Elle s'y installa derrière une table et ne le regarda plus.

Il descendit donc de voiture, fit le tour de la barrière et alla dans l'atelier chercher le mécanicien qu'il connaissait. Celui-ci revint avec lui et leva lui-même la barrière (la grosse femme était toujours assise dans la guérite avec le même regard absent) pour que Mirek puisse entrer dans la cour avec la voiture.

« Tu vois, c'est parce que tu t'es trop montré à la télé, dit le mécanicien. Toutes ces bonnes femmes-là te reconnaissent.

— Qui est-ce ? » demanda Mirek.

Il apprit que l'invasion de la Bohême par l'armée russe, qui avait occupé le pays et exerçait partout son influence, fut pour elle le signal d'une vie hors du commun. Elle voyait que des gens placés plus haut qu'elle (et le monde entier était placé plus haut qu'elle) étaient, pour la moindre allégation, privés de leur pouvoir, de leur position, de leur emploi et de leur pain, et ça l'excitait ; elle s'était mise d'elle-même à dénoncer.

« Et comment se fait-il qu'elle soit toujours gardienne ? Elle n'a pas encore eu d'avancement ? »

Le mécanicien sourit : « Elle ne sait pas compter jusqu'à dix. Ils ne peuvent pas lui trouver une autre place. Ils ne peuvent que lui reconfirmer son droit de dénoncer. C'est ça, pour elle, l'avancement ! »

Il souleva le capot et regarda dans le moteur.

Tout à coup, Mirek se rendit compte qu'il y avait un homme à côté de lui. Il se retourna : l'homme portait une veste grise, une chemise blanche avec une cravate et un pantalon marron. Au-dessus du cou épais et du visage bouffi ondulait la chevelure grise frisée au fer. Il était campé sur ses jambes et observait le mécanicien penché sous le capot levé.

Au bout d'un instant, le mécanicien s'avisa à son tour de sa présence, se redressa et dit : « Vous cherchez quelqu'un ? »

L'homme au cou épais et au visage bouffi répondit : « Non. Je ne cherche personne. »

Le mécanicien se pencha de nouveau sur le moteur et dit : « Place Saint-Venceslas, à Prague, il y a un type qui vomit. Un autre type passe devant lui, le regarde tristement et hoche la tête : si vous saviez comme je vous comprends... »

5

L'assassinat d'Allende a bien vite recouvert le souvenir de l'invasion de la Bohême par les Russes, le massacre sanglant du Bangladesh a fait oublier Allende, la guerre dans le désert du Sinaï a couvert de son vacarme les plaintes du Blangladesh, les massacres du Cambodge ont fait oublier le Sinaï, et ainsi de suite, et ainsi de suite et ainsi de suite, jusqu'à l'oubli complet de tout par tous.

A une époque où l'Histoire cheminait encore lentement, ses événements peu nombreux s'inscrivaient aisément dans la mémoire et tissaient une toile de fond connue de tous devant laquelle la vie privée déroulait le spectacle captivant de ses aventures. Aujourd'hui, le temps avance à grands pas. L'événement historique, oublié en une nuit, scintille dès le lendemain de la rosée du nouveau et n'est donc plus une toile de fond dans le récit du narrateur, mais une surprenante *aventure* qui se joue sur l'arrière-plan de la trop familière banalité de la vie privée.

Il n'est pas un seul événement historique que l'on peut supposer connu de tous, et il faut que je parle d'événements qui ont eu lieu il y a quelques années comme s'ils étaient vieux de mille ans : En 1939, l'armée allemande est entrée en Bohême et l'État des Tchèques a cessé d'exister. En 1945, l'armée russe est entrée en Bohême et le pays s'est de nouveau appelé république indépendante. Les gens étaient enthousiasmés par la Russie qui avait chassé les Allemands, et comme ils voyaient dans le parti communiste tchèque son bras fidèle, ils ont transféré sur lui leurs sympathies. Ce qui fait que lorsque les communistes se sont emparés du pouvoir en février 1948, ce n'est ni dans le sang ni par la violence, mais salués par la joyeuse clameur d'environ la moitié de la nation. Et maintenant, faites attention : cette moitié-là, qui poussait des cris de joie, était plus dynamique, plus intelligente, meilleure.

Oui, on peut dire ce qu'on veut, les communistes étaient plus intelligents. Ils avaient un programme grandiose. Le plan d'un monde entièrement nouveau où tous trouveraient leur place. Ceux qui étaient contre eux n'avaient pas de grand rêve, seulement quelques principes moraux usés et ennuyeux, dont ils voulaient se servir pour rapiécer la culotte trouée de l'ordre établi. Il n'est donc pas surprenant que ces enthousiastes, ces courageux aient aisément triomphé des tièdes et des prudents et qu'ils aient bien vite entrepris de réaliser leur rêve, cette idylle de justice pour tous.

Je le souligne : *l'idylle* et *pour tous*, car tous les êtres humains aspirent depuis toujours à l'idylle, à ce jardin où chantent les rossignols, à ce royaume de l'harmonie, où le monde ne se dresse pas en étranger contre l'homme et l'homme contre les autres hommes, mais où le monde et tous les hommes sont au contraire pétris dans une seule et même matière. Là-bas, chacun est une note d'une sublime fugue de Bach, et celui qui ne veut pas en être une reste un point noir inutile et privé de sens qu'il suffit de saisir et d'écraser sous l'ongle comme une puce.

Il y a des gens qui ont tout de suite compris qu'ils n'avaient pas le tempérament qu'il faut pour l'idylle, et ils ont voulu s'en aller à l'étranger. Mais comme l'idylle est par essence un monde pour tous, ceux qui voulaient émigrer se révélaient négateurs de l'idylle, et au lieu d'aller à l'étranger ils sont allés sous les verrous. D'autres n'ont pas tardé à prendre le même chemin par milliers et dizaines de milliers, et parmi eux il y avait de nombreux communistes comme le ministre des Affaires étrangères Clementis qui avait prêté sa toque de fourrure à Gottwald. Sur les écrans des cinémas, des amoureux timides se donnaient la main, l'adultère était sévèrement réprimé par les tribunaux d'honneur composés de simples citoyens, les rossignols chantaient et le corps de Clementis se balançait comme une cloche carillonnant le nouveau matin de l'humanité.

Et alors, ces êtres jeunes, intelligents et radicaux ont eu soudain le sentiment étrange d'avoir envoyé dans le vaste monde l'action qui commençait à vivre de sa vie propre, cessait de ressembler à l'idée qu'ils s'en étaient faite et ne se souciait pas de ceux qui lui avaient donné naissance. Ces êtres jeunes et intelligents se sont mis à crier après leur action, ils ont commencé à l'appeler, à la blâmer, à la poursuivre, à lui donner la chasse. Si j'écrivais un roman sur la génération de ces êtres doués et radicaux, je l'intitulerais *La chasse à l'action perdue*.


# 6


Le mécanicien referma le capot et Mirek lui demanda combien il lui devait.

« Peau de balle », dit le mécanicien.

Mirek se met au volant et il est ému. Il n'a aucune envie de continuer son voyage. Il aimerait mieux rester avec le mécanicien et écouter des histoires drôles. Le mécanicien se pencha à l'intérieur de la voiture et lui donna une bourrade. Puis il se dirigea vers la guérite pour lever la barrière.

Comme Mirek passait devant lui, il lui montra d'un signe de tête la voiture garée devant l'entrée de la station-service.

L'homme au cou épais et à la chevelure ondulée était planté à côté de la portière ouverte. Il regardait Mirek. Le type qui était au volant l'observait aussi. Les deux hommes le fixaient avec insolence et sans gêne, et Mirek, en passant près d'eux, fit un effort pour les regarder avec la même expression.

Il les dépassa et il vit dans le rétroviseur que le type montait dans la voiture et faisait demi-tour pour pouvoir continuer à le suivre.

Il pensa qu'il aurait quand même dû se séparer plus tôt de ses papiers compromettants. S'il l'avait fait dès le premier jour de son accident sans attendre d'avoir pu joindre Zdena au téléphone, il aurait peut-être encore pu les transporter sans danger. Seulement, il ne pouvait penser qu'à une chose, à ce voyage pour aller voir Zdena. En fait, il y pense depuis plusieurs années. Mais depuis ces dernières semaines, il a le sentiment qu'il ne peut pas attendre plus longtemps parce que son destin approche à grands pas de sa fin et qu'il doit tout faire pour sa perfection et sa beauté.

## 7

En ces jours lointains où il avait rompu avec Zdena (leur liaison avait duré près de trois ans), il avait éprouvé le sentiment étourdissant d'une immense liberté et tout avait soudain commencé à lui réussir. Peu après, il avait épousé une femme dont la beauté lui donnait enfin de l'assurance. Puis sa belle était morte et il était resté seul avec son fils dans une solitude coquette qui lui valait l'admiration, l'intérêt et la sollicitude de beaucoup d'autres femmes.

En même temps, il s'imposait dans la recherche scientifique et cette réussite le protégeait. L'État avait besoin de lui et il pouvait ainsi se permettre d'être caustique à son égard en un temps où presque personne ne l'osait encore. Peu à peu, à mesure que ceux qui donnaient la chasse à leur action gagnaient en influence, il était apparu de plus en plus souvent sur les écrans de télévision et était devenu une personnalité. Après l'arrivée des Russes, quand il avait refusé de renier ses convictions, il avait été renvoyé de son travail et entouré de flics en civil. Cela ne l'avait pas brisé. Il était amoureux de son destin et même sa marche à la ruine lui semblait noble et belle.

Comprenez-moi bien : je n'ai pas dit qu'il était amoureux de lui-même, mais de son destin. Ce sont deux choses toutes différentes. Comme si sa vie s'émancipait et avait soudain ses propres intérêts qui ne correspondaient pas du tout à ceux de Mirek. C'est ainsi que, selon moi, la vie se transforme en destin. Le destin n'a pas l'intention de lever ne serait-ce que le petit doigt pour Mirek (pour son bonheur, sa sécurité, sa bonne humeur et sa santé), tandis que Mirek est prêt à tout faire pour son destin (pour sa grandeur, sa clarté, sa beauté, son style et son sens intelligible). Il se sent responsable de son destin, mais son destin ne se sent pas responsable de lui.

Il avait avec sa vie le même rapport que le sculpteur avec sa statue ou le romancier avec son roman. Le droit intangible du romancier, c'est de pouvoir retravailler son roman. Si le début ne lui plaît pas, il peut le récrire ou le supprimer. Mais l'existence de Zdena refusait à Mirek cette prérogative d'auteur. Zdena insistait pour rester dans les premières pages du roman et ne se laissait pas effacer.

# 8

Mais pourquoi au juste en a-t-il si effroyablement honte ?

L'explication la plus facile est celle-ci : Mirek est de ceux qui ont très tôt donné la chasse à leur propre action, tandis que Zdena est toujours fidèle au jardin où chantent les rossignols. Ces derniers temps, elle faisait partie de ces deux pour cent de la nation qui avaient accueilli avec joie l'arrivée des chars russes.

Oui, c'est vrai, mais je ne crois pas que cette explication soit convaincante. S'il n'y avait eu que cette raison-là, qu'elle s'était réjouie de l'arrivée des chars russes, il l'aurait insultée à voix haute et publiquement et il n'aurait pas nié qu'il la connaissait. C'est d'une chose autrement grave que Zdena s'était rendue coupable envers lui. Elle était laide.

Mais est-ce que cela comptait, qu'elle fût laide, puisqu'il n'avait pas couché avec elle depuis vingt ans ?

Cela comptait : même de loin, le grand nez de Zdena jetait une ombre sur sa vie.

Il y a des années, il avait une jolie maîtresse. Un jour, elle était allée dans la ville où habite Zdena et elle en était revenue contrariée : « Dis-moi, comment as-tu pu coucher avec cette horreur ? »

Il avait déclaré ne la connaître que de loin et il avait

nié énergiquement avoir eu une liaison avec elle.

Car le grand secret de la vie ne lui était pas inconnu : Les femmes ne recherchent pas le bel homme. Les femmes recherchent l'homme qui a eu de belles femmes. C'est donc une erreur fatale d'avoir une maîtresse laide. Mirek s'était efforcé de balayer toute trace de Zdena et, comme ceux qui aimaient les rossignols le haïssaient chaque jour davantage, il espérait que Zdena, qui faisait une carrière assidue de permanente du parti, allait l'oublier vite et bien volontiers.

Mais il se trompait. Elle parlait toujours de lui, partout et à chaque occasion. Une fois, par une funeste coïncidence, ils s'étaient rencontrés en société, et elle s'était empressée d'évoquer un souvenir qui montrait clairement qu'ils avaient été très intimes.

Il était hors de lui.

Une autre fois, un de ses amis qui la connaissait lui avait demandé : « Si tu détestes tellement cette fille, dis-moi pourquoi vous avez été ensemble autrefois ? »

Mirek avait commencé à lui expliquer qu'il était alors un stupide gamin de vingt ans et qu'elle avait sept ans de plus que lui. Elle était respectée, admirée, toute-puissante ! Elle connaissait tout un chacun au comité central du parti ! Elle l'aidait, le poussait, le présentait à des gens influents !

« J'étais un arriviste, espèce d'idiot ! » s'était-il mis à crier : « C'est pour ça que je me suis pendu à son cou, et je m'en fichais pas mal qu'elle soit laide ! »

# 9

Mirek ne dit pas la vérité. Bien qu'elle ait pleuré sur la mort de Masturbov, Zdena, il y a vingt-cinq ans, n'avait pas de hautes relations et n'avait aucun moyen de faire carrière, ou de faciliter la carrière des autres.

Alors pourquoi a-t-il inventé cela ? Pourquoi est-ce qu'il ment ?

Il tient le volant d'une main, il voit la voiture de la police secrète dans le rétroviseur et il rougit soudain. Un souvenir tout à fait inattendu vient de surgir de sa mémoire :

Quand elle lui avait reproché, la première fois qu'ils avaient couché ensemble, ses façons trop intellectuelles, il avait voulu, dès le lendemain, rectifier cette impression et manifester une passion spontanée, effrénée. Non, ce n'est pas vrai qu'il a oublié tous leurs coïts ! Celui-ci, il le voit tout à fait clairement : Il se mouvait sur elle avec une violence feinte, il s'arrachait un long grondement, comme un chien qui se bat avec la pantoufle de son maître, et en même temps il observait (avec une légère stupeur) la femme étendue sous lui, très calme, silencieuse et presque impassible.

La voiture retentit de ce grondement vieux de vingt-cinq ans, bruit insupportable de sa soumission et de son zèle servile, bruit de son empressement et de sa complaisance, de son ridicule et de sa misère.

Oui, c'est ainsi : Mirek va jusqu'à se proclamer

arriviste, afin de ne pas avoir à avouer la vérité : il avait couché avec un laideron parce qu'il n'osait pas aborder les jolies femmes. A ses propres yeux, il n'avait pas mérité mieux qu'une Zdena. Cette faiblesse, ce dénuement, c'est le secret qu'il cache.

La voiture retentissait du grondement frénétique de la passion, et ce bruit lui prouvait que Zdena n'était rien d'autre que l'image ensorcelée qu'il voulait atteindre pour y détruire sa propre jeunesse haïe.

Il s'arrêta devant chez elle. La voiture suiveuse s'arrêta derrière lui.

## 10

La plupart du temps, les événements historiques s'imitent les uns les autres sans talent, mais il me semble qu'en Bohême l'Histoire a mis en scène une situation jamais expérimentée. Là-bas, ce n'est pas, selon les anciennes recettes, un groupe d'hommes (une classe, un peuple) qui s'est dressé contre un autre, mais des hommes (une génération d'hommes et de femmes) qui se sont soulevés contre leur propre jeunesse.

Ils s'efforçaient de rattraper et de dompter leur propre action, et pour un peu ils allaient réussir. Dans les années 60, ils gagnaient de plus en plus d'influence et au début de 1968 leur influence était presque sans partage. C'est cette dernière période qu'on appelle généralement le *Printemps de Prague* : les gardiens de l'idylle se voyaient contraints de démonter les microphones des appartements privés, les frontières étaient ouvertes, et les notes s'enfuyaient de la grande partition de Bach pour chanter chacune à sa façon. C'était une incroyable gaieté, c'était le carnaval !

La Russie, qui écrit la grande fugue pour tout le globe terrestre, ne pouvait tolérer que les notes s'égaillent. Le 21 août 1968, elle a envoyé en Bohême une armée d'un demi-million d'hommes. Peu après, environ cent vingt mille Tchèques ont quitté le pays et, parmi ceux qui sont restés, cinq cent mille environ ont été contraints d'abandonner leur emploi pour des ateliers perdus dans les fins fonds, pour de lointaines fabriques, pour le volant des camions, c'est-à-dire pour des lieux d'où personne n'entendra plus jamais leur voix.

Et pour que l'ombre du mauvais souvenir ne vienne pas distraire le pays de son idylle restaurée, il faut que le Printemps de Prague et l'arrivée des tanks russes, cette tache sur une belle Histoire, soient réduits à néant. C'est pourquoi aujourd'hui en Bohême on passe sous silence l'anniversaire du 21 août, et les noms de ceux qui se sont soulevés contre leur propre jeunesse sont soigneusement gommés de la mémoire du pays comme une faute d'un devoir d'écolier.

Le nom de Mirek aussi, ils l'ont effacé. Et s'il gravit en ce moment les marches qui vont le conduire à la porte de Zdena, ce n'est en réalité qu'une tache blanche, qu'un fragment de vide circonscrit qui monte la spirale de l'escalier.

# 11

Il est assis en face de Zdena, son bras en écharpe se balance. Zdena regarde de côté, évite ses yeux et parle abondamment :

« Je ne sais pas pourquoi tu es venu. Mais je suis contente que tu sois ici. J'ai parlé à des camarades. Il est tout de même insensé que tu finisses tes jours manœuvre sur un chantier de construction. Il est certain, je le sais, que le parti ne t'a pas encore fermé la porte. Il est encore temps. »

Il lui demande ce qu'il doit faire.

« Il faut que tu demandes une audience. Toi-même. C'est à toi de faire le premier pas. »

Il voit de quoi il retourne. Ils lui font savoir qu'il lui reste encore cinq minutes, les cinq dernières, pour proclamer bien haut qu'il renie tout ce qu'il a dit et fait. Il connaît ce marché. Ils sont prêts à vendre aux gens un avenir contre leur passé. Ils vont l'obliger à parler à la télévision d'une voix étranglée pour expliquer au peuple qu'il se trompait quand il parlait contre la Russie et contre les rossignols. Ils vont le contraindre à rejeter loin de lui sa vie et à devenir une ombre, un homme sans passé, un acteur sans rôle et à changer en ombre même sa vie rejetée, même ce rôle abandonné par l'acteur. Ainsi métamorphosé en ombre, ils le laisseront vivre.

Il regarde Zdena : Pourquoi parle-t-elle si vite et d'une voix si mal assurée ? Pourquoi regarde-t-elle de côté, pourquoi évite-t-elle ses yeux ?

Ce n'est que trop évident : elle lui a tendu un piège. Elle agit sur les instructions du parti ou de la police. Elle a pour tâche de le convaincre de capituler.

## 12

Mais Mirek se trompe ! Personne n'a chargé Zdena de traiter avec lui. Ah non ! plus personne aujourd'hui parmi les puissants n'accorderait une audience à Mirek, même s'il implorait. C'est trop tard.

Si Zdena l'incite à faire quelque chose pour se sauver et si elle prétend lui transmettre un message de camarades qui siègent dans les plus hautes instances, c'est seulement parce qu'elle éprouve un désir vain et confus de l'aider comme elle peut. Et si elle parle si vite et si elle évite ses yeux, ce n'est pas parce qu'elle tient dans la main un piège tendu, mais parce qu'elle a les mains complètement vides.

Mirek l'a-t-il jamais comprise ?

Il a toujours pensé que Zdena était si frénétiquement fidèle au parti par fanatisme.

Ce n'est pas vrai. Elle était restée fidèle au parti parce qu'elle aimait Mirek.

Quand il l'avait quittée, elle n'avait désiré qu'une

32

chose, démontrer que la fidélité est une valeur supérieure à toutes les autres. Elle avait voulu démontrer qu'il était infidèle *en tout* et qu'elle était *en tout* fidèle. Ce qui apparaissait comme du fanatisme politique n'était qu'un prétexte, qu'une parabole, qu'une manifestation de fidélité, que le reproche chiffré d'un amour déçu.

Je l'imagine, un beau matin d'août, réveillée en sursaut par l'épouvantable vacarme des avions. Elle était sortie dans la rue en courant et des gens affolés lui dirent que l'armée russe occupait la Bohême. Elle éclata d'un rire hystérique ! Les chars russes étaient venus punir tous les infidèles ! Elle allait enfin voir la perte de Mirek ! Elle allait enfin le voir à genoux ! Elle allait enfin pouvoir se pencher sur lui comme celle qui sait ce qu'est la fidélité, et l'aider.

Mirek décida de rompre brutalement la conversation qui s'était engagée dans une mauvaise direction.

« Tu sais que je t'ai écrit des tas de lettres autrefois. Je voudrais les reprendre. »

Elle leva la tête d'un air surpris : « Des lettres ? »

— Oui, mes lettres. J'ai dû t'en écrire une bonne centaine, à l'époque.

— Oui, tes lettres, je sais », dit-elle, et brusquement elle cesse de détourner son regard, elle le fixe droit dans les yeux. Mirek a l'impression déplaisante qu'elle voit au fond de son âme et qu'elle sait très exactement ce qu'il veut et pourquoi il le veut.

« Tes lettres, oui tes lettres, répète-t-elle. Je les ai relues il n'y a pas longtemps. Je me suis demandé comment tu as pu être capable d'une telle explosion de sentiment. »

Et elle répète plusieurs fois ces mots, *explosion de sentiment*, elle ne les prononce pas vite et avec un débit précipité, mais lentement et d'une voix réfléchie, comme si elle visait une cible qu'elle ne veut pas manquer, et elle ne la quitte pas des yeux, pour s'assurer qu'elle a fait mouche.

## 13

Le bras plâtré se balance devant sa poitrine et son visage s'empourpre : on dirait qu'il vient de recevoir une gifle.

Ah oui ! c'est certain, ses lettres étaient terriblement sentimentales. Il devait à tout prix se démontrer que c'étaient non pas sa faiblesse et sa misère qui l'attachaient à cette femme, mais l'amour ! Et seule une passion vraiment immense pouvait justifier une liaison avec une fille si laide.

« Tu m'écrivais que j'étais ta camarade de combat, tu te souviens ? »

Il rougit encore davantage : est-ce possible ? Quel mot infiniment ridicule, ce mot *combat* ! Qu'est-ce que c'était, leur combat ? Ils assistaient à des réunions interminables, ils avaient des ampoules aux fesses, mais à l'instant où ils se levaient pour proférer des opinions extrêmes (il fallait châtier encore plus durement l'ennemi de classe, formuler telle ou telle idée en termes encore plus catégoriques), ils avaient le sentiment de ressembler aux personnages des tableaux héroïques : il tombe à terre, un revolver au poing et une blessure sanglante à l'épaule, et elle, pistolet à la main, elle va de l'avant, là où lui n'a pu aller.

En ce temps-là, il avait encore la peau couverte d'acné juvénile et, pour que ça ne se voie pas, il portait sur son visage le masque de la révolte. Il racontait à tout le monde qu'il avait rompu pour toujours avec son père, un riche paysan. Il crachait, disait-il, au visage de la tradition paysanne séculaire qui est attachée à la terre et à la propriété. Il décrivait la scène de la dispute et son départ dramatique du foyer paternel. Dans tout cela, il n'y avait pas une once de vérité. Aujourd'hui, quand il regarde en arrière, il ne voit là que légendes et mensonges.

« En ce temps-là, tu étais un autre homme qu'aujourd'hui », dit Zdena.

Et il s'imagina emportant avec lui le paquet de lettres. Il s'arrête devant la première poubelle, prend prudemment les lettres entre deux doigts, comme si c'était du papier souillé de merde, et les jette parmi les ordures.

# 14

« A quoi ces lettres pourraient-elles te servir ?
demande-t-elle. Pourquoi est-ce que tu les veux, au
juste ? »

Il ne pouvait pas lui dire qu'il voulait les jeter à la
poubelle. Il prit donc une voix mélancolique et commença à lui raconter qu'il était à l'âge où l'on regarde
en arrière.

(Il se sentait mal à l'aise en disant cela, il avait
l'impression que son conte de fées n'était pas convain-
cant, et il avait honte.)

Oui, il regarde en arrière, parce qu'aujourd'hui il a
oublié celui qu'il était quand il était jeune. Il sait qu'il a
échoué. C'est pour cela qu'il voudrait savoir d'où il est
parti, pour comprendre où il a commis l'erreur. C'est
pour cela qu'il veut revenir à sa correspondance avec
Zdena, pour y trouver le secret de sa jeunesse, de ses
débuts et de ses racines.

Elle hocha la tête : « Jamais je ne te les donnerai. »

Il mentit : « Je voudrais seulement les emprun-
ter. »

Elle hocha de nouveau la tête.

Il songea que quelque part, dans cet appartement,
il y avait ses lettres qu'elle pouvait à tout moment faire
lire à n'importe qui. Il trouvait insupportable qu'un
morceau de sa vie reste entre les mains de Zdena, et il
avait envie de la frapper à la tête avec le gros cendrier
de verre qui était posé entre eux sur la table basse et
d'emporter ses lettres. Au lieu de cela, il recommençait

à lui expliquer qu'il regardait en arrière et qu'il voulait savoir d'où il était parti.

Elle leva les yeux et le fit taire d'un regard : « Jamais je ne te les donnerai. Jamais. »


# 15

Quand ils sortirent ensemble de l'immeuble de Zdena, les deux voitures étaient garées l'une derrière l'autre devant la porte. Les flics faisaient les cent pas sur le trottoir d'en face. A ce moment, ils s'arrêtèrent et les regardèrent.

Il les lui montra : « Ces deux messieurs m'ont suivi tout le long de la route.

— Vraiment ? dit-elle, incrédule, avec une ironie forcée. Tout le monde te persécute ? »

Comment peut-elle être aussi cynique et lui affirmer en face que les deux hommes qui les examinent ostensiblement et avec insolence ne sont que des passants de hasard ?

Il n'y a qu'une explication. Elle joue leur jeu. Le jeu qui consiste à faire comme si la police secrète n'existait pas et comme si personne n'était persécuté.

Pendant ce temps, les flics traversaient la chaussée et, sous le regard de Mirek et de Zdena, montaient dans leur voiture.

« Porte-toi bien », dit Mirek, et il ne la regarda même plus. Il se mit au volant. Il voyait dans le rétroviseur la voiture des flics qui venait de démarrer derrière lui. Il ne voyait pas Zdena. Il ne voulait pas la voir. Il ne voulait plus jamais la voir.

C'est pourquoi il ne savait pas qu'elle était restée sur le trottoir et qu'elle l'avait longtemps suivi des yeux. Elle avait l'air épouvantée.

Non, ce n'était pas du cynisme de la part de Zdena de refuser de voir des flics dans les deux hommes qui faisaient les cent pas sur le trottoir d'en face. Elle avait été prise de panique devant des choses qui la dépassaient. Elle avait voulu lui cacher la vérité, et se la cacher à elle-même.


# 16


Une voiture de sport rouge conduite par un chauffeur déchaîné apparut soudain entre Mirek et les flics. Il appuya sur l'accélérateur. Ils entraient dans une agglomération. La route tournait. Mirek comprit qu'à ce moment ses poursuivants ne pouvaient pas le voir et il bifurqua dans une petite rue. Les freins grincèrent et un gamin qui s'apprêtait à traverser la rue eut tout juste le temps de se jeter en arrière. Mirek aperçut dans le rétroviseur la voiture rouge qui filait sur la route principale. Mais la voiture des poursuivants n'était pas encore passée. L'instant d'après il parvint à tourner dans une autre rue et à disparaître ainsi définitivement de leur champ visuel.

Il sortit de la ville par une route qui allait dans une tout autre direction. Il regardait dans le rétroviseur. Personne ne le suivait, la route était vide.

Il imagina les malheureux flics qui le cherchaient et avaient peur de se faire engueuler par leur supérieur. Il éclata de rire. Il ralentit l'allure et se mit à regarder le paysage. A vrai dire, il n'avait jamais regardé le paysage. Il roulait toujours vers un but, pour arranger une chose ou discuter d'une autre, de sorte que l'espace du monde était devenu pour lui quelque chose de négatif, une perte de temps, un obstacle qui freinait son activité.

A une certaine distance devant lui deux barrières rayées rouge et blanc s'abaissent lentement. Il s'arrête.

Soudain, il se sent infiniment las. Pourquoi est-il allé la voir ? Pourquoi a-t-il voulu reprendre ces lettres ?

Il se sent assailli par tout ce qu'il y a d'absurde, de ridicule, de puéril dans son voyage. Ce n'est pas un raisonnement ou un calcul qui l'a conduit vers elle mais un insupportable désir. Le désir d'étendre le bras loin dans son passé et d'y frapper du poing. Le désir de lacérer au couteau le tableau de sa jeunesse. Un désir passionné qu'il n'a pu maîtriser et qui va rester inassouvi.

Il se sent infiniment fatigué. Maintenant il ne va sans doute plus pouvoir sortir de son appartement les papiers compromettants. Les flics sont sur ses talons et ne vont plus le lâcher. Il est trop tard. Oui, il est trop tard pour tout.

Il entendit au loin le halètement d'un train. Devant

la maison du garde-barrière il y avait une femme avec un fichu rouge sur la tête. Le train arrivait, c'était un lent omnibus, un brave paysan avec sa pipe se penchait à une fenêtre et crachait. Puis il entendit une sonnerie et la femme au fichu rouge fit quelques pas vers le passage à niveau et tourna une manivelle. Les barrières commencèrent à se lever et Mirek démarra. Il entrait dans un village qui n'était qu'une longue rue interminable au bout de laquelle il y avait la gare : une maisonnette basse et blanche avec une clôture en bois à travers laquelle on voyait le quai et des rails.

# 17

Les fenêtres de la gare sont ornées de pots de fleurs où poussent des bégonias. Mirek a arrêté la voiture. Il est assis au volant et regarde cette maison, la fenêtre et les fleurs rouges. D'une époque depuis longtemps oubliée lui revient l'image d'une autre maison peinte en blanc, avec sur le rebord des fenêtres le rougeoiement des pétales de bégonia. C'est un petit hôtel dans un village de montagne et ça se passe pendant les vacances d'été. A la fenêtre, entre les fleurs, un très grand nez apparaît. Mirek a vingt ans ; il lève les yeux vers ce nez et il éprouve un immense amour.

Il voulut bien vite appuyer sur l'accélérateur pour

échapper à ce souvenir. Mais cette fois-ci je ne vais pas me laisser duper, et j'appelle ce souvenir pour le retenir un instant. Donc, je répète : à la fenêtre, entre les bégonias, il y a le visage de Zdena avec un nez gigantesque et Mirek éprouve un immense amour.

Est-ce possible ?

Oui. Et pourquoi pas ? Un garçon faible ne peut-il éprouver un véritable amour pour une fille laide ?

Il lui racontait qu'il s'était révolté contre son père réactionnaire, elle vitupérait les intellectuels, ils avaient des ampoules aux fesses et se tenaient par la main. Ils allaient aux réunions, dénonçaient leurs concitoyens, mentaient et s'aimaient. Elle pleurait sur la mort de Masturbov, il grondait comme un chien sur son corps et ils ne pouvaient pas vivre l'un sans l'autre.

S'il voulait l'effacer des photographies de sa vie, ce n'était pas parce qu'il ne l'aimait pas, mais parce qu'il l'avait aimée. Il l'avait gommée, elle et son amour pour elle, il avait gratté son image jusqu'à la faire disparaître comme la section de propagande du parti avait fait disparaître Clementis du balcon où Gottwald avait prononcé son discours historique. Mirek récrit l'Histoire exactement comme le parti communiste, comme tous les partis politiques, comme tous les peuples, comme l'homme. On crie qu'on veut façonner un avenir meilleur, mais ce n'est pas vrai. L'avenir n'est qu'un vide indifférent qui n'intéresse personne, mais le passé est plein de vie et son visage irrite, révolte, blesse, au point que nous voulons le détruire ou le repeindre. On ne veut être maître de l'avenir que pour pouvoir changer le passé. On se bat pour avoir accès aux laboratoires où on peut retoucher les photos et récrire les biographies et l'Histoire.

Combien de temps était-il resté devant cette gare ?

Et que signifiait cette halte ?

Elle ne signifiait rien.

Il l'avait immédiatement rayée de sa pensée, ce qui fait qu'en ce moment il ne savait déjà plus rien de la maisonnette blanche où il y avait des bégonias. De nouveau, il roulait à vive allure sans regarder le paysage. De nouveau, l'espace du monde n'était qu'un obstacle qui ralentissait son action.

## 18

La voiture qu'il avait réussi à semer était garée devant chez lui. Les deux hommes étaient un peu plus loin.

Il se rangea derrière leur voiture et il descendit. Ils lui sourirent presque joyeusement comme si son échappée n'était qu'une espièglerie qui les avait tous beaucoup amusés. Quand il passa devant eux, l'homme au cou épais et aux cheveux frisés au fer se mit à rire et lui adressa un signe de tête. Mirek fut saisi d'angoisse devant cette familiarité qui signifiait que maintenant ils allaient être encore plus intimement liés.

Sans sourciller, Mirek entra dans la maison. Il ouvrit la porte de l'appartement avec sa clé. Il vit d'abord son fils et son regard plein d'une émotion contenue. Un inconnu à lunettes s'approcha de Mirek et déclina son identité. « Voulez-vous voir le mandat de perquisition du procureur ?

— Oui », dit Mirek.

Dans l'appartement il y avait deux autres inconnus. L'un était debout devant la table de travail où étaient entassées des piles de papiers, de cahiers et de livres. Il prenait les objets dans la main, l'un après l'autre. Un deuxième homme, assis devant le bureau, inscrivait ce que lui dictait le premier.

L'homme à lunettes sortit un papier plié de sa poche de poitrine et le tendit à Mirek : « Tenez, voici le mandat du procureur et là-bas — il désigna les deux hommes —, on prépare pour vous la liste des objets saisis. »

Par terre il y avait plein de papiers et de livres épars, les portes des placards étaient ouvertes, les meubles étaient écartés des murs.

Son fils se pencha vers Mirek et dit : « Ils sont arrivés cinq minutes après ton départ. »

Devant la table de travail, les deux hommes dressaient la liste des objets saisis : des lettres d'amis de Mirek, des documents des premiers jours de l'occupation russe, des analyses de la situation politique, des procès-verbaux de réunions et quelques livres.

« Vous n'avez pas beaucoup d'égards pour vos amis », dit l'homme à lunettes. D'un mouvement de la tête il désigna les objets saisis.

« Il n'y a rien là-dedans qui soit contraire à la

constitution », dit le fils, et Mirek savait que c'étaient ses mots à lui, les mots de Mirek.

L'homme à lunettes répondit que c'était au tribunal de décider ce qui était contraire ou pas à la constitution.

## 19

Ceux qui ont émigré (ils sont cent vingt mille), ceux qui ont été réduits au silence et chassés de leur travail (ils sont un demi-million) disparaissent comme un cortège qui s'éloigne dans le brouillard, invisibles et oubliés.

Mais la prison, bien qu'elle soit de toutes parts entourée de murs, est une scène splendidement éclairée de l'Histoire.

Mirek le sait depuis longtemps. Pendant toute cette dernière année, l'idée de la prison l'attirait irrésistiblement. C'est sans doute ainsi que Flaubert était attiré par le suicide de Mme Bovary. Non, Mirek ne pouvait imaginer une meilleure fin pour le roman de sa vie.

Ils voulaient effacer de la mémoire des centaines de milliers de vies pour qu'il ne reste que le seul temps immaculé de l'idylle immaculée. Mais sur cette idylle, Mirek va se poser de tout son corps, comme une tache. Il y restera comme la toque de Clementis est restée sur la tête de Gottwald.

Ils firent signer à Mirek la liste des objets saisis puis ils l'invitèrent à les suivre, accompagné de son fils. Au bout d'un an de détention préventive, le procès eut lieu. Mirek fut condamné à six ans, son fils à deux ans, et une dizaine de leurs amis à des peines d'un à six ans de prison.

# DEUXIÈME PARTIE

## MAMAN

# 1

Il fut un temps où Markéta n'aimait pas sa belle-mère. C'était à l'époque où elle habitait chez elle avec Karel (du vivant de son beau-père) et où elle était chaque jour en butte à sa hargne et à sa susceptibilité. Ils ne l'avaient pas supportée longtemps et ils avaient déménagé. Leur devise était alors *le plus loin possible de maman*. Ils étaient allés habiter dans une autre ville, à l'autre bout du pays, et parvenaient ainsi à voir les parents de Karel à peine une fois par an.

Puis un jour, le père de Karel était mort et maman était restée seule. Ils l'avaient revue à l'enterrement ; elle était humble et misérable et leur paraissait plus petite qu'avant. Ils avaient tous les deux une phrase dans la tête : *maman, tu ne peux pas rester seule, viens habiter chez nous.*

La phrase leur résonnait dans la tête, mais ils ne la prononçaient pas. D'autant que le lendemain des obsèques, pendant une triste promenade, maman, toute misérable et menue qu'elle était, leur avait reproché avec une véhémence qu'ils trouvaient déplacée tous les torts qu'ils avaient accumulés envers elle. « Plus rien ne la changera jamais, avait dit ensuite Karel à Markéta, une fois dans le train. C'est triste, mais pour moi, ce sera toujours : loin de maman. »

Depuis, les années avaient passé, et s'il était bien vrai que maman était toujours la même, Markéta, elle, avait sans doute changé parce qu'elle avait soudain eu l'impression que tout ce que sa belle-mère leur avait fait était au fond bien anodin, et que c'était elle, Markéta, qui avait commis la véritable faute en accordant trop d'importance à ses criailleries. Elle considérait alors maman comme un enfant considère un adulte, tandis que maintenant les rôles étaient inversés : Markéta était adulte et, à cette grande distance, maman lui paraissait petite et sans défense comme une enfant. Markéta éprouva pour elle une indulgente patience, et elle avait même commencé à lui écrire régulièrement. La vieille dame s'y était très vite habituée, elle lui répondait soigneusement et exigeait de Markéta des lettres de plus en plus fréquentes, car ses lettres, affirmait-elle, étaient la seule chose qui lui permît de supporter sa solitude.

Depuis quelque temps, la phrase qui avait pris naissance pendant l'enterrement du père de Karel recommençait à leur trotter dans la tête. Et ce fut de nouveau le fils qui réprima l'accès de bonté de la bru, si bien qu'au lieu de dire à maman, *maman, viens habiter chez nous,* ils l'invitèrent pour une semaine.

C'était Pâques, et leur fils de dix ans était parti en

vacances. Pour le week-end ils attendaient Eva. Ils voulaient bien passer toute la semaine avec maman, sauf le dimanche. Ils lui dirent : « Viens passer une semaine chez nous. De samedi prochain à samedi en huit. Dimanche en huit on est pris. On s'en va. » Ils ne lui dirent rien de plus précis, parce qu'ils ne tenaient pas tellement à parler d'Eva. Karel le lui répéta encore deux fois au téléphone : « De samedi prochain à samedi en huit. Dimanche en huit on est pris, on part. » Et maman dit : Oui, mes enfants, vous êtes très gentils, vous savez bien que je m'en irai quand vous voudrez. Tout ce que je demande c'est d'échapper un peu à ma solitude. »

Mais le samedi soir, quand Markéta vint lui demander à quelle heure elle voulait qu'ils la conduisent à la gare le lendemain matin, maman annonça, carrément et sans hésiter, qu'elle partirait le lundi. Markéta la regarda avec surprise, et maman poursuivit : « Karel m'a dit que vous êtes déjà pris lundi, que vous partez et qu'il faut que je m'en aille lundi matin. »

Markéta aurait évidemment pu répondre : *maman, tu t'es trompée, c'est demain que nous partons*, mais elle n'en avait pas le courage. Elle ne parvenait pas, sur le moment, à inventer l'endroit où ils allaient. Elle comprenait qu'ils avaient préparé leur mensonge bien négligemment, elle ne disait rien, et elle acceptait l'idée que sa belle-mère allait rester chez eux le dimanche. Elle se rassurait à la pensée que la chambre du petit, où couchait sa belle-mère, était située à l'autre bout de l'appartement et que maman ne les dérangerait pas. Et elle dit à Karel d'un ton de reproche :

« S'il te plaît, ne sois pas méchant avec elle. Regarde-la, la pauvre. Rien que de la voir, ça me crève le cœur. »

## 2

Karel haussa les épaules, résigné. Markéta avait raison : maman avait vraiment changé. Elle était contente de tout, reconnaissante de tout. Karel guettait vainement l'instant où ils allaient se disputer pour un rien.

L'autre jour, pendant une promenade, elle avait regardé au loin et elle avait dit : « Qu'est-ce que c'est que ce joli petit village blanc, là-bas ? » Ce n'était pas un village, c'étaient des bornes. Karel avait eu pitié de sa mère, dont la vue baissait.

Mais ce défaut de la vision semblait exprimer quelque chose de plus essentiel : ce qui leur paraissait grand, elle le trouvait petit, ce qu'ils prenaient pour des bornes, c'étaient pour elle des maisons.

A dire vrai, ce n'était pas un trait tout à fait nouveau chez elle. La différence, c'était qu'avant ils s'en indignaient. Une nuit, par exemple, les chars du gigantesque pays voisin avaient envahi leur pays. Cela avait été un tel choc, un tel effroi, que personne, pendant longtemps, n'avait pu penser à autre chose. On était au mois d'août et les poires étaient mûres dans leur jardin. Une semaine plus tôt, maman avait invité le pharmacien à venir les cueillir. Mais le pharmacien n'était pas venu et ne s'était même pas excusé. Maman ne pouvait pas le lui pardonner, ce qui mettait hors d'eux Karel et Markéta. Ils lui faisaient des reproches : tout le monde pense aux tanks, et toi tu penses aux poires. Puis ils avaient déménagé, avec le souvenir de sa mesquinerie.

Seulement, les chars sont-ils vraiment plus importants que les poires ? A mesure que le temps passait, Karel comprenait que la réponse à cette question n'était pas aussi évidente qu'il l'avait toujours pensé, et il commençait à éprouver une secrète sympathie pour la perspective de maman, où il y avait une grosse poire au premier plan et quelque part, loin en arrière, un char pas plus gros qu'une bête à bon Dieu qui va s'envoler d'une seconde à l'autre et se cacher aux regards. Ah oui ! c'est en réalité maman qui a raison : le tank est périssable et la poire est éternelle.

Autrefois, maman voulait tout savoir sur son fils et se mettait en colère quand il lui cachait quelque chose de sa vie. Donc, cette fois-ci, pour lui faire plaisir, ils lui parlaient de ce qu'ils faisaient, de ce qui leur arrivait, des projets qu'ils avaient. Mais ils s'aperçurent bientôt que maman les écoutait plutôt par politesse et qu'elle enchaînait sur leur récit en parlant de son caniche qu'elle avait confié à une voisine pour la durée de son absence.

Avant, Karel eût considéré cela comme de l'égocentrisme ou de la mesquinerie ; mais à présent il savait qu'il n'en était rien. Il s'était écoulé plus de temps qu'ils ne l'imaginaient. Maman avait renoncé au bâton de maréchal de sa maternité et s'en était allée dans un monde différent. Une autre fois, pendant une promenade, ils avaient été surpris par une tempête. Ils la tenaient par les bras chacun d'un côté, ils devaient littéralement la porter, sinon le vent l'aurait balayée. Karel sentait avec émotion dans sa main son poids dérisoire, et il comprenait que sa mère appartenait au royaume d'autres créatures : plus petites, plus légères et plus facilement soufflées par le vent

3

Eva était arrivée après le déjeuner. C'est Markéta qui était allée la chercher à la gare, parce qu'elle la considérait comme son amie à elle. Elle n'aimait pas les amies de Karel. Mais avec Eva c'était autre chose. En effet, elle avait fait sa connaissance avant Karel.

Il y avait de cela à peu près six ans. Elle se reposait avec Karel dans une ville d'eaux. Un jour sur deux, elle allait au sauna. Elle était dans la cabine, en nage, assise avec d'autres dames sur un banc de bois, quand elle avait vu entrer une grande fille nue. Elles s'étaient souri sans se connaître et au bout d'un moment la jeune femme s'était mise à parler à Markéta. Comme elle était très directe et que Markéta lui était très reconnaissante de cette manifestation de sympathie, elles s'étaient rapidement liées d'amitié.

Ce qui séduisait Markéta chez Eva, c'était le charme de sa singularité : Ne serait-ce que cette façon de lui adresser tout de suite la parole ! Comme si elles s'étaient donné rendez-vous ! Et elle ne perdait pas de temps en engageant la conversation, selon les règles et les convenances, sur le sauna qui est bon pour la santé et donne de l'appétit, mais elle se mettait aussitôt à parler d'elle-même, un peu comme les gens qui font connaissance par petite annonce et s'efforcent dès la première lettre d'expliquer à leur futur partenaire, avec une laconique densité, qui ils sont et ce qu'ils font.

Qui est donc Eva d'après les mots d'Eva ? Eva est un joyeux chasseur d'hommes. Mais elle ne les chasse pas pour le mariage. Elle les chasse comme les hommes chassent les femmes. L'amour n'existe pas pour elle, seulement l'amitié et la sensualité. Aussi a-t-elle beaucoup d'amis : les hommes ne craignent pas qu'elle veuille les épouser et les femmes n'ont pas peur qu'elle cherche à les priver d'un mari. D'ailleurs, si jamais elle se mariait, son mari serait un ami auquel elle permettrait tout et dont elle n'exigerait rien.

Après avoir expliqué tout cela à Markéta, elle avait déclaré que Markéta avait une belle *charpente* et que c'était une chose très rare parce que bien peu de femmes, à en croire Eva, avaient un vrai beau corps. Cet éloge lui avait échappé avec tant de naturel que Markéta en éprouvait plus de plaisir que si le compliment venait d'un homme. Cette fille lui tournait la tête. Elle avait le sentiment d'être entrée dans le royaume de la sincérité et elle avait donné rendez-vous à Eva pour le surlendemain à la même heure au sauna. Plus tard, elle lui avait présenté Karel, mais dans cette amitié il avait toujours fait figure de tiers.

« Nous avons ma belle-mère à la maison, lui dit Markéta d'un ton coupable en sortant de la gare. Je vais te présenter comme ma cousine. J'espère que ça ne te gêne pas.

— Au contraire », dit Eva et elle demanda à Markéta de lui donner quelques indications sommaires sur sa famille.


### 4


Maman ne s'était jamais beaucoup intéressée à la famille de sa bru, mais les mots cousine, nièce, tante et petite-fille lui réchauffaient le cœur : c'était le bon royaume des notions familiales.

Et elle venait de recevoir une nouvelle confirmation de ce qu'elle savait depuis longtemps : son fils était un incorrigible original. Comme si ça pouvait les déranger qu'elle soit là en même temps qu'une parente. Qu'ils veuillent être seuls pour bavarder à leur aise, elle le comprenait. Mais ce n'était pas une raison pour la mettre dehors un jour plus tôt. Heureusement, elle savait s'y prendre avec eux. Elle avait tout simplement décidé qu'elle s'était trompée de jour, et pour un peu elle aurait ri de voir que la brave Markéta n'arrivait pas à lui dire de partir dimanche matin.

Oui, il fallait le reconnaître, ils étaient plus gentils qu'avant. Voici quelques années, Karel lui aurait dit impitoyablement de s'en aller. En fait hier, avec cette petite ruse, elle leur avait rendu un grand service. Au moins, pour une fois, ils n'auraient pas à se reprocher d'avoir sans raison renvoyé leur mère un jour plus tôt à sa solitude.

D'ailleurs, elle était très contente d'avoir fait la connaissance de cette nouvelle parente. C'était une très gentille fille. (Et c'était inouï comme elle lui rappelait quelqu'un, mais qui?) Pendant deux bonnes heures, elle avait répondu à ses questions. Comment est-ce que maman se coiffait quand elle était jeune fille? Elle avait une natte. Évidemment, c'était encore sous l'ancienne Autriche-Hongrie. Vienne était la capitale. Le collège de maman était tchèque et maman était une patriote. Et soudain, elle avait eu envie de leur chanter quelques-unes des chansons patriotiques qu'on chantait alors. Ou de leur réciter des poésies! Certainement, elle en savait encore beaucoup par cœur. Juste après la guerre (mais oui, bien sûr, après la guerre de quatorze, en 1918, quand avait été fondée la République tchécoslovaque. Mon Dieu, la cousine ne savait pas quand la République avait été proclamée!), maman avait récité une poésie à une réunion solennelle du collège. On célébrait la fin de l'Empire d'Autriche. On célébrait l'indépendance! Et figurez-vous que brusquement, arrivée à la dernière strophe, elle avait eu un trou; impossible de se rappeler la suite. Elle se taisait, la sueur lui coulait sur le front, elle pensait qu'elle allait mourir de honte. Et d'un seul coup, contre toute attente, de grands applaudissements avaient éclaté ! Tout le monde pensait que le poème était fini, personne ne s'apercevait qu'il manquait la dernière strophe ! Mais maman était quand même désespérée et, de honte, elle avait couru s'enfermer aux toilettes et le principal lui-même s'était précipité pour la chercher et il avait longuement tapé contre la porte en la suppliant de ne pas pleurer, de sortir, parce qu'elle avait remporté un grand succès.

La cousine riait et maman la regardait longuement : « Vous me rappelez quelqu'un, mon Dieu, qui est-ce donc que vous me rappelez...

— Mais après la guerre, tu n'allais plus au collège, avait fait observer Karel.

— Il me semble que je dois le savoir, quand j'allais au collège !

— Mais tu as passé ton bachot la dernière année de la guerre. C'était encore sous l'Autriche-Hongrie.

— Je dois bien le savoir, quand j'ai passé mon bachot. » Elle répondait avec irritation. Mais à ce moment, elle savait déjà que Karel ne se trompait pas. C'était exact, elle avait passé son baccalauréat pendant la guerre. D'où lui était donc venu ce souvenir de la réunion solennelle au collège après la guerre ? Tout à coup, maman hésitait et se taisait.

Pendant ce bref silence, on entendait la voix de Markéta. Elle s'adressait à Eva et ce qu'elle disait ne concernait ni la récitation de maman ni 1918.

Maman se sent abandonnée dans ses souvenirs,

trahie par ce soudain désintérêt et par la défaillance de
sa mémoire.

« Amusez-vous bien, mes enfants, vous êtes jeunes
et vous avez beaucoup de choses à vous dire. » En
proie à un brusque mécontentement, elle s'en alla dans
la chambre de son petit-fils.


# 5


Pendant qu'Eva pressait maman de questions,
Karel la regardait avec une sympathie émue. Il la
connaissait depuis dix ans et elle avait toujours été
comme ça. Directe, intrépide. Il avait fait sa connaissance (il habitait encore avec Markéta chez ses parents)
presque aussi rapidement que sa femme quelques
années plus tard. Un jour, il avait reçu au bureau une
lettre d'une inconnue. Elle disait le connaître de vue et
avoir décidé de lui écrire parce que les conventions
n'avaient aucun sens pour elle quand un homme lui
plaisait. Karel lui plaisait et elle était une femme
chasseur. Un chasseur d'inoubliables expériences. Elle
n'admettait pas l'amour. Seulement l'amitié et la
sensualité. A la lettre était jointe la photo d'une fille
nue dans une attitude provocante.

Karel avait d'abord hésité à répondre, car il pensait
que c'était une blague. Mais, pour finir, il n'avait pu
résister. Il avait écrit à la jeune femme à l'adresse

indiquée en l'invitant dans le studio d'un ami. Eva était venue, longue, maigre et mal habillée. Elle avait l'air d'un adolescent trop grand qui aurait mis les vêtements de sa grand-mère. Elle s'était assise en face de lui et lui avait expliqué que les conventions n'avaient pas de sens pour elle quand un homme lui plaisait. Qu'elle n'admettait que l'amitié et la sensualité. La gêne et l'effort se lisaient sur son visage et Karel éprouvait pour elle plutôt une sorte de compassion fraternelle que du désir. Mais ensuite, il se dit que toute occasion est bonne à prendre :

« C'est magnifique, avait-il dit pour la réconforter, deux chasseurs qui se rencontrent. »

Ce furent les premiers mots par lesquels il interrompait enfin la confession volubile de la jeune femme, et Eva avait aussitôt repris courage, soulagée du poids d'une situation qu'elle supportait toute seule, héroïquement, depuis près d'un quart d'heure.

Il lui avait dit qu'elle était belle sur la photo qu'elle lui avait envoyée et il lui avait demandé (d'une voix provocante de chasseur) si ça l'excitait de se montrer nue.

« Je suis une exhibitionniste », avait-elle dit, tout innocemment, comme si elle avait avoué qu'elle était anabaptiste.

Il lui avait dit qu'il voudrait la voir nue.

Soulagée, elle lui avait demandé s'il y avait un pick-up dans ce studio.

Oui, il y avait un pick-up, mais l'ami de Karel n'aimait que la musique classique, Bach, Vivaldi et les opéras de Wagner. Karel aurait trouvé singulier que la jeune femme se déshabillât au chant d'Isold. Eva aussi était mécontente des disques. « Il n'y a pas de pop ici ? » Non, il n'y avait pas de pop. Ne trouvant pas d'autre issue, il avait fini par se résigner à mettre sur le pick-up une suite pour piano de Bach. Il s'était assis dans un angle de la pièce pour avoir une vue panoramique.

Eva avait essayé de se mouvoir en mesure, puis elle avait dit qu'avec cette musique-là ce n'était pas possible.

Il avait répliqué sévèrement, en élevant la voix : « Déshabille-toi et tais-toi ! »

La céleste musique de Bach emplissait la pièce et Eva continuait à se mouvoir. Avec cette musique, qui était tout sauf dansante, sa performance était particulièrement pénible, et Karel songeait qu'à partir du moment où elle enlèverait son pull jusqu'au moment où elle ôterait son slip, le chemin à parcourir serait pour elle interminable. On entendait le piano, Eva se tordait dans des mouvements de danse syncopés et jetait ses vêtements l'un après l'autre. Elle ne regardait pas Karel. Elle se concentrait tout entière sur elle-même et sur ses gestes comme un violoniste qui joue par cœur un morceau difficile et craint de se distraire en levant les yeux sur le public. Quand elle avait été entièrement nue, elle s'était tournée face au mur en se saisissant d'une main entre les cuisses. Mais déjà Karel s'était déshabillé à son tour et observait en extase le dos de la jeune femme qui se masturbait. C'était superbe et il est bien compréhensible que depuis il ait toujours pris fait et cause pour Eva.

En outre, elle était la seule femme à ne pas s'irriter de l'amour de Karel pour Markéta. « Ta femme devrait comprendre que tu l'aimes, mais que tu es un chasseur et que cette chasse ne la menace pas. De toute façon, aucune femme ne comprend ça. Non, il n'y a pas une femme qui comprenne les hommes », avait-elle ajouté tristement, comme si c'était elle, cet homme incompris.

Puis elle avait proposé à Karel de tout faire pour l'aider.


6


La chambre d'enfant, où maman s'était retirée, était à six mètres à peine et n'était séparée que par deux minces cloisons. L'ombre de maman était toujours avec eux, et Markéta en était oppressée.

Eva, heureusement, était bavarde. Il y avait si longtemps qu'ils ne s'étaient vus et il s'était passé tant de choses : elle était allée habiter dans une autre ville et, surtout, elle s'était mariée avec un homme plus âgé qui avait trouvé en elle une amie irremplaçable car, nous le savons, Eva est très douée pour la camaraderie, et elle refuse l'amour avec son égoïsme et son hystérie.

Elle avait aussi un nouveau travail. Elle gagnait assez bien sa vie, mais elle n'avait guère le temps de souffler. Demain matin, il fallait qu'elle y soit.

Markéta était épouvantée : « Comment ! Mais alors, quand veux-tu partir ?

— J'ai un train direct à cinq heures du matin.

— Mon Dieu, Eva, il va falloir que tu te lèves à quatre heures ! Quelle horreur ! » Et, à ce moment, elle éprouva, sinon de la colère, du moins une certaine amertume à l'idée que la mère de Karel était restée chez eux. Car Eva habitait loin, disposait de peu de temps et avait malgré tout réservé ce dimanche pour Markéta qui ne pouvait même pas se consacrer à elle comme elle le voulait, à cause de sa belle-mère dont le fantôme était toujours avec eux.

La bonne humeur de Markéta était gâchée et comme une contrariété ne vient jamais seule le téléphone se mit à sonner. Karel souleva l'écouteur. Sa voix était hésitante, il y avait quelque chose de suspect dans ses réponses laconiques et équivoques et il donnait à Markéta l'impression de choisir prudemment ses mots pour cacher le sens de ses phrases. Elle en était certaine, il était en train de prendre rendez-vous avec une femme.

« Qui était-ce ? » demanda-t-elle. Karel répondit que c'était une collègue d'une ville voisine qui devait venir la semaine prochaine et souhaitait discuter avec lui. A partir de ce moment, Markéta ne dit plus un mot.

Était-elle si jalouse ?

Il y a des années, dans la première période de leur amour, incontestablement. Seulement, les années ont passé et ce qu'elle vit aujourd'hui en tant que jalousie n'est sans doute plus qu'une habitude.

Disons les choses autrement : toute relation amoureuse repose sur des conventions non écrites que ceux qui s'aiment concluent inconsidérément dans les premières semaines de leur amour. Ils sont encore dans une sorte de rêve, mais en même temps, sans le savoir, ils rédigent, en juristes intraitables, les clauses détaillées de leur contrat. Oh ! amants, soyez prudents en ces premiers jours dangereux ! Si vous portez à l'autre son petit déjeuner au lit, vous devrez le lui porter à jamais si vous ne voulez pas être accusés de non-amour et de trahison.

Dès les premières semaines de leur amour, il avait été décidé, entre Karel et Markéta, que Karel serait infidèle et que Markéta l'accepterait mais que Markéta aurait le droit d'être la meilleure et que Karel se sentirait coupable devant elle. Personne ne savait mieux que Markéta combien il est triste d'être la meilleure. Elle était la meilleure, mais seulement faute de mieux.

Évidemment, Markéta savait bien, au fond d'elle-même, que cette conversation téléphonique était en soi quelque chose d'insignifiant. Mais l'important n'était pas ce qu'*était* cette conversation, mais ce qu'elle *représentait*. Elle exprimait, dans une éloquente concision, toute la situation de sa vie : tout ce que fait Markéta, elle ne le fait que pour Karel et à cause de Karel. Elle s'occupe de sa mère. Elle lui présente sa meilleure amie. Elle lui en fait cadeau. Uniquement pour lui et pour son plaisir à lui. Et pourquoi fait-elle tout cela ? Pourquoi se donne-t-elle du mal ? Pourquoi comme Sisyphe pousse-t-elle son rocher ? Quoi qu'elle fasse, Karel est mentalement absent. Il prend rendez-vous avec une autre et lui échappe toujours.

Quand elle allait au lycée, elle était indomptable, rebelle, presque trop pleine de vie. Son vieux prof de maths aimait bien la taquiner : Vous, Markéta, on ne vous passera pas la bride ! Je plains d'avance votre mari. Elle riait avec fierté, ces paroles lui semblaient d'heureux augure. Et, d'un seul coup, sans savoir comment, elle s'était retrouvée dans un tout autre rôle, contre son attente, contre sa volonté et son goût. Et tout cela, pour ne pas avoir été sur ses gardes pendant la semaine où elle avait à son insu rédigé le contrat.

Ça ne l'amusait plus d'être toujours la meilleure. Soudain, toutes les années de son mariage tombèrent sur elle comme un sac trop lourd.


7


Markéta était de plus en plus maussade et le visage de Karel exprimait la colère. Eva fut prise de panique. Elle se sentait responsable de leur bonheur conjugal et elle bavardait de plus belle pour dissiper les nuages qui avaient envahi la pièce.

Mais c'était une tâche au-dessus de ses forces. Karel, révolté par une injustice qui n'était cette fois que trop évidente, se taisait obstinément. Markéta, parce qu'elle ne pouvait ni maîtriser son amertume ni supporter la colère de son mari, se leva pour aller dans la cuisine.

Eva essaya de convaincre Karel de ne pas gâcher une soirée qu'ils attendaient tous depuis si longtemps. Mais Karel était intraitable : « Il arrive un moment où on ne peut plus continuer. Je commence à être fatigué ! Je suis toujours accusé d'une chose ou d'une autre. Ça ne m'intéresse plus de toujours me sentir coupable ! Et pour une bêtise pareille ! Une bêtise pareille ! Non, non. Je ne peux plus la voir. Plus du tout ! » Il tournait en rond, répétant sans cesse la même chose, et refusait d'entendre les intercessions suppliantes d'Eva.

Elle finit donc par le laisser seul et s'en alla rejoindre Markéta qui, tapie dans la cuisine, savait qu'il venait de se passer ce qui n'aurait pas dû se passer. Eva tenta de lui démontrer que ce coup de téléphone ne justifiait nullement ses soupçons. Markéta, qui savait bien, au fond d'elle-même, qu'elle n'avait pas raison cette fois-ci, répondit : « Mais je ne peux plus continuer. C'est toujours la même chose. Année après année, mois après mois, rien que des bonnes femmes et des mensonges. Je commence à être fatiguée. Fatiguée. J'en ai assez. »

Eva comprit que les deux époux étaient pareille-ment butés. Et elle décida que cette vague idée qu'elle avait en venant ici et dont l'honnêteté lui avait d'abord paru douteuse était une bonne idée. Si elle voulait les aider, elle ne devait pas craindre d'agir de sa propre initiative. Ils s'aimaient, tous les deux, mais ils avaient besoin que quelqu'un les soulage de leur fardeau. Que quelqu'un les libère. Le projet avec lequel elle était venue ici n'était donc pas seulement dans son propre intérêt (oui, c'était incontestable, il servait d'abord son intérêt et c'était justement ce qui la tracassait un peu, parce qu'elle n'avait jamais voulu se conduire en égoïste avec ses amis) mais il était aussi dans l'intérêt de Markéta et de Karel.

« Que dois-je faire ? demanda Markéta.

— Va le trouver. Dis-lui de ne pas faire la tête.

— Mais je ne peux plus le voir. Plus du tout !

— Alors baisse les yeux. Ça sera encore plus émouvant. »


# 8


La soirée est sauvée. Markéta prend solennellement une bouteille et la tend à Karel pour qu'il la débouche d'un geste grandiose, pareil au starter des jeux Olympiques inaugurant la dernière course. Le vin coule dans les trois verres et Eva, la démarche chaloupée, se dirige vers le pick-up, choisit un disque puis, au son de la musique (pas du Bach cette fois-ci, mais un Duke Ellington), continue de tourner à travers la pièce.

« Crois-tu que maman dort ? demanda Markéta.

— Ce serait peut-être plus raisonnable d'aller lui dire bonsoir, conseilla Karel.

— Si tu vas lui dire bonsoir, elle va recommencer

ses bavardages et ce sera encore une heure de perdue. Tu sais qu'Eva doit se lever de bonne heure. »

Markéta pense qu'ils n'ont déjà perdu que trop de temps ; elle prend son amie par la main et, au lieu d'aller dire bonsoir à maman, entre dans la salle de bains avec Eva.

Karel reste dans la pièce, seul avec la musique d'Ellington. Il est heureux que les nuages de la dispute se soient dissipés, mais il n'attend plus rien de la soirée. Le petit incident du coup de téléphone lui a brusquement révélé ce qu'il refusait d'admettre. Il était las et n'avait plus envie de rien.

Il y avait de cela plusieurs années, Markéta l'avait incité à faire l'amour à trois avec elle et avec une maîtresse dont elle était jalouse. Sur le moment, il en avait eu le vertige tellement cette proposition l'excitait ! Mais la soirée ne lui avait guère procuré de joie. Au contraire, ce fut un terrible effort ! Les deux femmes s'embrassaient et s'étreignaient devant lui, mais ne cessaient pas un instant d'être des rivales qui s'observaient avec vigilance pour voir à laquelle il se consacrait davantage et avec laquelle il était le plus tendre. Il pesait avec prudence chacune de ses paroles, mesurait chacune de ses caresses, et plus qu'en amant, il agissait en diplomate scrupuleusement attentionné, prévenant, poli et équitable. De toute façon il avait échoué. D'abord, sa maîtresse avait fondu en larmes au beau milieu de l'amour, ensuite Markéta s'était murée dans un profond silence.

S'il avait pu croire qu'elle exigeait leurs petites orgies par pure sensualité — Markéta étant la plus mauvaise — elles lui auraient certainement fait plaisir. Mais comme il avait été convenu dès le début que ce serait lui le plus mauvais, il ne voyait dans ces débauches qu'un douloureux sacrifice, qu'un effort généreux pour aller au-devant de ses penchants polygames et en faire le rouage d'un mariage heureux. Il était à jamais marqué par la vue de la jalousie de Markéta, cette plaie qu'il avait ouverte dans les premiers temps de leur amour. Pour un peu, quand il la voyait dans les bras d'une autre femme, il se serait mis à genoux et lui aurait demandé pardon.

Mais les jeux de la débauche sont-ils un exercice de pénitence ?

L'idée lui était donc venue que si l'amour à trois devait être quelque chose de gai, il ne fallait pas que Markéta eût le sentiment de rencontrer une rivale. Il fallait qu'elle amène une amie à elle qui ne connaissait pas Karel et ne s'intéressait pas à lui. C'est pourquoi il avait imaginé la ruse de la rencontre au sauna entre Eva et Markéta. Le plan avait réussi : les deux femmes étaient devenues des amies, des alliées, des complices qui le violaient, jouaient avec lui, s'amusaient à ses dépens et le désiraient ensemble. Karel espérait qu'Eva parviendrait à chasser de l'esprit de Markéta l'anxiété de l'amour et qu'il pourrait être enfin libre et disculpé.

Mais à présent, il constatait qu'il n'y avait pas moyen de changer ce qui avait été décidé des années plus tôt. Markéta était toujours la même et il était toujours l'accusé.

Mais alors, pourquoi avait-il provoqué la rencontre de Markéta et Eva ? Pourquoi avait-il fait l'amour avec les deux femmes ? Pour qui avait-il fait tout cela ? N'importe qui aurait depuis longtemps fait de Markéta une fille gaie, sensuelle et heureuse. N'importe qui sauf Karel. Il se prenait pour Sisyphe.

Vraiment, pour Sisyphe ? N'était-ce pas à Sisyphe que Markéta venait de se comparer ?

Oui, avec les années les deux époux étaient devenus des jumeaux, ils avaient le même vocabulaire, les mêmes idées, le même destin. Ils se faisaient tous les deux mutuellement cadeau d'Eva, pour rendre l'autre heureux. Ils avaient tous les deux l'impression de pousser leur rocher. Ils étaient las tous les deux.

Karel entendait le gargouillement de l'eau et le rire des deux femmes dans la salle de bains, et il songea qu'il n'avait jamais pu vivre comme il voulait, avoir les femmes qu'il voulait et les avoir comme il voulait les avoir. Il avait envie de fuir quelque part où il pourrait tisser sa propre histoire, seul et à son gré et hors de portée des yeux aimants.

Et au fond, il n'y tenait même pas à se tisser une histoire, il voulait simplement être seul.


9


Il n'était pas raisonnable, de la part de Markéta, peu perspicace dans son impatience, de ne pas être allée dire bonsoir à maman et de la croire endormie.

Pendant cette visite chez son fils, les pensées de maman s'étaient mises à tourner plus vite dans sa tête et, ce soir, elles étaient particulièrement agitées. La faute en était à cette sympathique parente qui lui rappelait toujours quelqu'un de son jeune temps. Mais qui donc lui rappelait-elle ?

Enfin, elle avait quand même réussi à s'en souvenir : Nora ! Oui, tout à fait la même silhouette, la même tenue du corps qui va de par le monde sur de belles jambes longues.

Nora manquait de bonté et de modestie et maman avait été maintes fois blessée par sa conduite. Mais elle n'y songeait pas à présent. Ce qui comptait davantage pour elle, c'était qu'elle venait soudain de trouver ici un fragment de sa jeunesse, un signe qui lui parvenait d'une distance d'un demi-siècle. Elle se réjouissait à la pensée que tout ce qu'elle avait vécu jadis était toujours avec elle, l'entourait dans sa solitude et conversait avec elle. Bien qu'elle n'eût jamais aimé Nora, elle était heureuse de l'avoir rencontrée ici, d'autant plus qu'elle était tout à fait apprivoisée et qu'elle était incarnée par quelqu'un qui se montrait plein de respect pour maman.

Quand cette idée lui était venue, elle avait voulu se précipiter pour les rejoindre. Mais elle s'était dominée. Elle savait très bien qu'elle n'était ici aujourd'hui que par ruse et que ces deux insensés voulaient être seuls avec leur cousine. Eh bien, qu'ils se racontent leurs secrets ! Elle ne s'ennuyait pas du tout dans la chambre de son petit-fils. Elle avait son tricot, elle avait de la lecture et, surtout, il y avait toujours quelque chose qui lui occupait l'esprit. Karel lui avait brouillé les idées. Oui, il avait tout à fait raison, c'était évident, elle avait passé son bachot pendant la guerre. Elle s'était trompée. L'épisode de la récitation et de la dernière strophe oubliée avait eu lieu cinq ans plus tôt au moins. C'était vrai que le principal était venu tambouriner à la porte des toilettes où elle s'était enfermée en larmes. Mais cette année-là elle avait à peine treize ans, et cela se passait pendant une fête du collège avant les vacances de Noël. Sur l'estrade il y avait un sapin décoré, les petits avaient chanté des rondes de Noël, puis elle avait récité un petit poème. Avant la dernière strophe, elle avait eu un trou et elle n'avait pas su comment continuer.

Maman avait honte de sa mémoire. Que devait-elle dire à Karel ? Devait-elle admettre qu'elle s'était trompée ? De toute façon, ils la prenaient pour une vieille femme. Ils étaient gentils, c'était vrai, mais il ne lui échappait pas qu'ils la traitaient comme une enfant, avec une sorte d'indulgence qui lui déplaisait. Si elle donnait maintenant tout à fait raison à Karel en lui avouant qu'elle avait confondu une matinée enfantine de Noël avec une réunion politique, ils allaient encore se hausser de quelques centimètres et elle se sentirait encore plus petite. Non, non, elle ne leur ferait pas ce plaisir.

Elle allait leur dire que c'était vrai, qu'elle avait récité une poésie après la guerre pendant cette cérémonie. Il était exact qu'elle avait déjà passé son baccalauréat, mais le principal s'était souvenu d'elle parce qu'elle était la meilleure en récitation et il avait demandé à son ancienne élève de venir réciter une poésie. C'était un grand honneur! Mais maman le méritait! C'était une patriote! Ils n'avaient aucune idée de ce que ça avait été après la guerre, la chute de l'Autriche-Hongrie! Cette joie! Ces chansons, ces drapeaux! Et de nouveau, elle avait grande envie de se précipiter pour parler à son fils et à sa bru du monde de sa jeunesse.

D'ailleurs maintenant, elle se sentait presque obligée d'aller les trouver. Parce que s'il était exact qu'elle leur avait promis de ne pas les déranger, ce n'était qu'une moitié de la vérité. L'autre moitié, c'était que Karel n'avait pas compris qu'elle ait pu participer après la guerre à une réunion solennelle du collège. Maman était une vieille dame et sa mémoire lui faisait parfois défaut. Elle n'avait pas su tout de suite expliquer la chose à son fils, mais maintenant qu'elle s'était enfin rappelé comment ça s'était passé en réalité, elle ne pouvait quand même pas feindre d'avoir oublié sa question. Ce ne serait pas bien. Elle irait les trouver (de toute façon ils n'avaient rien de tellement important à se dire) et elle s'excuserait : elle ne voulait pas les déranger et elle ne serait certainement pas revenue si Karel ne lui avait pas demandé comment il se pouvait qu'elle eût récité à une réunion solennelle du collège alors qu'elle avait déjà passé son baccalauréat.

Ensuite elle entendit une porte qu'on ouvrait et qu'on refermait. Elle entendit deux voix féminines puis de nouveau une porte qu'on ouvrait. Puis un rire et le bruit de l'eau qui coulait. Elle se dit que les deux jeunes femmes faisaient déjà leur toilette pour la nuit.

Il était donc grand temps d'y aller, si elle voulait encore bavarder un peu avec ces trois-là.

## 10

Le retour de maman, c'était la main qu'un dieu enjoué tendait à Karel en souriant. Plus le moment était mal choisi, plus elle arrivait à point. Elle n'avait pas à chercher d'excuses, Karel l'assaillit aussitôt de questions chaleureuses : qu'avait-elle fait tout l'après-midi, ne s'était-elle pas sentie un peu triste, pourquoi n'était-elle pas venue les voir ?

Maman lui expliqua que les jeunes avaient toujours plein de choses à se dire et que les personnes âgées devaient le savoir et éviter de les déranger.

Déjà on entendait les deux filles qui s'élançaient vers la porte en s'esclaffant. Eva entra la première, vêtue d'un tee-shirt bleu foncé qui lui venait exactement là où finissait sa toison noire. A la vue de maman, elle prit peur, mais elle ne pouvait plus reculer, elle ne pouvait que lui sourire et s'avancer dans la pièce vers un fauteuil pour y cacher bien vite sa nudité mal dissimulée.

Karel savait que Markéta la suivait de près et il se doutait qu'elle serait en robe du soir, ce qui, dans leur langage commun, signifiait qu'elle n'aurait qu'un collier de perles autour du cou et, autour de la taille, une écharpe en velours écarlate. Il savait qu'il devait intervenir pour l'empêcher d'entrer et épargner à maman cette frayeur. Mais que devait-il faire ? Fallait-il qu'il crie *n'entre pas* ? ou bien, *habille-toi vite, maman est ici* ? Il y avait peut-être un moyen plus habile de retenir Markéta, mais Karel n'avait pour réfléchir qu'une ou deux secondes pendant lesquelles il ne lui vint aucune idée. Il était au contraire envahi par une sorte de torpeur euphorique qui lui enlevait toute présence d'esprit. Il ne faisait rien, de sorte que Markéta s'avança sur le seuil de la pièce et elle était vraiment nue, avec seulement un collier et une écharpe autour de la taille.

Et juste à cet instant, maman se tournait vers Eva et disait avec un sourire affable : « Vous voulez certainement aller vous coucher et je ne voudrais pas vous retarder. » Eva, qui avait aperçu Markéta du coin de l'œil, répondit que non, et elle dit cela presque en criant comme si elle voulait couvrir de sa voix le corps de son amie qui comprit enfin la situation et recula dans le couloir.

Quand elle revint au bout d'un instant, enveloppée dans un long peignoir, maman répéta ce qu'elle venait de dire à Eva : « Markéta, je ne voudrais pas vous retarder. Vous vouliez certainement aller vous coucher. »

Markéta aurait acquiescé, mais Karel hocha gaiement la tête : « Non, maman, on est contents que tu sois avec nous. » Et maman put enfin leur raconter l'histoire de la récitation à la réunion solennelle du collège après la guerre de 14, au moment de la chute de l'Autriche-Hongrie, quand le principal avait demandé à son ancienne élève de venir réciter une poésie patriotique.

Les deux jeunes femmes n'entendaient pas ce que racontait maman, mais Karel l'écoutait avec intérêt. Je veux préciser cette affirmation : L'histoire de la strophe oubliée ne l'intéressait pas beaucoup. Il l'avait entendue bien des fois, et bien des fois il l'avait oubliée. Ce qui l'intéressait, ce n'était pas l'histoire racontée par maman mais maman racontant l'histoire. Maman et son monde qui ressemblait à une grosse poire sur laquelle un char russe s'était posé comme une bête à bon Dieu. La porte des toilettes, où tambourinait le poing du principal, était au premier plan et, derrière cette porte, l'impatience avide des deux jeunes femmes était à peine visible.

Voilà qui plaisait beaucoup à Karel. Il regardait avec délectation Eva et Markéta. Leur nudité trépignait d'impatience sous le tee-shirt et le peignoir. Il n'en était que plus empressé à poser de nouvelles questions sur le principal, sur le collège, sur la guerre de 14, et enfin il demanda à maman de leur réciter la poésie patriotique dont elle avait oublié la dernière strophe.

Maman réfléchit puis commença, avec une extrême concentration, à dire la poésie qu'elle avait récitée à la fête du collège quand elle avait treize ans. Au lieu d'un poème patriotique, c'étaient donc des vers sur le sapin de Noël et l'étoile de Bethléem, mais personne ne s'apercevait de ce détail. Elle non plus. Elle ne pensait qu'à une chose : allait-elle se rappeler les vers de la dernière strophe? Et elle s'en souvint. L'étoile de Bethléem flamboie et les trois rois arrivent à la crèche. Elle était tout émue de ce succès, elle riait et hochait la tête.

Eva applaudit. En la regardant, maman se souvint de ce qu'elle était venue leur dire de plus important : « Karel, sais-tu qui votre cousine me rappelle? Nora ! »


# 11


Karel regardait Eva et ne pouvait croire qu'il avait bien entendu : « Nora? Mme Nora? »

De ses années d'enfance, il se rappelait bien cette amie de maman. C'était une femme d'une beauté éblouissante, grande, avec un visage superbe de souveraine. Karel ne l'aimait pas parce qu'elle était fière et inaccessible, et pourtant, il ne pouvait jamais la quitter des yeux. Mon Dieu, quelle ressemblance pouvait-il y avoir entre elle et la chaleureuse Eva?

« Oui, répondit maman. Nora ! Il suffit de la regarder. Cette haute stature. Et cette démarche. Et ce visage !

— Lève-toi, Eva ! » dit Karel.

Eva craignait de se lever parce qu'elle n'était pas sûre que son court tee-shirt cache suffisamment son pubis. Mais Karel insistait tellement qu'elle dut finalement obéir. Elle se leva et, les bras collés au corps, elle tira discrètement son tee-shirt vers le bas. Karel l'observait intensément et, soudain, il avait vraiment l'impression qu'elle ressemblait à Nora. C'était une ressemblance lointaine et difficilement saisissable, elle n'apparaissait que dans de brefs éclairs qui s'éteignaient aussitôt, mais que Karel aurait voulu retenir parce qu'il désirait voir à travers Eva la belle Mme Nora, durablement et longuement.

« Mets-toi de dos ! » ordonna-t-il.

Eva hésitait à faire demi-tour, parce qu'elle ne cessait pas une seconde de penser qu'elle était nue sous son tee-shirt. Mais Karel insistait, bien que maman aussi se mît à protester : « Mademoiselle ne va pas faire l'exercice comme à l'armée ! »

Karel s'obstinait : « Non, non, je veux qu'elle se mette de dos. » Et Eva finit par lui obéir.

N'oublions pas que maman voyait très mal. Elle prenait des bornes pour un village, elle confondait Eva avec Mme Nora. Mais il suffirait d'avoir les yeux mi-clos et Karel aussi pourrait prendre des bornes pour des maisons. N'avait-il pas, pendant toute une semaine, envié à maman sa perspective ? Il ferma à demi les paupières et il vit devant ses yeux une beauté de l'ancien temps.

Il en avait gardé un souvenir inoubliable et secret. Il avait peut-être quatre ans, maman et Mme Nora étaient avec lui dans une ville d'eaux (où était-ce ? il n'en avait pas la moindre idée) et il devait les attendre dans le vestiaire désert. Il attendait là patiemment, seul, parmi les vêtements féminins abandonnés. Puis une femme nue était entrée dans le vestiaire, grande et splendide, elle s'était tournée, de dos par rapport à l'enfant, et elle s'était tendue vers la patère fixée au mur où pendait son peignoir. C'était Nora.

Jamais l'image de ce corps nu, dressé, vu de dos, ne s'était effacée de sa mémoire. Il était tout petit, il voyait ce corps d'en bas, avec une perspective de fourmi, comme il regarderait aujourd'hui, levant la tête, une statue de cinq mètres de haut. Il en était tout près, pourtant il en était infiniment éloigné. Doublement éloigné. Dans l'espace et dans le temps. Ce corps, au-dessus de lui, montait très haut et il était séparé de lui par un nombre incalculable d'années. Cette double distance donnait le vertige au petit garçon de quatre ans. En ce moment, il ressentait à nouveau le même vertige, avec une immense intensité.

Il regardait Eva (elle était toujours de dos), et il voyait Mme Nora. Il était séparé d'elle par deux mètres et une ou deux minutes.

« Maman, dit-il, c'est vraiment gentil d'être venue bavarder avec nous. Mais maintenant, les dames veulent aller dormir. »

Maman sortit, humble et docile, et aussitôt il raconta aux deux femmes le souvenir qu'il avait gardé de Mme Nora. Il s'accroupit devant Eva et de nouveau il la fit pivoter pour la voir de dos et suivre des yeux les traces du regard de l'enfant d'autrefois.

La fatigue fut balayée d'un seul coup. Il la jeta à terre. Elle était couchée sur le ventre, il s'accroupit à ses pieds, il laissa son regard glisser le long des jambes vers la croupe, puis il se jeta sur elle et la prit.

Il avait l'impression que ce saut sur son corps était un saut à travers un temps immense, le bond du petit garçon qui s'élance de l'âge de l'enfance dans l'âge d'homme. Et ensuite, tandis qu'il se mouvait sur elle, en avant puis en arrière, il lui semblait décrire sans cesse le même mouvement, de l'enfance à l'âge adulte puis en sens inverse, et encore une fois du petit garçon qui regardait misérablement un gigantesque corps de femme à l'homme qui étreint ce corps et le dompte. Ce mouvement, qui mesure habituellement quinze centimètres à peine, était long comme trois décennies.

Les deux femmes se pliaient à sa frénésie et il passa de Mme Nora à Markéta, puis il revint à Mme Nora et ainsi de suite. Cela dura très longtemps, et ensuite il lui fallut un peu de répit. Il se sentait merveilleusement bien, il se sentait fort comme jamais avant. Il était allongé dans un fauteuil et contemplait les deux femmes étendues devant lui sur le large divan. Pendant ce bref instant de repos, ce n'était pas Mme Nora qu'il avait devant les yeux, mais ses deux vieilles amies, les témoins de sa vie, Markéta et Eva, et il se faisait l'effet d'un grand joueur d'échecs qui vient de triompher d'adversaires sur deux échiquiers. Cette comparaison lui plaisait énormément et il ne put s'empêcher de la clamer à voix haute : « Je suis Bobby Fisher, je suis Bobby Fisher », criait-il en éclatant de rire.

# 12

Pendant que Karel hurlait qu'il se prenait pour Bobby Fisher (qui, à peu près vers cette époque, venait de remporter en Islande le championnat du monde d'échecs), Eva et Markéta étaient allongées sur le divan, serrées l'une contre l'autre, et Eva chuchota à l'oreille de son amie : « D'accord ? »

Markéta répondit que c'était d'accord et pressa ses lèvres contre les lèvres d'Eva.

Une heure plus tôt, quand elles étaient ensemble dans la salle de bains, Eva lui avait demandé (c'était l'idée avec laquelle elle était arrivée ici et dont l'honnêteté lui avait paru douteuse) de venir un jour en visite chez elle pour la payer de retour. Elle l'aurait volontiers invitée avec Karel, seulement Karel et le mari d'Eva étaient jaloux et ne supportaient pas la présence d'un autre homme.

Sur le moment, Markéta avait pensé qu'il lui était impossible d'accepter, et elle s'était contentée de rire. Pourtant quelques minutes plus tard, dans la chambre où le babillage de la maman de Karel lui frôlait à peine les oreilles, la proposition d'Eva devenait d'autant plus obsédante qu'elle lui avait d'abord paru inacceptable. Le spectre du mari d'Eva était avec elles.

Et ensuite quand Karel avait commencé à hurler qu'il avait quatre ans, quand il s'était mis à croupetons pour regarder d'en bas Eva debout, elle s'était dit qu'il était vraiment comme s'il avait quatre ans, comme s'il fuyait devant elle vers son enfance, et elles restaient seules toutes les deux, avec seulement son corps extraordinairement efficace, si mécaniquement robuste qu'il semblait impersonnel, vide, et on pouvait lui imaginer n'importe quelle âme. Même, au besoin, l'âme du mari d'Eva, cet homme parfaitement inconnu sans visage et sans apparence.

Markéta se laissait aimer par ce corps mâle mécanique, ensuite elle regardait ce corps se jeter entre les jambes d'Eva, mais elle s'efforçait de ne pas voir le visage pour pouvoir penser que c'était le corps d'un inconnu. C'était un bal de masques. Karel avait mis à Eva le masque de Nora, il s'était mis un masque d'enfant, et Markéta lui ôtait la tête du corps. Il était un corps d'homme sans tête. Karel avait disparu et il se produisait un miracle : Markéta était libre et gaie !

Est-ce que je veux confirmer par là le soupçon de Karel, qui croyait que leurs petites orgies à domicile n'avaient été jusque-là pour Markéta qu'un sacrifice et qu'une souffrance ?

Non, ce serait trop simplifier. Markéta désirait vraiment, avec son corps et ses sens, les femmes qu'elle considérait comme les maîtresses de Karel. Et elle les désirait aussi avec sa tête : accomplissant la prophétie du vieux prof de maths, elle voulait — du moins dans les limites du funeste contrat — se montrer entreprenante et enjouée et étonner Karel.

Seulement, dès qu'elle se retrouvait nue avec elles sur le large divan, les divagations sensuelles disparaissaient aussitôt de sa tête, et voir son mari suffisait pour la renvoyer à son rôle, le rôle de celle qui était la meilleure et à laquelle on faisait du mal. Même quand elle était avec Eva, qu'elle aimait bien et dont elle n'était pas jalouse, la présence de l'homme trop aimé lui pesait lourd, étouffant le plaisir des sens.

A l'instant où elle lui ôta la tête du corps, elle sentit le contact inconnu et enivrant de la liberté. Cet anonymat des corps, c'était le paradis soudain découvert. Avec une curieuse jouissance, elle expulsait d'elle son âme meurtrie et trop vigilante, et elle se métamorphosait en simple corps sans mémoire ni passé, mais d'autant plus réceptif et avide. Elle caressait tendrement le visage d'Eva, tandis que le corps sans tête se mouvait sur elle avec vigueur.

Mais voici que le corps sans tête interrompit ses mouvements et, d'une voix qui lui rappelait désagréablement la voix de Karel, proféra une phrase incroyablement idiote : « Je suis Bobby Fisher ! Je suis Bobby Fisher ! »

Ce fut comme un réveil qui l'aurait tirée d'un rêve. Et à ce moment, comme elle se serrait contre Eva (ainsi le dormeur réveillé se serre contre son oreiller pour se cacher devant la lueur trouble du jour), Eva lui demanda *d'accord ?* et elle acquiesça, d'un signe qui indiquait qu'elle était d'accord, et elle pressa ses lèvres contre les lèvres d'Eva. Elle l'avait toujours aimée, mais aujourd'hui, pour la première fois, elle l'aimait de tous ses sens, pour elle-même, pour son corps et pour sa peau, et elle s'enivrait de cet amour charnel comme d'une soudaine révélation.

Après, elles restèrent étendues côte à côte, sur le ventre, le derrière légèrement relevé, puis Markéta sentit sur sa peau que ce corps infiniment efficace fixait à nouveau les yeux sur elles et qu'il allait, d'un instant à l'autre, recommencer à leur faire l'amour. Elle s'efforçait de ne pas entendre la voix qui affirmait qu'il avait devant les yeux la belle Mme Nora, elle s'efforçait de n'être qu'un corps qui n'entend pas et qui se presse contre une très douce amie et contre un homme quelconque sans tête.

Quand tout fut fini, son amie s'endormit en une seconde. Markéta lui enviait ce sommeil animal, elle voulait aspirer ce sommeil à ses lèvres, s'assoupir à son rythme. Elle se pressa contre elle et ferma les yeux pour donner le change à Karel qui, pensant que les deux femmes s'étaient endormies, partit se coucher dans la pièce à côté.

A quatre heures et demie du matin, elle ouvrit la porte de sa chambre. Il la regarda, tout ensommeillé.

« Dors, c'est moi qui m'occupe d'Eva », dit-elle, et elle l'embrassa tendrement. Il se tourna sur l'autre côté et se rendormit aussitôt.

Dans la voiture, Eva demanda encore une fois : « C'est d'accord ? »

Markéta n'était plus aussi résolue qu'hier. Oui, elle aurait bien voulu dépasser les vieilles conventions non écrites. Mais comment le faire sans anéantir l'amour ? Comment le faire, puisqu'elle continuait de tellement aimer Karel ?

« N'aie pas peur, dit Eva. Il ne peut s'apercevoir de rien. Entre vous, il est établi une fois pour toutes que c'est toi qui as des soupçons et pas lui. Tu n'as vraiment pas à craindre qu'il se doute de quelque chose. »

# 13

Eva somnole dans le compartiment cahotant. Markéta est rentrée de la gare et s'est déjà rendormie (il faut qu'elle se relève dans une heure et qu'elle se prépare pour aller travailler), et c'est maintenant le tour de Karel de conduire maman à la gare. C'est le jour des trains. Encore quelques heures (mais à ce moment-là les deux époux seront déjà au travail) et leur fils descendra sur le quai pour mettre un point final à ce récit.

Karel est encore empli de la beauté de la nuit. Il sait bien que sur mille ou trois mille actes d'amour (combien de fois a-t-il fait l'amour dans sa vie ?) il n'en reste que deux ou trois qui sont vraiment essentiels et inoubliables, tandis que les autres ne sont que des retours, des imitations, des répétitions ou des évocations. Et Karel sait que l'amour d'hier est l'un de ces deux ou trois grands actes d'amour et il éprouve comme une immense gratitude.

Il accompagne maman à la gare en voiture et elle n'arrête pas de parler.

Que dit-elle ?

D'abord elle le remercie : elle s'était sentie très bien chez son fils et sa bru.

Ensuite elle lui fait des reproches : ils avaient

beaucoup de torts envers elle. Quand il habitait encore chez elle avec Markéta, il était impatient avec elle, souvent grossier même, indifférent, et elle en avait beaucoup souffert. Oui, elle le reconnaît, cette fois-ci ils avaient été très gentils, différents de ce qu'ils étaient avant. Ils avaient changé, oui. Mais pourquoi avait-il fallu qu'ils attendent si longtemps ?

Karel écoute cette longue litanie de reproches (il la connaît par cœur), mais il ne s'en irrite pas le moins du monde. Il regarde maman du coin de l'œil et il est de nouveau surpris qu'elle soit si petite. Comme si sa vie tout entière était un processus de rétrécissement progressif.

Mais qu'est-ce au juste que ce rétrécissement ?

Est-ce le rétrécissement réel de l'homme qui abandonne ses dimensions d'adulte et entame le long voyage à travers la vieillesse et la mort vers les lointains où il n'y a qu'un néant sans dimensions ?

Ou bien ce rétrécissement n'est-il qu'une illusion d'optique, dû au fait que maman s'éloigne, qu'elle est ailleurs, qu'il la voit donc de très loin, et elle lui apparaît comme un agneau, une mésange, un papillon ?

Quand maman interrompit un instant la litanie de ses reproches, Karel lui demanda : « Qu'est-ce qu'elle est devenue, Mme Nora ?

— C'est une vieille femme à présent, tu sais. Elle est presque aveugle.

— Tu la vois de temps en temps ?

— Tu ne sais donc pas ? » dit maman, vexée. Les deux femmes avaient cessé de se voir depuis longtemps, elles s'étaient quittées, brouillées et amères, et ne se réconcilieraient jamais. Karel devrait s'en souvenir.

« Et tu ne sais pas où nous avons été avec elle en vacances, quand j'étais petit ?

— Bien sûr que si ! » dit maman, et elle dit le nom d'une ville d'eaux de Bohême. Karel la connaissait bien, mais il n'avait jamais su que là-bas, précisément, était le vestiaire où il avait vu Mme Nora toute nue.

Il avait maintenant devant les yeux le paysage doucement vallonné de cette ville d'eaux, le péristyle en bois aux colonnes sculptées, et tout autour les collines couvertes de prairies où paissent des moutons dont on entend tintinnabuler les grelots. Il plantait en pensée dans ce paysage (comme l'auteur d'un collage appose sur une gravure une autre gravure découpée) le corps nu de Mme Nora, l'idée lui vint que la beauté est l'étincelle qui jaillit quand, soudainement, à travers la distance des années, deux âges différents se rencontrent. Que la beauté est l'abolition de la chronologie et la révolte contre le temps.

Et il était plein à ras bord de cette beauté et de gratitude pour elle. Puis il dit à brûle-pourpoint : « Maman, on a pensé, Markéta et moi, que tu voudrais peut-être quand même habiter avec nous. Ce n'est pas difficile d'échanger l'appartement contre un autre un peu plus grand. »

Maman lui caressa la main : « Tu es très gentil, Karel. Très gentil. Je suis contente que tu me dises ça. Mais tu sais, mon caniche a déjà ses habitudes là-bas. Et je me suis fait des amies parmi mes voisines. »

Ensuite, ils montent dans le train et Karel cherche un compartiment pour maman. Il les trouve tous trop pleins et inconfortables. Finalement, il la fait asseoir en première classe et court chercher le contrôleur pour payer le supplément. Et comme il a son portefeuille à la main, il en sort un billet de cent couronnes et le pose dans la main de maman, comme si maman était une petite fille qu'on envoie très loin, dans le vaste monde, et maman prend le billet sans s'étonner, tout naturellement, comme une écolière habituée à ce que les adultes lui glissent de temps à autre un peu d'argent.

Et après, le train démarre, maman est à la fenêtre, Karel est sur le quai et il lui fait signe longtemps, longtemps, jusqu'au dernier moment.

# TROISIÈME PARTIE

## LES ANGES

# 1

*Rhinocéros* est une pièce d'Eugène Ionesco dont les personnages, possédés du désir d'être semblables l'un à l'autre, se changent tour à tour en rhinocéros. Gabrielle et Michèle, deux jeunes Américaines, étudiaient cette pièce dans un cours de vacances pour étudiants étrangers dans une petite ville de la côte méditerranéenne. C'étaient les élèves préférées de Mme Raphaël, leur professeur, parce qu'elles la regardaient toujours attentivement et qu'elles notaient avec soin chacune de ses remarques. Aujourd'hui, elle leur avait demandé de préparer ensemble pour le prochain cours un exposé sur la pièce.

« Je ne saisis pas très bien ce que ça signifie, qu'ils se changent tous en rhinocéros, dit Gabrielle.

— Il faut interpréter ça comme un symbole, expliqua Michèle.

— C'est vrai, dit Gabrielle. La littérature est faite de signes.

— Le rhinocéros, c'est d'abord un signe, dit Michèle.

— Oui, mais même si l'on admet qu'ils ne se sont pas changés en vrais rhinocéros, mais seulement en signes, pourquoi sont-ils devenus justement ce signe-là et pas un autre ?

— Oui, c'est évidemment un problème », dit tristement Michèle, et les deux jeunes filles, qui étaient en train de regagner leur foyer d'étudiantes, marquèrent une longue pause.

C'est Gabrielle qui rompit le silence : « Tu ne crois pas que c'est un symbole phallique ?

— Quoi ? demanda Michèle.

— La corne, dit Gabrielle.

— C'est vrai ! » s'écria Michèle, mais ensuite elle hésita. « Seulement, pourquoi se changeraient-ils tous en symboles phalliques ? Les femmes comme les hommes ? »

Les deux jeunes filles qui trottaient en direction du foyer étaient de nouveau silencieuses.

« J'ai une idée, dit soudain Michèle.

— Laquelle ? s'enquit Gabrielle avec intérêt.

— D'ailleurs, c'est une chose que Mme Raphaël a plus ou moins suggérée, dit Michèle, piquant la curiosité de Gabrielle.

— Alors, qu'est-ce que c'est ? Dis-le, insista Gabrielle avec impatience.

— L'auteur a voulu créer un effet comique ! »

L'idée qu'avait exprimée son amie captiva à ce point Gabrielle que, tout entière concentrée sur ce qui se passait dans sa tête, elle en négligea ses jambes

et ralentit le pas. Les deux jeunes filles s'arrêtèrent.

« Tu penses que le symbole du rhinocéros est là
pour créer un effet comique ? demanda-t-elle.

— Oui, dit Michèle, et elle sourit du sourire
orgueilleux de celui qui a trouvé la vérité.

— Tu as raison », dit Gabrielle.

Les deux jeunes filles se regardaient, heureuses de
leur propre audace, et le coin de leur bouche tressaillait
de fierté. Puis, tout à coup, elles firent entendre des
sons aigus, brefs, saccadés, qu'il est très difficile de
décrire avec des mots.

## 2

*Rire ? Se soucie-t-on jamais de rire ? Je veux dire
vraiment rire, au-delà de la plaisanterie, de la moquerie,
du ridicule. Rire, jouissance immense et délicieuse, toute
jouissance...*

*Je disais à ma sœur, ou elle me disait, tu viens, on joue
à rire ? On s'allongeait côte à côte sur un lit, et on
commençait. Pour faire semblant, bien sûr. Rires forcés.
Rires ridicules. Rires si ridicules qu'ils nous faisaient rire.
Alors il venait, le vrai rire, le rire entier, nous emporter
dans son déferlement immense. Rires éclatés, repris,
bousculés, déchaînés, rires magnifiques, somptueux et
fous... Et nous riions à l'infini du rire de nos rires... Oh*

93

*rire ! rire de la jouissance, jouissance du rire ; rire, c'est si*
*profondément vivre.*

Le texte que je viens de citer est tiré d'un livre
intitulé *Parole de femme*. Il a été écrit en 1974 par l'une
des féministes passionnées qui ont marqué d'un trait
distinctif le climat de notre temps. C'est un manifeste
mystique de la joie. Au désir sexuel du mâle, voué aux
instants fugaces de l'érection, donc fatalement fiancé à
la violence, à l'anéantissement, à la disparition, l'auteur oppose, en l'exaltant comme son antipode, la
*jouissance* féminine, douce, omniprésente et continue.
Pour la femme, pour autant qu'elle n'est pas aliénée à
sa propre essence, *manger, boire, uriner, déféquer,*
*toucher, entendre, ou même être là*, tout est jouissance.
Cette énumération de voluptés s'étend à travers le livre
comme une belle litanie. *Vivre est heureux : voir,*
*entendre, toucher, boire, manger, uriner, déféquer, se*
*plonger dans l'eau et regarder le ciel, rire et pleurer.* Et si le
coït est beau, c'est parce qu'il est la totalité des
*jouissances possibles de la vie : le toucher, le voir,*
*l'entendre, le parler, le sentir, mais encore le boire, le*
*manger, le déféquer, le connaître, le danser.* L'allaitement
aussi est une joie, même l'enfantement est jouissance,
la menstruation est un délice, cette *tiède salive, ce lait*
*obscur, cet écoulement tiède et comme sucré du sang, cette*
*douleur qui a le goût brûlant du bonheur.*

Seul un imbécile pourrait sourire de ce manifeste
de la joie. Toute mystique est outrance. Le mystique
ne doit pas craindre le ridicule, s'il veut aller jusqu'au
bout, jusqu'au bout de l'humilité, ou jusqu'au bout de
la jouissance. De même que sainte Thérèse souriait

dans son agonie, sainte Annie Leclerc (c'est ainsi que se nomme l'auteur du livre dont j'extrais ces citations) affirme que la mort est un fragment de joie et que seul le mâle la redoute, parce qu'il est misérablement attaché à *son petit moi et à son petit pouvoir*.

En haut, telle la voûte de ce temple de la volupté, éclate le rire, *transe délicieuse du bonheur, comble extrême de la jouissance. Rire de la jouissance, jouissance du rire.* Incontestablement, ce rire-là est *au-delà de la plaisanterie, de la moquerie, du ridicule.* Les deux sœurs allongées sur leur lit ne rient de rien de précis, leur rire n'a pas d'objet, il est l'expression de l'être qui se réjouit d'être. De même que par son gémissement celui qui a mal s'enchaîne à la seconde présente de son corps souffrant (et il est tout entier en dehors du passé et de l'avenir), de même, celui qui éclate de ce rire extatique est sans souvenir et sans désir, car il jette son cri à la seconde présente du monde et ne veut rien connaître qu'elle.

Vous vous souvenez certainement de cette scène pour l'avoir vue dans des dizaines de mauvais films : un garçon et une fille se tiennent par la main et courent dans un beau paysage printanier (ou estival). Ils courent, ils courent, ils courent et ils rient. Le rire des deux coureurs doit proclamer au monde entier et aux spectateurs de tous les cinémas : nous sommes heureux, nous sommes contents d'être au monde, nous sommes d'accord avec l'être ! C'est une scène stupide, un cliché, mais elle exprime une attitude humaine fondamentale : le rire sérieux, le rire *au-delà de la plaisanterie*.

Toutes les Églises, tous les fabricants de linge, tous

les généraux, tous les partis politiques sont d'accord sur ce rire-là, et tous se précipitent pour placer l'image de ces deux coureurs riant sur leurs affiches où ils font de la propagande pour leur religion, leurs produits, leur idéologie, leur peuple, leur sexe et leur poudre à laver la vaisselle.

C'est justement de ce rire-là que rient Michèle et Gabrielle. Elles sortent d'une papeterie, elles se donnent la main, et, dans leur main restée libre, elles balancent chacune un petit paquet où il y a du papier de couleur, de la colle et des élastiques.

« Mme Raphaël sera enthousiasmée, tu vas voir », dit Gabrielle, et elle émet des sons aigus et saccadés. Michèle est d'accord avec elle et fait entendre à peu près le même bruit.

## 3

Peu après que les Russes ont occupé mon pays en 1968, ils m'ont chassé de mon travail (comme des milliers et des milliers d'autres Tchèques), et personne n'avait le droit de me donner un autre emploi. Alors de jeunes amis sont venus me trouver, qui étaient trop jeunes pour être déjà sur les listes des Russes et pouvaient donc rester dans les salles de rédaction, dans les écoles, dans les studios de cinéma. Ces bons et jeunes amis, que je ne trahirai jamais, m'ont proposé d'écrire sous leurs noms des dramatiques pour la radio et la télévision, des pièces de théâtre, des articles, des reportages, des scénarios de films, pour que je puisse ainsi gagner de quoi vivre. J'ai utilisé quelques-uns de ces services, mais je les refusais le plus souvent, parce que je n'arrivais pas à faire tout ce qu'on me proposait, et aussi parce que c'était dangereux. Pas pour moi, mais pour eux. La police secrète voulait nous affamer, nous réduire par la misère, nous contraindre à capituler et à nous rétracter publiquement. C'est pourquoi elle surveillait avec vigilance les pitoyables issues par lesquelles nous tentions d'échapper à l'encerclement, et châtiait durement ceux qui faisaient cadeau de leur nom.

Parmi ces généreux donateurs, il y avait une jeune femme du nom de R. (je n'ai rien à cacher dans ce cas puisque tout a été découvert). Cette fille timide, fine et intelligente était rédactrice dans un magazine pour la jeunesse qui avait un tirage fabuleux. Comme ce magazine était alors obligé de publier un nombre incroyable d'articles politiques indigestes qui chantaient les louanges du fraternel peuple russe, la rédaction cherchait un moyen d'attirer l'attention de la foule. Elle avait donc décidé de s'écarter exceptionnellement de la pureté de l'idéologie marxiste et de créer une rubrique d'astrologie.

Pendant ces années où j'ai vécu en exclu, j'ai fait des milliers d'horoscopes. Si le grand Jaroslav Hašek a été marchand de chiens (il vendait beaucoup de chiens volés et faisait passer bien des bâtards pour des spécimens de race), pourquoi ne pourrais-je pas être astrologue ? J'avais jadis reçu d'amis parisiens tous les traités d'astrologie d'André Barbault, dont le nom est fièrement suivi du titre de *Président du Centre international d'astrologie,* et, contrefaisant mon écriture, j'y avais inscrit à la plume sur la première page : *A Milan Kundera avec admiration, André Barbault.* Je laissais les livres dédicacés discrètement posés sur une table et j'expliquais à mes clients pragois interloqués que j'avais été à Paris pendant plusieurs mois l'assistant de l'illustre Barbault.

Quand R. m'a demandé de tenir clandestinement la rubrique d'astrologie de son hebdomadaire, j'ai évidemment réagi avec enthousiasme et je lui ai recommandé d'annoncer à la rédaction que l'auteur des textes était un brillant spécialiste de l'atome qui ne voulait pas révéler son nom de crainte d'être la risée de ses collègues. Notre entreprise me semblait être doublement protégée : par le savant qui n'existait pas, et par son pseudonyme.

J'ai donc écrit sous un nom imaginaire un long et bel article sur l'astrologie, puis chaque mois un texte bref et assez stupide sur les différents signes pour lesquels je dessinais moi-même des vignettes du Taureau, du Bélier, de la Vierge, des Poissons. Les gains étaient dérisoires et la chose en elle-même n'avait rien de divertissant ni de remarquable. Tout ce qu'il y avait de plaisant dans tout cela, c'était mon existence, l'existence d'un homme rayé de l'histoire, des manuels de littérature et de l'annuaire du téléphone, d'un homme mort qui revenait maintenant à la vie dans une surprenante réincarnation pour prêcher à des centaines de milliers de jeunes d'un pays socialiste la grande vérité de l'astrologie.

Un jour, R. m'a annoncé que son rédacteur en chef était conquis par l'astrologue et voulait qu'il lui fît son horoscope. J'étais enchanté. Le rédacteur en chef avait été placé à la tête du magazine par les Russes et il avait passé la moitié de sa vie à étudier le marxisme-léninisme à Prague et à Moscou !

« Il avait un peu honte en me disant cela, m'expliquait R. avec un sourire. Il ne tient pas à ce que ça s'ébruite, qu'il croit à ces superstitions moyenâgeuses. Mais il est terriblement tenté.

— C'est bien », ai-je dit, et j'étais content. Je connaissais le rédacteur en chef. Outre que c'était le patron de R., il était membre de la commission supérieure du parti chargée des cadres, et il avait ruiné l'existence de pas mal de mes amis.

« Il veut garder un total anonymat. Je dois vous donner sa date de naissance, mais vous ne devez pas savoir qu'il s'agit de lui. »

Ça m'amusait encore plus : « Tant mieux !

— Il vous donnerait cent couronnes pour son horoscope.

— Cent couronnes ? Qu'est-ce qu'il s'imagine, cet avare. »

Il a fallu qu'il m'envoie mille couronnes. J'ai noirci dix pages où je dépeignais son caractère et où je décrivais son passé (dont j'étais suffisamment informé) et son avenir. J'ai travaillé à mon œuvre pendant toute une semaine et j'ai eu des consultations détaillées avec R. Avec un horoscope, on peut en effet magnifiquement influencer, voire diriger, le comportement des gens. On peut leur recommander certains actes, les prévenir contre d'autres et les amener à l'humilité en leur faisant connaître leurs futures catastrophes.

Quand j'ai revu R. un peu plus tard, nous avons bien ri. Elle affirmait que le rédacteur en chef était devenu meilleur depuis qu'il avait lu son horoscope. Il criait moins. Il commençait à se méfier de sa propre sévérité contre laquelle l'horoscope le mettait en garde, il faisait grand cas de cette parcelle de bonté dont il était capable et, dans son regard, qu'il fixait souvent dans le vide, on pouvait reconnaître la tristesse d'un homme qui sait que les étoiles ne lui promettent désormais que souffrance.

## 4 *(A propos des deux rires)*

Concevoir le diable comme un partisan du Mal et l'ange comme un combattant du Bien, c'est accepter la démagogie des anges. Les choses sont évidemment plus compliquées.

Les anges sont partisans non pas du Bien mais de la création divine. Le diable est au contraire celui qui refuse au monde divin un sens rationnel.

La domination du monde, comme on le sait, anges et diables se la partagent. Pourtant, le bien du monde n'implique pas que les anges aient l'avantage sur les diables (comme je le croyais quand j'étais enfant), mais que les pouvoirs des uns et des autres soient à peu près en équilibre. S'il y a dans le monde trop de sens incontestable (le pouvoir des anges), l'homme succombe sous son poids. Si le monde perd tout son sens (le règne des diables), on ne peut pas vivre non plus.

Les choses soudain privées de leur sens supposé, de la place qui leur est assignée dans l'ordre prétendu des choses (un marxiste formé à Moscou croit aux horoscopes), provoquent chez nous le rire. A l'origine, le rire est donc du domaine du diable. Il a quelque chose de méchant (les choses se révèlent soudain différentes de ce pour quoi elles se faisaient passer) mais il y a aussi en lui une part de bienfaisant soulagement (les choses sont plus légères qu'il n'y paraissait, elles nous laissent vivre plus librement, elles cessent de nous oppresser sous leur austère sérieux).

Quand l'ange a entendu pour la première fois le rire du diable, il en a été frappé de stupeur. Ça se passait pendant un festin, la salle était pleine de monde et les gens ont été gagnés l'un après l'autre par le rire du diable, qui est horriblement contagieux. L'ange comprenait clairement que ce rire était dirigé contre Dieu et contre la dignité de son œuvre. Il savait qu'il devait réagir vite, d'une manière ou d'une autre, mais il se sentait faible et sans défense. Ne pouvant rien inventer lui-même, il a singé son adversaire. Ouvrant la bouche, il émettait des sons entrecoupés, saccadés, dans les intervalles supérieurs de son registre vocal (c'est un peu le même son que font entendre, dans une rue d'une ville de la côte, Michèle et Gabrielle), mais en leur donnant un sens opposé : Tandis que le rire du diable désignait l'absurdité des choses, l'ange voulait au contraire se réjouir que tout fût ici-bas bien ordonné, sagement conçu, bon et plein de sens.

Ainsi, l'ange et le diable se faisaient face et, se montrant leur bouche ouverte, émettaient à peu près les mêmes sons, mais chacun exprimait par sa clameur des choses absolument contraires. Et le diable regardait rire l'ange, et il riait d'autant plus, d'autant mieux et d'autant plus franchement que l'ange qui riait était infiniment comique.

Un rire ridicule, c'est la débâcle. Pourtant, les anges ont quand même obtenu un résultat. Ils nous ont trompés avec une imposture sémantique. Pour désigner leur imitation du rire et le rire originel (celui du diable) il n'y a qu'un seul mot. Aujourd'hui on ne se rend même plus compte que la même manifestation extérieure recouvre deux attitudes intérieures absolument opposées. Il y a deux rires et nous n'avons pas de mot pour les distinguer.

## 5

Un magazine a publié cette photographie : une rangée d'hommes en uniforme, avec le fusil sur l'épaule et coiffés d'un casque complété par une visière protectrice en plexiglas, ont le regard tourné vers des jeunes gens et des jeunes filles en jeans et en tee-shirts qui se donnent la main et dansent une ronde sous leurs yeux.

C'est visiblement un entracte avant le choc avec la police qui garde une centrale nucléaire, un camp d'entraînement militaire, le secrétariat d'un parti politique ou les vitres d'une ambassade. Les jeunes gens ont profité de ce temps mort pour se mettre en cercle et, s'accompagnant d'un simple refrain populaire, ils font deux pas sur place, un pas en avant, et lèvent la jambe gauche puis la jambe droite.

Il me semble que je les comprends : ils ont l'impression que le cercle qu'ils décrivent sur le sol est un cercle magique qui les unit comme une bague. Et leur poitrine se gonfle d'un intense sentiment d'innocence : ils sont unis non pas, comme des soldats ou des commandos fascistes, par une *marche au pas*, mais, comme des enfants, par une *danse*. C'est leur innocence qu'ils veulent cracher au visage des flics.

C'est bien ainsi que les a vus le photographe, et il a mis en relief ce contraste éloquent : d'un côté la police dans l'unité *fausse* (imposée, commandée) du rang, et de l'autre les jeunes dans l'unité *vraie* (sincère et naturelle) du cercle ; de ce côté-ci la police dans la *morose* activité d'hommes à l'affût, et eux, de ce côté-là, dans la *joie* du jeu.

Danser dans une ronde est magique ; la ronde nous parle depuis les profondeurs millénaires de la mémoire. Mme Raphaël, le professeur, a découpé cette photo dans le magazine et elle la regarde en rêvant. Elle voudrait, elle aussi, danser dans une ronde. Elle a toute sa vie cherché un cercle d'hommes et de femmes auxquels elle pourrait donner la main pour danser une ronde, elle l'a d'abord cherché dans l'Église méthodiste (son père était un fanatique religieux), puis dans le parti communiste, puis dans le parti trotskiste, puis dans le parti trotskiste dissident, puis dans le mouvement contre l'avortement (l'enfant a droit à la vie!), puis dans le mouvement pour la légalisation de l'avortement (la femme a droit à son corps!), elle l'a cherché chez les marxistes, chez les psychanalystes, puis chez les structuralistes, elle l'a cherché chez Lénine, dans le bouddhisme Zen, chez Mao Tsé-toung, parmi les adeptes du yoga, dans l'école du nouveau roman, et, pour finir, elle veut être au moins en parfaite harmonie avec ses élèves, ne faire avec eux qu'un seul tout, ce qui signifie qu'elle les oblige toujours à penser et à dire la même chose qu'elle, à n'être avec elle qu'un seul corps et qu'une seule âme dans le même cercle et la même danse.

En ce moment ses élèves Gabrielle et Michèle sont dans leur chambre, dans leur foyer d'étudiantes. Elles sont penchées sur le texte de Ionesco et Michèle lit à haute voix :

« *Le logicien, au vieux monsieur : Prenez une feuille de papier, calculez. On enlève deux pattes aux deux chats, combien de pattes restera-t-il à chaque chat ?*

« *Le vieux monsieur, au logicien : Il y a plusieurs solutions possibles. Un chat peut avoir quatre pattes, l'autre deux. Il peut y avoir un chat à cinq pattes et un autre chat à une patte. En enlevant les deux pattes, sur huit, des deux chats, nous pouvons avoir un chat à six pattes et un chat sans pattes du tout.* »

Michèle interrompt sa lecture : « Je ne comprends pas comment on pourrait enlever les pattes à un chat. Il serait capable de les leur couper ?

— Michèle ! s'écria Gabrielle.

— Et je ne comprends pas non plus qu'un chat puisse avoir six pattes.

— Michèle ! s'écria de nouveau Gabrielle.

— Quoi ? demanda Michèle.

— Est-ce que tu as oublié ? Tu l'as pourtant dit toi-même !

— Quoi ? demanda de nouveau Michèle.

— Ce dialogue est certainement destiné à créer un effet comique !

— Tu as raison », dit Michèle, et elle regarda Gabrielle avec allégresse. Les deux jeunes filles se regardaient dans les yeux, il y avait comme un tressaillement de fierté au coin de leurs lèvres et, finalement, leur bouche laissa échapper des sons brefs et saccadés dans les intervalles supérieurs de leur registre vocal. Puis de nouveau les mêmes sons et encore les mêmes sons. *Un rire forcé. Un rire ridicule. Un rire si ridicule qu'elles ne peuvent faire autrement qu'en rire. Après, vient le vrai rire. Un rire éclaté, repris, bousculé, débridé, des explosions de rire, magnifiques, somptueuses et folles. Elles rient de leur rire jusqu'à l'infini de leur rire... Oh rire ! Rire de la jouissance, jouissance du rire...*

Et, quelque part, Mme Raphaël, esseulée, errait dans les rues de la petite ville de la côte méditerranéenne. Elle leva soudain la tête, comme si lui parvenait de loin un fragment d'une mélodie flottant dans l'air léger, ou comme si une lointaine senteur lui frappait les narines. Elle s'arrêta et elle entendit dans son crâne le cri du vide qui se révoltait et qui voulait être comblé. Il lui sembla que quelque part, non loin d'elle, tremblait la flamme du grand rire, qu'il y avait peut-être quelque part, tout près, des gens qui se tenaient par la main et qui dansaient une ronde...

Elle restait ainsi quelque temps, elle regardait tout autour d'elle nerveusement puis, brusquement, cette musique mystérieuse se tut (Michèle et Gabrielle avaient cessé de rire ; elles avaient soudain l'air las et devant elles une nuit vide sans amour), et Mme Raphaël, étrangement tourmentée et insatisfaite, rentra chez elle par les rues chaudes de la petite ville de la côte.

# 6

Moi aussi j'ai dansé dans la ronde. C'était en 1948, les communistes venaient de triompher dans mon pays, les ministres socialistes et démocrates chrétiens s'étaient réfugiés à l'étranger et moi, je tenais par la main ou par les épaules d'autres étudiants communistes, nous faisions deux pas sur place, un pas en avant et nous levions la jambe droite d'un côté puis la jambe gauche de l'autre, et nous faisions cela presque tous les mois, parce que nous avions toujours quelque chose à célébrer, un anniversaire ou un événement quelconque, les anciennes injustices étaient réparées, de nouvelles injustices étaient perpétrées, les usines étaient nationalisées, des milliers de gens allaient en prison, les soins médicaux étaient gratuits, les buralistes se voyaient confisquer leurs bureaux de tabac, les vieux ouvriers partaient pour la première fois en vacances dans les villas expropriées et nous avions sur le visage le sourire du bonheur. Puis, un jour, j'ai dit quelque chose qu'il ne fallait pas dire, j'ai été exclu du parti et j'ai dû sortir de la ronde.

C'est alors que j'ai compris la signification magique du cercle. Quand on s'est éloigné du rang, on peut encore y rentrer. Le rang est une formation ouverte. Mais le cercle se referme et on le quitte sans retour. Ce n'est pas un hasard si les planètes se meuvent en cercle, et si la pierre qui s'en détache s'en éloigne inexorablement, emportée par la force centrifuge. Pareil à la météorite arrachée à une planète, je suis sorti du cercle et, aujourd'hui encore, je n'en finis pas de tomber. Il y a des gens auxquels il est donné de mourir dans le tournoiement et il y en a d'autres qui s'écrasent au terme de la chute. Et ces autres (dont je suis) gardent toujours en eux comme une timide nostalgie de la ronde perdue, parce que nous sommes tous les habitants d'un univers où toute chose tourne en cercle.

C'était encore Dieu sait quel anniversaire et une fois de plus il y avait dans les rues de Prague des rondes de jeunes qui dansaient. J'errais parmi eux, j'étais tout près d'eux, mais il ne m'était permis d'entrer dans aucune de leurs rondes. C'était en juin 1950 et Milada Horakova avait été pendue la veille. Elle était député du parti socialiste et le tribunal communiste l'avait accusée de menées hostiles à l'État. Zavis Kalandra, surréaliste tchèque, ami d'André Breton et de Paul Éluard, avait été pendu en même temps qu'elle. Et de jeunes Tchèques dansaient et ils savaient que la veille, dans la même ville, une femme et un surréaliste s'étaient balancés au bout d'une corde, et ils dansaient avec encore plus de frénésie, parce que leur danse était la manifestation de leur innocence qui tranchait avec éclat sur la noirceur coupable des deux pendus, traîtres au peuple et à son espérance.

André Breton ne croyait pas que Kalandra avait trahi le peuple et son espérance et, à Paris, il avait appelé Éluard (par une lettre ouverte datée du 13 juin 1950) à protester contre l'accusation insensée et à tenter de sauver leur vieil ami. Mais Éluard était en train de danser dans une ronde gigantesque entre Paris, Moscou, Prague, Varsovie, Sofia et la Grèce, entre tous les pays socialistes et tous les partis communistes du monde, et il récitait partout ses beaux vers sur la joie et la fraternité. Ayant lu la lettre de Breton, il avait fait deux pas sur place, puis un pas en avant, il avait hoché la tête, refusé de défendre un traître au peuple (dans l'hebdomadaire *Action* du 19 juin 1950) et il s'était mis à réciter d'une voix métallique :

> « *Nous allons combler l'innocence*
> *De la force qui si longtemps*
> *Nous a manqué*
> *Nous ne serons plus jamais seuls.* »

Et j'errais à travers les rues de Prague, autour de moi tournoyaient les rondes de Tchèques qui riaient en dansant et je savais que je n'étais pas de leur côté, mais du côté de Kalandra qui s'était lui aussi détaché de la trajectoire circulaire et qui était tombé, tombé, pour finir sa chute dans un cercueil de condamné, mais j'avais beau ne pas être de leur côté, je les regardais quand même danser avec envie et avec nostalgie, et je ne pouvais pas les quitter des yeux. Et à ce moment-là, je l'ai vu, juste devant moi !

Il les tenait par les épaules, il chantait avec eux deux ou trois notes toutes simples, il levait la jambe gauche d'un côté puis la jambe droite de l'autre. Oui, c'était lui, l'enfant chéri de Prague, Éluard ! Et soudain, ceux avec qui il dansait se sont tus, ils ont continué de se mouvoir dans un silence absolu, tandis qu'il scandait au rythme des claquements de semelles :

« *Nous fuirons le repos, nous fuirons le sommeil,*
*Nous prendrons de vitesse l'aube et le printemps*
*Et nous préparerons des jours et des saisons*
*A la mesure de nos rêves.* »

Et ensuite, tous se sont brusquement remis à chanter ces trois ou quatre notes toutes simples, et ils ont accéléré le rythme de leur danse. Ils fuyaient le repos et le sommeil, prenaient le temps de vitesse et comblaient leur innocence. Ils souriaient tous et Éluard s'est penché vers une jeune fille qu'il tenait par les épaules :

« *L'homme en proie à la paix a toujours un sourire.* »

Et la jeune fille s'est mise à rire et elle a tapé plus fort du pied sur le macadam, de sorte qu'elle s'est élevée de quelques centimètres au-dessus de la chaussée, entraînant les autres avec elle vers le haut, et l'instant d'après plus un seul d'entre eux ne touchait terre, ils faisaient deux pas sur place et un pas en avant, sans toucher terre, oui, ils volaient au-dessus de la place Saint-Venceslas, leur ronde dansante ressemblait à une grande couronne qui prenait son essor, et moi, je courais en bas sur la terre et je levais les yeux pour les voir et ils étaient de plus en plus loin, ils volaient en levant la jambe gauche d'un côté puis la jambe droite de l'autre, et au-dessous d'eux il y avait Prague avec ses cafés pleins de poètes et ses prisons pleines de traîtres au peuple, et dans le crématoire on était en train d'incinérer une député socialiste et un écrivain surréaliste, la fumée s'élevait vers le ciel comme un heureux présage et j'entendais la voix métallique d'Éluard :

« *L'amour est au travail il est infatigable.* »

Et je courais derrière cette voix à travers les rues pour ne pas perdre de vue cette splendide couronne de corps planant au-dessus de la ville et je savais, avec l'angoisse au cœur, qu'ils volaient comme les oiseaux et que je tombais comme la pierre, qu'ils avaient des ailes et que je n'en aurais plus jamais.


7


Dix-huit ans après son exécution, Kalandra a été totalement réhabilité, mais quelques mois plus tard les chars russes ont fait irruption en Bohême et aussitôt des dizaines de milliers de gens ont été à leur tour accusés d'avoir trahi le peuple et son espérance, quelques-uns ont été jetés en prison, la plupart ont été chassés de leur travail et, deux ans plus tard (donc vingt ans après l'envol d'Éluard au-dessus de la place Saint-Venceslas), l'un de ces nouveaux accusés (moi) tenait une rubrique d'astrologie dans un illustré destiné à la jeunesse tchèque. Une année s'était écoulée depuis mon dernier article sur le Sagittaire (cela se passait donc en décembre 1971), quand j'ai reçu la visite d'un jeune homme que je ne connaissais pas. Sans mot dire, il m'a remis une enveloppe. Je l'ai déchirée, j'ai lu la lettre, mais il m'a fallu un moment pour comprendre que c'était une lettre de R. L'écriture était méconnaissable. Elle devait être très énervée quand elle avait écrit cette lettre. Elle s'était efforcée de tourner ses phrases de telle sorte que personne d'autre que moi ne pût les comprendre si bien que moi-même je ne les comprenais qu'à moitié. La seule chose que je saisissais, c'est qu'avec un an de retard mon identité d'auteur était découverte.

A cette époque, j'avais un studio à Prague rue Bartolomejska. C'est une rue petite mais fameuse. Tous les immeubles sauf deux (dont celui où je logeais) appartiennent à la police. Quand je regardais dehors par ma grande fenêtre du quatrième étage, je voyais, en haut, par-dessus les toits, les tours du Hradchine et, en bas, les cours de la police. En haut défilait la glorieuse histoire des rois de Bohême, en bas se déroulait l'histoire de prisonniers illustres. Ils sont tous passés par là, Kalandra et Horakova, Slansky et Clementis, et mes amis Sabata et Hübl.

Le jeune homme (tout indiquait que c'était le fiancé de R.) regardait autour de lui avec la plus grande circonspection. Il pensait visiblement que la police surveillait mon appartement avec des micros cachés. Nous nous sommes fait un signe de tête en silence et nous sommes sortis. Nous avons d'abord marché sans prononcer un seul mot, et c'est seulement quand nous avons débouché dans le vacarme de l'avenue Narodni Trida qu'il m'a dit que R. voulait me voir et qu'un ami à lui, que je ne connaissais pas, nous prêtait un appartement en banlieue pour ce rendez-vous clandestin.

Le lendemain, j'ai donc fait un long trajet en tram jusqu'à la périphérie de Prague, on était en décembre, j'avais les mains gelées, et les cités-dortoirs étaient complètement vides à cette heure de la matinée. J'ai trouvé la maison grâce à la description que le jeune homme m'en avait faite, j'ai pris l'ascenseur jusqu'au troisième, j'ai regardé les cartes de visite sur les portes et j'ai sonné. L'appartement était silencieux. J'ai sonné encore une fois, mais personne n'ouvrait. Je suis retourné dans la rue. Je me suis promené une demi-heure dans le froid glacial, pensant que R. était en retard et que j'allais la croiser quand elle remonterait le trottoir désert depuis l'arrêt du tram. Mais il ne venait personne. J'ai repris l'ascenseur jusqu'au troisième. J'ai de nouveau sonné. Au bout de quelques secondes, j'ai entendu le bruit de la chasse d'eau à l'intérieur de l'appartement. A ce moment, il m'a semblé qu'on déposait en moi le cube de glace de l'angoisse. Je ressentais au-dedans de mon propre corps la peur de la jeune femme qui ne pouvait pas m'ouvrir la porte parce que son anxiété lui retournait les entrailles.

Elle a ouvert, elle était pâle, mais elle souriait et s'efforçait d'être aimable comme toujours. Elle a fait quelques plaisanteries maladroites en disant que nous allions être enfin seuls ensemble dans un appartement vide. Nous nous sommes assis et elle m'a raconté qu'elle avait été récemment convoquée à la police. Ils l'avaient interrogée pendant toute une journée. Les deux premières heures, ils lui avaient demandé des tas de choses insignifiantes, elle se sentait déjà maîtresse de la situation, elle plaisantait avec eux, et elle leur avait demandé avec insolence s'ils se figuraient qu'elle allait se passer de déjeuner pour des sottises pareilles. C'était à ce moment-là qu'ils lui avaient demandé : chère mademoiselle R., qui donc vous écrit des articles d'astrologie pour votre journal ? Elle avait rougi et avait tenté de parler d'un physicien célèbre dont elle ne pouvait révéler le nom. Ils lui avaient demandé : vous connaissez M. Kundera ? Elle avait dit qu'elle me connaissait. Y avait-il du mal à ça ? Ils lui avaient répondu : il n'y a rien de mal à ça, mais est-ce que vous savez que M. Kundera s'intéresse à l'astrologie ? C'est une chose que j'ignore, avait-elle dit. C'est une chose que vous ignorez ? avaient-ils dit en riant. Tout Prague en parle et c'est une chose que vous ignorez ? Elle avait encore parlé pendant quelques instants du spécialiste de l'atome, et l'un des flics s'était mis à lui crier après : qu'elle ne nie pas, surtout !

Elle leur avait dit la vérité. La rédaction du journal voulait avoir une bonne rubrique d'astrologie mais ne savait à qui s'adresser, R. me connaissait et m'avait donc demandé mon concours. Elle était certaine de n'avoir violé aucune loi. Ils lui avaient donné raison. Non, elle n'avait violé aucune loi. Elle n'avait enfreint que des règlements de service internes qui interdisent de collaborer avec certaines personnes coupables d'avoir trompé la confiance du parti et de l'État. Elle avait fait observer qu'il ne s'était rien produit de si grave : Le nom de M. Kundera était resté caché sous un pseudonyme et n'avait donc pu offenser personne. Quant aux honoraires que M. Kundera avait touchés, ce n'était même pas la peine d'en parler. Ils lui avaient encore donné raison : Il ne s'était rien passé de grave, c'était exact, ils allaient se contenter d'établir un procès-verbal sur ce qui s'était passé, elle allait le signer et elle n'aurait rien à craindre.

Elle avait signé le procès-verbal et deux jours après le rédacteur en chef l'avait convoquée et lui avait annoncé qu'elle était licenciée avec effet immédiat. Elle était allée le jour même à la radio où elle avait des amis qui lui proposaient depuis longtemps du travail. Ils l'avaient accueillie avec joie mais quand elle était revenue le lendemain pour remplir les papiers, le chef du personnel, qui l'aimait bien, avait l'air désolé : « Quelle bêtise avez-vous faite, ma petite ! Vous vous êtes gâché la vie. Je ne peux absolument rien pour vous. »

Elle avait d'abord hésité à me parler, parce qu'elle avait dû promettre aux policiers de ne souffler mot à personne de l'interrogatoire. Mais ayant reçu une nouvelle convocation de la police (elle devait y aller le lendemain), elle avait décidé qu'il valait mieux me rencontrer en secret pour s'entendre avec moi et nous éviter de faire des déclarations contradictoires si jamais j'étais aussi convoqué.

Comprenez bien, R. n'était pas peureuse, simplement elle était jeune et elle ignorait tout du monde. Elle venait de recevoir le premier coup, incompréhensible et inattendu, et elle ne l'oublierait jamais. Je comprenais que j'avais été choisi pour être le facteur qui distribue aux gens avertissements et châtiments et je commençais à me faire peur à moi-même.

« Pensez-vous, me demandait-elle la gorge serrée, qu'ils soient au courant des mille couronnes que vous avez touchées pour l'horoscope ?

— Soyez sans crainte. Un type qui a étudié le marxisme-léninisme à Moscou pendant trois ans n'osera jamais avouer qu'il se fait faire des horoscopes. »

Elle a ri et ce rire, bien qu'il ait duré une demi-seconde à peine, tintait à mon oreille comme une timide promesse de salut. Car c'était bien ce rire-là que je désirais entendre quand j'écrivais ces stupides petits articles sur les Poissons, la Vierge et le Bélier, c'était bien ce rire-là que j'imaginais pour récompense, mais il ne me parvenait de nulle part parce que entre-temps les anges, partout au monde, avaient occupé toutes les positions décisives, tous les états-majors, ils avaient conquis la gauche et la droite, les Arabes et les Juifs, les généraux russes et les dissidents russes. Ils nous regardaient de toutes parts de leur œil glacial et ce regard nous arrachait le sympathique costume de mystificateurs enjoués et nous démasquait comme de pauvres imposteurs qui travaillaient pour le magazine de la jeunesse socialiste sans croire ni à la jeunesse ni au socialisme, qui faisaient un horoscope au rédacteur en chef tout en se foutant et du rédacteur en chef et des horoscopes, et qui s'occupaient de choses dérisoires quand tout le monde autour de nous (la gauche et la droite, les Arabes et les Juifs, les généraux et les dissidents) combattait pour l'avenir du genre humain. Nous sentions sur nous le poids de leur regard qui nous changeait en insectes bons à écraser sous la semelle.

J'ai maîtrisé mon angoisse et j'ai essayé d'inventer pour R. le plan le plus raisonnable à suivre pour répondre à la police le lendemain. Pendant la conversation, elle s'est levée plusieurs fois pour aller aux waters. Ses retours étaient accompagnés du bruit de la chasse d'eau et d'expressions de gêne panique. Cette fille courageuse avait honte de sa peur. Cette femme de goût avait honte de ses entrailles qui sévissaient sous les yeux d'un étranger.

8

Une vingtaine de jeunes gens et de jeunes filles de diverses nationalités étaient assis à leurs pupitres et regardaient distraitement Michèle et Gabrielle qui, l'air nerveux, étaient debout devant la chaire où était assise Mme Raphaël. Elles tenaient à la main plusieurs feuilles de papier couvertes du texte de leur exposé et, en plus, elles portaient un curieux objet en carton muni d'un élastique.

« Nous allons parler de la pièce de Ionesco, *Rhinocéros* », dit Michèle, et elle inclina la tête pour se planter sur le nez un tube en carton où étaient collés des bouts de papier multicolores, puis elle s'attacha ce cornet derrière la tête avec l'élastique. Gabrielle en fit autant. Ensuite elles se regardèrent et elles émirent dans l'aigu des sons brefs et saccadés.

La classe avait compris, en somme assez facilement, que les deux jeunes filles voulaient montrer, primo, que le rhinocéros a une corne à la place du nez et, secundo, que la pièce de Ionesco est comique. Elles avaient décidé d'exprimer ces deux idées, certes avec des mots, mais surtout par l'action de leur propre corps.

Les longs cornets se balançaient à l'extrémité de leur visage et la classe tombait dans une sorte de compassion embarrassée, comme si quelqu'un était venu présenter devant les pupitres un bras amputé.

Seule Mme Raphaël s'émerveilla de la trouvaille de ses jeunes favorites et elle répondit à leurs sons aigus et saccadés par un semblable cri.

Les jeunes filles secouèrent leurs longs nez d'un air satisfait et Michèle commença à lire sa partie de l'exposé.

Il y avait parmi les élèves une jeune fille juive du nom de Sarah. Elle avait demandé aux deux Américaines, quelques jours plus tôt, de la laisser jeter un coup d'œil sur leurs notes (chacun savait qu'elles n'omettaient pas la moindre parole de Mme Raphaël), mais elles avaient refusé : *Tu n'as qu'à pas manquer les cours pour aller à la plage*. Depuis ce jour-là, Sarah les détestait cordialement, et maintenant elle se réjouissait du spectacle de leur bêtise.

Michèle et Gabrielle lisaient tour à tour leur analyse de *Rhinocéros* et les longs cornets en papier sortaient de leur visage comme une vaine prière. Sarah comprit qu'il serait dommage de ne pas saisir l'occasion qu'on lui offrait. Comme Michèle marquait une pause dans son intervention et se tournait vers Gabrielle pour lui indiquer que c'était à elle maintenant, elle se leva de son banc et se dirigea vers les deux jeunes filles. Gabrielle, au lieu de prendre la parole, fixa sur Sarah l'orifice de son faux nez surpris, et resta bouche bée. Arrivée à la hauteur des deux étudiantes, Sarah les évita (comme si le nez rajouté était trop lourd pour leur ·tête, les Américaines n'étaient pas à même de la tourner pour regarder ce qui se passait derrière elles), prit son élan, donna à Michèle un coup de pied aux fesses, reprit son élan et botta à nouveau, cette fois-ci dans le derrière de Gabrielle. Ensuite, elle regagna son banc avec calme, voire dignité.

Sur le moment, il y eut un silence absolu.

Puis les larmes commencèrent à couler des yeux de Michèle et, immédiatement après, des yeux de Gabrielle.

Puis toute la classe éclata d'un rire énorme.

Puis Sarah se rassit à son banc.

Puis Mme Raphaël, d'abord prise au dépourvu et

choquée, comprit que l'intervention de Sarah était un épisode concerté d'une farce d'étudiants soigneusement préparée, qui n'avait d'autre but que d'éclairer le sujet de leur analyse (l'interprétation de l'œuvre d'art ne peut se limiter à l'approche théorique traditionnelle ; il faut une approche moderne, une lecture par la praxis, l'action, le happening), et comme elle ne voyait pas les larmes de ses favorites (elles faisaient face à la classe et lui tournaient par conséquent le dos), elle inclina la tête et acquiesça d'un éclat de rire.

Michèle et Gabrielle, en entendant derrière elles le rire de leur professeur bien-aimée, se sentirent trahies. Maintenant, les larmes coulaient de leurs yeux comme d'un robinet. L'humiliation leur faisait si mal qu'elles se tordaient comme si elles avaient des crampes d'estomac.

Mme Raphaël s'imagina que les convulsions de ses élèves favorites étaient un mouvement de danse, et à ce moment, une force plus puissante que sa gravité professorale la jeta hors de sa chaise. Elle riait aux larmes, elle écartait les bras et son corps se trémoussait tant et si bien que sa tête était projetée en avant et en arrière sur son cou, comme une clochette que le sacristain tient renversée dans la paume de sa main et qu'il sonne à toute volée. Elle s'approcha des jeunes filles qui se tordaient convulsivement, et elle prit Michèle par la main. Les voici toutes trois devant les pupitres, elles se tordaient toutes trois et elles étaient en larmes. Mme Raphaël faisait deux pas sur place, levait la jambe gauche d'un côté, puis la jambe droite de l'autre, et les deux jeunes filles en pleurs commençaient timidement à l'imiter. Les larmes coulaient le long de leur nez en papier et elles se tordaient et sautillaient sur place. Puis Mme le professeur saisit Gabrielle par la main ; elles formaient maintenant un cercle devant les pupitres, elles se tenaient toutes trois par la main, elles faisaient des pas sur place et de côté et tournaient en rond sur le plancher de la salle de classe. Elles lançaient la jambe en avant, tantôt la droite, tantôt la gauche, et sur le visage de Gabrielle et de Michèle les grimaces des sanglots devenaient imperceptiblement la grimace du rire.

Les trois femmes dansaient et riaient, et la classe se taisait et regardait dans une muette épouvante. Mais déjà les trois femmes ne remarquaient plus les autres, elles étaient tout entières concentrées sur elles-mêmes et sur leur jouissance. Soudain, Mme Raphaël tapa plus fort du pied, elle s'éleva de quelques centimètres au-dessus du plancher et, au pas suivant, elle ne toucha déjà plus terre. Elle entraînait derrière elle ses deux compagnes, encore un instant et elles tournaient toutes trois au-dessus du plancher, elles montaient en spirale, lentement. Déjà leurs cheveux atteignaient le plafond qui commençait à s'ouvrir peu à peu. Par cette ouverture, elles montaient de plus en plus haut, leurs nez en papier n'étaient déjà plus visibles, il n'y avait plus que trois paires de chaussures qui dépassaient du trou béant, mais qui finirent par disparaître à leur tour, tandis que d'en haut parvenait à l'oreille des élèves médusés le rire qui s'éloignait, le rire resplendissant des trois archanges.

# 9

Mon rendez-vous avec R. dans l'appartement prêté a été décisif pour moi. A ce moment-là, j'ai compris définitivement que j'étais devenu le messager du malheur, que je ne pouvais continuer à vivre parmi les gens que j'aimais si je ne voulais pas leur faire du mal et qu'il ne me restait plus qu'à partir de mon pays.

Mais j'ai encore une autre raison d'évoquer cette dernière rencontre avec R. J'avais toujours beaucoup aimé cette jeune femme, de la manière la plus innocente, la moins sexuelle qui fût. Comme si son corps était toujours parfaitement caché derrière son intelligence radieuse, et aussi derrière la modestie de sa conduite et le bon ton de sa toilette. Elle ne m'offrait pas le moindre interstice par où j'aurais pu entrevoir la lueur de sa nudité. Et soudain la peur l'éventra comme un couteau de boucher. J'avais l'impression de la voir ouverte devant moi, comme la carcasse tranchée d'une génisse suspendue au crochet d'une boutique. Nous étions assis l'un à côté de l'autre sur le divan dans cet appartement prêté, des toilettes nous parvenait le chuintement de l'eau qui coulait dans le réservoir, et j'éprouvai soudain une envie frénétique de lui faire l'amour. Plus exactement : une envie frénétique de la violer. De me jeter sur elle et de la saisir dans une seule étreinte avec toutes ses insoutenablement excitantes contradictions, avec ses vêtements parfaits et ses intestins en révolte, avec sa raison et sa peur, avec sa fierté et sa honte. Et il me semblait que dans ces contradictions se cachait son essence, ce trésor, cette pépite d'or, ce diamant celé dans ses profondeurs. Je voulais bondir sur elle et le lui arracher. Je voulais la contenir tout entière avec sa merde et son âme ineffable.

Mais je voyais deux yeux angoissés fixés sur moi (des yeux angoissés dans un visage intelligent) et plus ces yeux étaient angoissés, plus grand était mon désir de la violer, et d'autant plus absurde, imbécile, scandaleux, incompréhensible et irréalisable.

Quand je suis sorti ce jour-là de l'appartement prêté et que je me suis retrouvé dans la rue déserte de cette cité de la banlieue pragoise (R. resta encore un instant dans l'appartement, elle avait peur de sortir en même temps que moi et qu'on nous vît ensemble), j'ai été longtemps sans pouvoir penser à autre chose qu'à cet immense désir que j'avais éprouvé de violer ma sympathique amie. Ce désir est resté en moi, prisonnier comme un oiseau dans un sac, un oiseau qui s'éveille de temps à autre et bat des ailes.

Il se peut que ce désir insensé de violer R. n'ait été qu'un effort désespéré pour me raccrocher à quelque chose au milieu de la chute. Parce que, depuis qu'ils m'ont exclu de la ronde, je n'en finis pas de tomber, encore maintenant je tombe, et à présent, ils n'ont fait que me pousser encore une fois pour que je tombe encore plus loin, encore plus profond, de plus en plus loin de mon pays dans l'espace désert du monde où retentit le rire effrayant des anges qui couvre de son carillon toutes mes paroles.

Je sais, il y a quelque part Sarah, la jeune fille juive Sarah, ma sœur Sarah, mais où la trouverai-je ?

Les passages en italique sont tirés des ouvrages suivants :
— Annie Leclerc : *Parole de femme*, 1976.
— Paul Éluard : *Le visage de la paix*, 1951.
— Eugène Ionesco : *Rhinocéros*, 1959.

# QUATRIÈME PARTIE

## LES LETTRES PERDUES

# 1

J'ai calculé qu'à chaque seconde deux ou trois nouveaux personnages fictifs reçoivent ici-bas le baptême. C'est pourquoi j'hésite toujours à me joindre à cette foule innombrable de saints Jean-Baptiste. Mais qu'y faire ? Il faut bien que je donne un nom à mes personnages. Cette fois-ci, pour montrer clairement que mon héroïne est mienne et n'appartient qu'à moi (je lui suis plus attaché qu'à nulle autre), je vais l'appeler d'un nom qu'aucune femme n'a encore jamais porté : Tamina. J'imagine qu'elle est belle, grande, qu'elle a trente-trois ans et qu'elle est de Prague.

Je la vois en pensée descendre une rue d'une ville de province à l'ouest de l'Europe. Oui, vous l'avez bien remarqué : c'est Prague qui est loin que je désigne par son nom, alors que je laisse dans l'anonymat la ville où a lieu mon récit. C'est enfreindre toutes les règles de la perspective, mais il ne vous reste qu'à l'accepter.

Tamina travaille comme serveuse dans un petit café

qui appartient à un couple. Le café rapporte si peu que le mari a pris le premier emploi qu'il a trouvé et Tamina a obtenu la place ainsi libérée. La différence entre le misérable salaire que le patron touche dans son nouvel emploi et le salaire encore plus misérable que les époux versent à Tamina représente leur menu bénéfice.

Tamina sert le café et le calvados aux clients (il n'y en a pas tellement, la salle est toujours à moitié vide) puis retourne derrière le comptoir. Assis au bar, sur un tabouret, il y a presque toujours quelqu'un qui veut bavarder avec elle. Tout le monde l'aime bien, Tamina. Parce qu'elle sait écouter ce qu'on lui raconte.

Mais écoute-t-elle vraiment? Ou ne fait-elle que regarder, tellement attentive, tellement silencieuse? Je ne sais, et ça n'a pas beaucoup d'importance. Ce qui compte, c'est qu'elle n'interrompt pas. Vous savez ce qui se passe quand deux personnes bavardent. L'une parle et l'autre lui coupe la parole : *c'est tout à fait comme moi, je…* et se met à parler d'elle jusqu'à ce que la première réussisse à glisser à son tour : *c'est tout à fait comme moi, je…*

Cette phrase, *c'est tout à fait comme moi, je…*, semble être un écho approbateur, une manière de continuer la réflexion de l'autre, mais c'est un leurre : en réalité c'est une révolte brutale contre une violence brutale, un effort pour libérer notre propre oreille de l'esclavage et occuper de force l'oreille de l'adversaire. Car toute la vie de l'homme parmi ses semblables n'est rien d'autre qu'un combat pour s'emparer de l'oreille d'autrui. Tout le mystère de la popularité de Tamina vient de ce qu'elle ne désire pas parler d'elle-même. Elle accepte sans résistance les occupants de son oreille et elle ne dit jamais : *c'est tout à fait comme moi, je…*


# 2


Bibi a dix ans de moins que Tamina. Depuis près d'un an elle lui parle d'elle, jour après jour. Il n'y a pas longtemps (et c'est en fait à ce moment-là que tout a commencé) elle lui a dit qu'elle comptait aller à Prague en été avec son mari, pendant les vacances.

Alors, Tamina a cru s'éveiller d'un sommeil de plusieurs années. Bibi parle encore quelques instants et Tamina (contrairement à son habitude) lui coupe la parole :

« Bibi, si vous allez à Prague, est-ce que vous pourriez passer chez mon père pour me rapporter quelque chose ? Rien de bien gros. Juste un petit paquet, ça entrera facilement dans votre valise.

— Pour toi n'importe quoi ! dit Bibi, très empressée.

— Je t'en serais éternellement reconnaissante, dit Tamina.

— Tu peux compter sur moi », dit Bibi. Les deux femmes parlent encore un peu de Prague et Tamina a les joues en feu.

« Je veux écrire un livre », dit ensuite Bibi.

Tamina pense à son petit paquet là-bas en Bohême,

et elle sait qu'elle doit s'assurer l'amitié de Bibi. Elle lui offre donc aussitôt son oreille : « Un livre ? Et sur quoi ? »

La fille de Bibi, une gosse d'un an, se traîne sous le tabouret du bar où est assise sa maman. Elle fait beaucoup de bruit.

« Du calme ! » dit Bibi en direction du carrelage, et elle souffle d'un air pensif la fumée de sa cigarette. « Sur le monde tel que je le vois. »

La petite pousse des cris de plus en plus aigus et Tamina demande : « Tu saurais écrire un livre ?

— Pourquoi pas ? » fait Bibi, et elle a de nouveau l'air pensif. « Il faut évidemment que je me renseigne un peu pour savoir comment on s'y prend pour écrire un bouquin. Tu ne connais pas Banaka, par hasard ?

— Qui c'est ? demande Tamina.

— Un écrivain, dit Bibi. Il habite par ici. Il faut que je fasse sa connaissance.

— Qu'est-ce qu'il a écrit ?

— Je n'en sais rien », dit Bibi, et elle ajoute, pensive : « Il faudrait peut-être que je lise un truc de lui. »


3


Au lieu d'une exclamation de joyeuse surprise, il n'y eut dans l'écouteur qu'un glacial : « Ça alors ! Tu t'es enfin souvenue de moi ?

— Tu sais que je ne roule pas sur l'or. Le téléphone est cher, dit Tamina pour s'excuser.

— Tu peux écrire. Les timbres ne coûtent pas tellement cher, que je sache. Je ne me rappelle même plus quand j'ai reçu ta dernière lettre. »

Comprenant que la conversation avec sa belle-mère démarrait mal, Tamina commença par l'interroger longuement sur sa santé et sur ce qu'elle faisait, avant de se résoudre à dire : « J'ai un service à te demander. Avant notre départ, nous avons laissé un paquet chez toi.

— Un paquet ?

— Oui. Pavel l'a rangé avec toi dans l'ancien bureau de son père, et il a fermé le tiroir à clef. Tu te rappelles, il a toujours eu un tiroir à lui dans ce bureau. Et il t'a confié la clé.

— Je ne l'ai pas, votre clé.

— Mais, belle-maman, tu dois l'avoir. Pavel te l'a donnée, j'en suis sûre. J'étais là.

— Vous ne m'avez rien donné du tout.

— Ça fait déjà pas mal d'années, et tu as peut-être oublié. Tout ce que je te demande, c'est de chercher cette clé. Tu vas certainement la trouver.

— Et qu'est-ce que tu veux que j'en fasse ?

— Juste que tu regardes si le paquet est toujours à sa place.

— Et pourquoi il n'y serait pas ? Vous l'avez mis là ?

— Oui.

— Alors pourquoi il faut que j'ouvre le tiroir ?

131

Qu'est-ce que vous croyez que j'en ai fait, de vos carnets ? »

Tamina en eut un choc : Comment sa belle-mère pouvait-elle savoir qu'il y avait des carnets dans le tiroir ? Ils étaient emballés et le paquet était soigneusement fermé avec plusieurs bandes de papier adhésif. Pourtant, elle ne laissa rien paraître de sa surprise :

« Mais je ne dis rien de pareil. Je voudrais juste que tu regardes si tout est bien en place. Je t'en dirai plus la prochaine fois.

— Et tu ne peux pas m'expliquer de quoi il s'agit ?

— Belle-maman, je ne peux pas parler longtemps, c'est tellement cher ! »

La belle-mère se mit à sangloter : « Alors, ne me téléphone pas, si c'est trop cher.

— Ne pleure pas, belle-maman », dit Tamina. Elle connaissait ses sanglots par cœur. Sa belle-mère pleurait toujours quand elle voulait leur imposer quelque chose. Elle les accusait avec des pleurs et il n'y avait rien de plus agressif que ses larmes.

L'écouteur était secoué de sanglots et Tamina dit : « A bientôt, belle-maman, je rappellerai. »

La belle-mère pleurait et Tamina n'osait pas raccrocher avant qu'elle lui ait dit au revoir. Mais les sanglots ne cessaient pas et chaque larme coûtait beaucoup d'argent.

Tamina raccrocha.

« Madame Tamina, dit la patronne d'une voix affligée, en montrant le compteur. Vous avez parlé très longtemps », puis elle calcula combien coûtait la communication avec la Bohême et Tamina s'effraya de cette grosse somme. Il lui faudrait compter chaque centime pour tenir jusqu'à la prochaine paye. Mais elle régla la note sans sourciller.


# 4


Tamina et son mari avaient quitté la Bohême illégalement. Ils s'étaient inscrits pour un séjour au bord de la mer que l'agence de voyages officielle tchécoslovaque organisait en Yougoslavie. Une fois arrivés, ils avaient abandonné le groupe et, franchissant la frontière de l'Autriche, ils s'étaient dirigés vers l'ouest.

Craignant de se faire remarquer pendant le voyage en groupe, ils n'avaient qu'une grosse valise chacun. Au dernier moment, ils n'avaient pas osé prendre avec eux le paquet volumineux qui contenait leur correspondance mutuelle et les carnets de Tamina. Si un policier de la Tchécoslovaquie occupée leur avait fait ouvrir leurs bagages pendant le contrôle douanier, il eût immédiatement trouvé suspect qu'ils emportent toutes les archives de leur vie privée pour quinze jours de vacances au bord de la mer. Et comme ils ne voulaient pas laisser le paquet chez eux, sachant qu'après leur départ leur appartement serait confisqué par l'État, ils l'avaient déposé chez la belle-mère de

Tamina dans un tiroir du bureau abandonné et désormais inutile du beau-père décédé.

A l'étranger, le mari de Tamina était tombé malade et Tamina n'avait pu que regarder la mort le lui prendre lentement. Quand il était mort, on lui avait demandé si elle voulait le faire inhumer ou incinérer. Elle avait dit qu'on l'incinère. On lui avait ensuite demandé si elle voulait le garder dans une urne ou si elle préférait faire disperser les cendres. Nulle part elle n'était chez elle et elle craignait de porter son mari pendant toute sa vie comme un bagage à main. Elle avait fait disperser ses cendres.

J'imagine que le monde s'élève autour de Tamina, de plus en plus haut, comme un mur circulaire, et qu'elle est une petite pelouse tout en bas. Sur cette pelouse il ne pousse qu'une seule rose, le souvenir de son mari.

Ou bien j'imagine que le présent de Tamina (il consiste à servir le café et à offrir son oreille) est un radeau qui dérive sur l'eau et elle est sur ce radeau et elle regarde en arrière, rien qu'en arrière.

Depuis quelque temps, elle était désespérée parce que le passé était de plus en plus pâle. Elle n'avait de son mari que la photographie de son passeport, toutes les autres photos étaient restées à Prague dans l'appartement confisqué. Elle regardait cette pauvre image tamponnée, écornée, où son mari était pris de face (comme un criminel photographié par l'Identité judiciaire) et n'était guère ressemblant. Chaque jour elle se livrait devant cette photographie à une sorte d'exercice spirituel : elle s'efforçait d'imaginer son mari de profil, puis de demi-profil, puis de trois quarts. Elle faisait revivre la ligne de son nez, de son menton, et elle constatait chaque jour avec effroi que le croquis imaginaire présentait de nouveaux points discutables où la mémoire qui dessinait avait des doutes.

Pendant ces exercices, elle s'efforçait d'évoquer la peau et sa couleur, et toutes les menues altérations de l'épiderme, les verrues, les excroissances, les taches de rousseur, les petites veines. C'était difficile, presque impossible. Les couleurs dont se servait sa mémoire étaient irréelles, et avec ces couleurs-là il n'y avait pas moyen d'imiter la peau humaine. Elle avait donc mis au point une technique particulière de remémoration. Quand elle était assise en face d'un homme, elle se servait de sa tête comme d'un matériau à sculpter : elle la regardait fixement et elle refaisait en pensée le modelé du visage, elle lui donnait une teinte plus sombre, y plaçait les taches de rousseur et les verrues, rapetissait les oreilles, colorait les yeux en bleu.

Mais tous ces efforts ne faisaient que démontrer que l'image de son mari se dérobait irrévocablement. Au début de leur liaison, il lui avait demandé (il avait dix ans de plus qu'elle et s'était déjà fait une certaine idée de la misère de la mémoire humaine) de tenir un journal et d'y noter pour tous les deux le déroulement de leur vie. Elle s'était rebellée, affirmant que c'était se moquer de leur amour. Elle l'aimait trop pour pouvoir admettre que ce qu'elle qualifiait d'inoubliable pût être oublié. Évidemment, elle avait fini par lui obéir, mais sans enthousiasme. Les carnets s'en ressentaient : bien des pages y étaient vides et les notes fragmentaires.

# 5

Elle avait vécu onze ans en Bohême avec son mari, et les carnets laissés chez sa belle-mère étaient, eux aussi, au nombre de onze. Peu après la mort de son mari, elle avait acheté un cahier et l'avait divisé en onze parties. Elle était certes parvenue à se remémorer bien des événements et des situations à moitié oubliés, mais elle ne savait absolument pas dans quelle partie du cahier les inscrire. La succession chronologique était irrémédiablement perdue.

Elle avait d'abord tenté de retrouver les souvenirs qui pourraient servir de points de repère dans l'écoulement du temps et devenir la charpente principale du passé reconstruit. Par exemple leurs vacances. Il devait y en avoir onze, mais elle ne pouvait s'en rappeler que neuf. Il y en avait deux qui étaient à jamais perdues.

Elle s'était ensuite efforcée de ranger dans les onze chapitres du cahier ces neuf vacances redécouvertes. Elle n'y était parvenue avec certitude que pour les années qui se distinguaient par quelque chose d'exceptionnel. En 1964, la mère de Tamina était morte et ils étaient allés un mois plus tard dans les Tatras où ils avaient passé de tristes vacances. Et elle savait que l'année d'après ils étaient allés au bord de la mer en Bulgarie. Elle se rappelait aussi les vacances de 1968 et celles de l'année suivante, parce que c'étaient les dernières qu'ils avaient passées en Bohême.

Mais si elle avait réussi à reconstituer tant bien que mal la plupart de leurs vacances (sans pouvoir les dater toutes), elle échouait complètement quand elle cherchait à se remémorer leurs Noëls et leurs Nouvel An. Sur onze Noëls, elle n'en retrouvait que deux dans les recoins de sa mémoire, et sur douze Nouvel An elle ne s'en rappelait que cinq.

Elle voulait aussi se souvenir de tous les noms qu'il lui avait donnés. Il ne l'avait appelée par son vrai nom que pendant les quinze premiers jours. Sa tendresse était une machine à fabriquer continuellement des surnoms. Elle avait beaucoup de noms et comme chaque nom s'usait vite, il lui en donnait sans cesse des nouveaux. Pendant les douze ans qu'ils avaient passés ensemble, elle en avait eu une vingtaine, une trentaine, et chacun appartenait à une période précise de leur vie.

Mais comment redécouvrir le lien perdu entre un surnom et le rythme du temps ? Tamina ne parvenait à le retrouver que dans quelques cas. Elle se souvenait par exemple des jours qui avaient suivi la mort de sa mère. Son mari lui chuchotait son nom à l'oreille (le nom de ce temps-là, de cet instant-là) avec insistance, comme s'il avait tenté de l'éveiller d'un mauvais rêve. C'est un surnom dont elle se souvenait et elle avait pu l'inscrire avec certitude dans la section intitulée 1964. Mais tous les autres noms volaient en dehors du temps, libres et fous comme des oiseaux échappés d'une volière.

C'est pourquoi elle désire si désespérément avoir chez elle ce paquet de carnets et de lettres.

Évidemment, elle sait qu'il y a aussi dans les carnets pas mal de choses déplaisantes, des journées d'insatisfaction, de disputes et même d'ennui, mais il ne s'agit pas de ça du tout. Elle ne veut pas rendre au passé sa poésie. Elle veut lui rendre son corps perdu. Ce qui la pousse, ce n'est pas un désir de beauté. C'est un désir de vie.

Car Tamina est à la dérive sur un radeau et elle regarde en arrière, rien qu'en arrière. Le volume de son être n'est que ce qu'elle voit là-bas, loin derrière elle. De même que son passé se contracte, se défait, se dissout, Tamina rétrécit et perd ses contours.

Elle veut avoir ses carnets pour que la fragile charpente des événements, telle qu'elle l'a construite dans son cahier, puisse recevoir des murs et devenir la maison qu'elle pourra habiter. Parce que, si l'édifice chancelant des souvenirs s'affaisse comme une tente maladroitement dressée, il ne va rien rester de Tamina que le présent, ce point invisible, ce néant qui avance lentement vers la mort.


6


Alors, pourquoi ne pas avoir dit depuis longtemps à sa belle-mère de lui envoyer ses carnets ?

Dans son pays, la correspondance avec l'étranger passe par les mains de la police secrète et Tamina ne pouvait accepter l'idée que des fonctionnaires de la police fourrent le nez dans sa vie privée. Et puis, le nom de son mari (qui était aussi son nom à elle) était certainement resté sur les listes noires, et la police porte à tout document né de la vie de ses adversaires, même morts, un intérêt sans défaillance. (Sur ce point, Tamina ne se trompait nullement. C'est dans les dossiers des archives de la police que se trouve notre seule immortalité.)

Bibi était donc son seul espoir et elle allait tout faire pour se l'attacher. Bibi voulait être présentée à Banaka et Tamina réfléchissait : son amie devrait connaître l'intrigue d'au moins un de ses livres. Il est en effet indispensable qu'elle glisse dans la conversation : *oui, c'est exactement ce que vous dites dans votre livre.* Ou bien : *vous ressemblez tellement à vos personnages, monsieur Banaka !* Tamina savait que Bibi n'avait pas un seul livre chez elle et que ça l'ennuyait de lire. Elle voulait donc découvrir ce qu'il y avait dans les livres de Banaka pour préparer son amie à cette rencontre avec l'écrivain.

Hugo était dans la salle et Tamina venait de poser une tasse de café devant lui : « Hugo, connaissez-vous Banaka ? »

Hugo avait mauvaise haleine, mais à part cela Tamina le trouvait tout à fait sympathique : c'était un garçon calme et timide, qui avait environ cinq ans de moins qu'elle. Il venait au café une fois par semaine et regardait tantôt les livres dont il était encombré, tantôt Tamina debout derrière le comptoir.

« Oui, dit-il.

— J'aimerais connaître le sujet d'un de ses livres.

139

— Dites-vous bien, Tamina, répondit Hugo, que personne n'a encore jamais rien lu de Banaka. Il est impossible de lire un livre de Banaka sans passer pour un imbécile. Banaka, personne n'en doute, est un écrivain de deuxième, de troisième ou même de dixième catégorie. Je vous assure que Banaka est à ce point victime de sa propre réputation qu'il méprise les gens qui ont lu ses livres. »

Elle ne cherchait donc plus à se procurer des livres de Banaka, mais elle était bien décidée à organiser elle-même la rencontre avec l'écrivain. Elle prêtait de temps à autre sa chambre, qui était vide dans la journée, à une petite Japonaise mariée surnommée Joujou, pour des rendez-vous discrets avec un professeur de philosophie marié lui aussi. Le professeur connaissait Banaka et Tamina fit promettre aux amants de l'amener chez elle un jour que Bibi y serait en visite.

Quand Bibi apprit la nouvelle, elle lui dit : « Peut-être que Banaka est beau gosse et que ta vie sexuelle va enfin changer. »


# 7


C'était exact, depuis la mort de son mari, Tamina n'avait pas fait l'amour. Ce n'était pas par principe. Cette fidélité au-delà de la mort lui semblait au contraire presque ridicule, et elle ne s'en vantait à personne. Mais chaque fois qu'elle imaginait (et elle l'imaginait souvent) de se déshabiller devant un homme, elle avait devant elle l'image de son mari. Elle savait qu'alors elle le verrait. Elle savait qu'elle verrait son visage et ses yeux qui l'observeraient.

C'était évidemment incongru, c'était même absurde, et elle s'en rendait compte. Elle ne croyait pas dans la vie posthume de l'âme de son mari et elle ne pensait pas non plus qu'elle offenserait sa mémoire en prenant un amant. Mais elle n'y pouvait rien.

Elle avait même eu cette idée singulière : Il lui eût été beaucoup plus facile qu'aujourd'hui de tromper son mari de son vivant. Son mari était un homme gai, brillant, fort, elle se sentait beaucoup plus faible que lui, et elle avait l'impression de ne pouvoir le blesser même en s'y employant de son mieux.

Mais aujourd'hui, tout était différent. Aujourd'hui, elle ferait du mal à quelqu'un qui ne pouvait pas se défendre, qui était à sa merci comme un enfant. Car maintenant qu'il était mort, son mari n'avait plus qu'elle, plus qu'elle au monde !

C'est pourquoi, aussitôt qu'elle songeait à la possibilité de l'amour physique avec un autre, l'image de son mari surgissait, et avec elle une lancinante nostalgie et avec la nostalgie une immense envie de pleurer.

# 8

Banaka était laid et pouvait difficilement réveiller chez une femme une sensualité somnolente. Tamina lui versa du thé dans sa tasse et il la remercia très respectueusement. Tout le monde se sentait bien chez Tamina et Banaka lui-même, se tournant vers Bibi avec le sourire, interrompit assez vite une conversation à bâtons rompus :

« Il paraît que vous voulez écrire un livre ? Ce sera un livre sur quoi ?

— C'est très simple, répondit Bibi. Un roman. Sur le monde tel que je le vois.

— Un roman ? » interrogea Banaka d'une voix qui trahissait la désapprobation.

Bibi rectifia évasivement : « Ce ne serait pas nécessairement un roman.

— Pensez seulement à ce que c'est qu'un roman, dit Banaka. A cette multitude de personnages différents. Voulez-vous nous faire croire que vous connaissez tout d'eux ? Que vous savez à quoi ils ressemblent, ce qu'ils pensent, comment ils s'habillent, de quelle famille ils viennent ? Avouez que ça ne vous intéresse pas du tout !

— C'est exact, reconnut Bibi, ça ne m'intéresse pas.

— Vous savez, dit Banaka, le roman est le fruit d'une illusion humaine. L'illusion de pouvoir comprendre autrui. Mais que savons-nous les uns des autres ?

— Rien, dit Bibi.

— C'est vrai », dit Joujou.

Le professeur de philosophie hochait la tête en signe d'approbation.

« Tout ce qu'on peut faire, dit Banaka, c'est présenter un rapport sur soi-même. Un rapport chacun sur soi. Tout le reste n'est qu'abus de pouvoir. Tout le reste est mensonge. »

Bibi approuvait avec enthousiasme : « C'est vrai ! C'est tout à fait vrai ! Moi non plus je ne veux pas écrire un roman ! Je me suis mal exprimée. Je voulais faire exactement ce que vous avez dit, écrire sur moi. Présenter un rapport sur ma vie. En même temps, je ne veux pas cacher que ma vie est tout à fait banale, ordinaire, et que je n'ai rien vécu d'original. »

Banaka souriait : « Ça n'a aucune importance ! Moi non plus, vu de l'extérieur, je n'ai rien vécu d'original.

— Oui, s'écria Bibi, c'est bien dit ! Vu de *l'extérieur*, je n'ai rien vécu. Vu de l'extérieur ! Mais j'ai le sentiment que mon expérience *intérieure* vaut la peine d'être écrite et pourrait intéresser tout le monde. »

Tamina remplissait les tasses de thé et se réjouissait que les deux hommes, qui étaient descendus dans son appartement depuis l'Olympe de l'esprit, soient compréhensifs envers son amie.

Le professeur de philosophie tirait sur une pipe et se cachait derrière sa fumée comme s'il avait honte.

« Depuis James Joyce déjà, dit-il, nous savons que la plus grande aventure de notre vie est l'absence d'aventures. Ulysse, qui s'était battu à Troie, revenait en sillonnant les mers, pilotait lui-même son navire, avait une maîtresse dans chaque île, non, ce n'est pas ça notre vie. L'odyssée d'Homère s'est transportée au-dedans. Elle s'est intériorisée. Les îles, les mers, les sirènes qui nous séduisent, Ithaque qui nous rappelle, ce ne sont aujourd'hui que les voix de notre être intérieur.

— Oui ! C'est exactement ce que je ressens ! » s'exclama Bibi, et elle s'adressa de nouveau à Banaka. « Et c'est pour ça que je voulais vous demander comment il faut s'y prendre. J'ai souvent l'impression que mon corps tout entier est plein du désir de s'exprimer. De parler. De se faire entendre. Je me dis parfois que je vais devenir folle, parce que je me sens pleine à craquer, à en avoir envie de crier, vous connaissez certainement ça, monsieur Banaka. Je voudrais exprimer ma vie, mes sentiments qui sont, je le sais, absolument originaux, mais quand je m'assieds devant une feuille de papier, brusquement je ne sais plus quoi écrire. Alors je me suis dit que c'est sûrement une question de technique. Il me manque évidemment certaines connaissances que vous possédez. Vous avez écrit de si beaux livres... »

# 9

Je vous fais grâce du cours sur l'art d'écrire que les deux Socrates donnèrent à la jeune femme. Je veux parler d'autre chose. Il y a quelque temps, j'ai traversé Paris en taxi et le chauffeur était bavard. Il ne pouvait pas dormir la nuit. Il souffrait d'une insomnie chronique. Ça datait de la guerre. Il était marin. Son navire avait coulé. Il avait nagé pendant trois jours et trois nuits. Ensuite on l'avait repêché. Il avait passé plusieurs mois entre la vie et la mort. Il avait guéri, mais il avait perdu le sommeil.

« J'ai derrière moi un tiers de ma vie de plus que vous, dit-il avec le sourire.

— Et que faites-vous de ce tiers que vous avez en plus ? » ai-je demandé.

Il a répondu : « J'écris. »

J'ai voulu savoir ce qu'il écrivait.

Il écrivait sa vie. L'histoire d'un homme qui avait nagé pendant trois jours dans la mer, qui avait lutté contre la mort, qui avait perdu le sommeil et qui avait pourtant conservé la force de vivre.

« Vous écrivez ça pour vos enfants ? Comme une chronique de la famille ? »

Il a souri avec amertume : « Pour mes enfants ? Ça ne les intéresserait pas. C'est un livre que j'écris. Je crois que ça pourrait aider pas mal de gens. »

Cette conversation avec le chauffeur de taxi m'a brusquement éclairé sur la nature de l'activité de l'écrivain. Nous écrivons des livres parce que nos enfants se désintéressent de nous. Nous nous adressons au monde anonyme parce que notre femme se bouche les oreilles quand nous lui parlons.

Vous allez répliquer que dans le cas du chauffeur de taxi, il s'agit d'un graphomane et nullement d'un écrivain. Il faut donc commencer par préciser les concepts. Une femme qui écrit quatre lettres par jour à son amant n'est pas une graphomane. C'est une amoureuse. Mais mon ami qui fait des photocopies de sa correspondance galante pour pouvoir la publier un jour est un graphomane. La graphomanie n'est pas le désir d'écrire des lettres, des journaux intimes, des chroniques familiales (c'est-à-dire d'écrire pour soi ou pour ses proches), mais d'écrire des livres (donc d'avoir un public de lecteurs inconnus). En ce sens, la passion du chauffeur de taxi et celle de Goethe sont les mêmes. Ce qui distingue Goethe du chauffeur de taxi, ce n'est pas une passion différente, mais le résultat différent de la passion.

La graphomanie (manie d'écrire des livres) prend fatalement les proportions d'une épidémie lorsque le développement de la société réalise trois conditions fondamentales :

1) un niveau élevé de bien-être général, qui permet aux gens de se consacrer à une activité inutile ;

2) un haut degré d'atomisation de la vie sociale et, par conséquent, d'isolement général des individus ;

3) le manque radical de grands changements sociaux dans la vie interne de la nation (de ce point de vue, il me paraît symptomatique qu'en France où il ne se passe pratiquement rien le pourcentage d'écrivains soit vingt et une fois plus élevé qu'en Israël. Bibi s'est d'ailleurs fort bien exprimée en disant que, *vu de l'extérieur*, elle n'a rien vécu. Le moteur qui la pousse à écrire, c'est justement cette absence de contenu vital, ce vide).

Mais l'effet, par un choc en retour, se répercute sur la cause. L'isolement général engendre la graphomanie, et la graphomanie généralisée renforce et aggrave à son tour l'isolement. L'invention de la presse à imprimer a jadis permis aux hommes de se comprendre mutuellement. A l'ère de la graphomanie universelle, le fait d'écrire des livres prend un sens opposé : chacun s'entoure de ses propres mots comme d'un mur de miroirs qui ne laisse filtrer aucune voix du dehors.

# 10

« Tamina, dit Hugo, un jour qu'il bavardait avec elle dans le café désert, je sais que je n'ai aucune chance avec vous. Je ne tenterai donc rien. Mais je peux quand même vous inviter dimanche à déjeuner ? »

Le paquet est chez la belle-mère de Tamina dans une ville de province, et Tamina veut le faire envoyer à Prague, chez son père où Bibi pourra passer le prendre. Apparemment, il n'y a rien de plus simple, mais il va lui falloir beaucoup de temps et d'argent pour convaincre des personnes âgées et fantasques. Le téléphone coûte cher et le salaire de Tamina suffit à peine pour payer le loyer et la nourriture.

« Oui », dit Tamina, se souvenant qu'Hugo avait certainement le téléphone chez lui.

Il vint la chercher en voiture et ils allèrent au restaurant, à la campagne.

La situation précaire de Tamina aurait dû faciliter à Hugo le rôle du conquérant souverain, mais, derrière le personnage de la serveuse mal payée, il voyait l'expérience mystérieuse de l'étrangère et de la veuve. Il se sentait intimidé. L'amabilité de Tamina était comme une cuirasse que les balles ne parviennent pas à percer. Il voudrait attirer son attention, la captiver, entrer dans sa tête !

Il s'efforçait d'inventer pour elle quelque chose d'intéressant. Avant d'arriver à destination, il arrêta la voiture pour lui faire visiter un jardin zoologique aménagé dans le parc d'un joli château provincial. Ils se promenaient entre les singes et les perroquets dans un décor de tours gothiques. Ils étaient tout seuls ; un jardinier aux allures campagnardes balayait les larges allées jonchées de feuilles. Ils passèrent un loup, un castor, un singe et un tigre et ils arrivèrent à une grande prairie entourée d'une clôture de fils de fer derrière laquelle il y avait des autruches.

Elles étaient six. En apercevant Tamina et Hugo, elles accoururent vers eux. Maintenant, elles formaient un petit groupe qui se pressait contre la clôture, elles tendaient leurs longs cous, elles les fixaient et elles ouvraient leurs larges becs plats. Elles les ouvraient et les refermaient à une vitesse incroyable, fébrilement, comme si elles voulaient parler chacune plus fort que l'autre. Seulement ces becs étaient désespérément muets et il n'en sortait pas le moindre son.

Les autruches étaient comme des messagers qui avaient appris par cœur un message important, mais l'ennemi leur avait coupé les cordes vocales en chemin et eux, une fois arrivés au but, ne pouvaient que remuer leurs bouches aphones.

Tamina les regardait comme envoûtée et les autruches parlaient toujours, avec de plus en plus d'insistance. Ensuite, comme elle s'éloignait avec Hugo, elles se lancèrent à leur poursuite le long de la clôture, et elles continuaient de faire claquer leurs becs pour les avertir de quelque chose, mais de quoi, Tamina n'en savait rien.


# 11


« C'était comme une scène d'un récit d'épouvante, disait Tamina en coupant son pâté. Comme si elles avaient voulu me dire quelque chose de très important. Mais quoi ? Qu'est-ce qu'elles voulaient me dire ? »

Hugo expliqua que c'étaient des jeunes autruches et qu'elles se comportaient toujours ainsi. La dernière fois qu'il avait fait un tour dans ce jardin zoologique, elles avaient couru toutes les six jusqu'à la clôture, comme aujourd'hui, et elles ouvraient leurs becs muets.

Tamina était toujours troublée : « Vous savez, j'ai laissé quelque chose en Bohême. Un paquet avec des papiers. Si on me l'envoie par la poste, la police risque de me le confisquer. Bibi veut aller à Prague cet été,

Elle a promis de me le rapporter. Et maintenant, j'ai peur. Je me demande si les autruches ne sont pas venues m'avertir qu'il est arrivé quelque chose à ce paquet. »

Hugo savait que Tamina était veuve et que son mari avait dû émigrer pour des raisons politiques.

« Des documents politiques ? » demanda-t-il.

Tamina était depuis longtemps convaincue que si elle voulait que les gens d'ici comprennent quelque chose à sa vie, il fallait qu'elle la simplifie. Il eût été extrêmement difficile d'expliquer pourquoi cette correspondance privée et ces journaux intimes risquaient d'être saisis par la police et pour quelles raisons elle y tenait tellement. Elle dit : « Oui, des documents politiques. »

Ensuite, elle eut peur qu'Hugo ne lui demande des détails sur ces documents, mais ses craintes étaient superflues. Lui avait-on jamais posé des questions ? Les gens lui expliquaient parfois ce qu'ils pensaient de son pays mais ne s'intéressaient pas à son expérience.

Hugo demanda : « Bibi sait que ce sont des documents politiques ?

— Non, dit Tamina.

— Ça vaut mieux, dit Hugo. Ne lui dites pas qu'il s'agit de quelque chose de politique. Au dernier moment elle aurait peur et elle n'irait pas vous chercher votre paquet. Vous n'imaginez pas ce que les gens ont peur, Tamina. Bibi doit être persuadée qu'il s'agit d'une chose tout à fait insignifiante, banale. Par exemple, de votre correspondance amoureuse. C'est ça, dites-lui qu'il y a des lettres d'amour dans votre paquet ! »

Hugo riait de son idée : « Des lettres d'amour ! Oui ! Ça ne sort pas de son horizon ! Ça, c'est à la portée de Bibi ! »

Tamina songe que pour Hugo des lettres d'amour sont une chose insignifiante et banale. Il ne vient à l'idée de personne qu'elle a aimé quelqu'un et que cela était important.

Hugo ajouta : « Si jamais elle renonce à ce voyage, vous pouvez compter sur moi. J'irai vous chercher votre paquet là-bas.

— Merci, dit chaleureusement Tamina.

— J'irai vous le chercher, répéta Hugo, même si je dois me faire arrêter. »

Tamina protesta : « Allons donc. Il ne peut rien vous arriver ! » Et elle tenta de lui expliquer que les touristes étrangers ne couraient aucun risque dans son pays. Là-bas la vie n'était dangereuse que pour les Tchèques, et eux ne s'en apercevaient même plus. Tout à coup, elle parlait longuement et avec excitation, elle connaissait ce pays par cœur et je peux confirmer qu'elle avait tout à fait raison.

Une heure plus tard, elle pressait contre son oreille l'écouteur du téléphone d'Hugo. La conversation avec sa belle-mère ne se termina pas mieux que la première fois : « Vous ne m'avez jamais confié de clé ! Vous m'avez toujours tout caché ! Pourquoi m'obliges-tu à me rappeler comment vous m'avez toujours traitée ! »

# 12

Si Tamina tient tellement à ses souvenirs, pourquoi ne retourne-t-elle pas en Bohême ? Les émigrants qui ont quitté illégalement le pays après 1968 ont été amnistiés depuis et invités à rentrer. De quoi Tamina a-t-elle peur ? Elle est trop insignifiante pour être en danger dans son pays !

Oui, elle pourrait rentrer sans crainte. Et pourtant elle ne le peut pas.

Au pays, ils avaient tous trahi son mari. Elle pensait qu'en retournant parmi eux elle le trahirait aussi.

Quand on l'avait muté à des postes de plus en plus subalternes, et finalement chassé de son travail, personne n'avait pris sa défense. Pas même ses amis. Bien sûr, Tamina savait qu'au fond de leur cœur les gens étaient avec son mari. S'ils s'étaient tus, c'était seulement par peur. Mais justement parce qu'ils étaient avec lui ils avaient encore plus honte de leur peur, et quand ils le rencontraient dans la rue ils faisaient semblant de ne pas le voir. Par délicatesse, les deux époux s'étaient mis d'eux-mêmes à éviter les gens, pour ne pas éveiller en eux ce sentiment de honte. Ils s'étaient bientôt fait l'effet de deux lépreux. Quand ils étaient partis de Bohême, les anciens collègues de son mari avaient signé une déclaration publique où ils le calomniaient et le condamnaient. Ils n'avaient certaine-

152

ment fait cela que pour ne pas perdre leur place comme le mari de Tamina avait perdu la sienne un peu plus tôt. Mais ils l'avaient fait. Ils avaient ainsi creusé entre eux et les deux exilés un fossé que Tamina ne consentirait plus jamais à sauter pour retourner là-bas.

La première nuit après leur fuite, quand ils s'étaient réveillés dans un petit hôtel d'un village des Alpes, et qu'ils avaient compris qu'ils étaient seuls, coupés du monde où s'était déroulée toute leur vie d'avant, elle avait éprouvé un sentiment de libération et de soulagement. Ils étaient à la montagne, magnifiquement seuls. Autour d'eux régnait un silence incroyable. Tamina recevait ce silence comme un don inespéré et elle songeait que son mari avait quitté sa patrie pour échapper aux persécutions et elle pour trouver le silence ; le silence pour son mari et pour elle ; le silence pour l'amour.

A la mort de son mari, elle avait été saisie d'une soudaine nostalgie pour le pays natal où onze années de leur vie avaient laissé partout leurs empreintes. Dans un élan sentimental, elle avait envoyé des faire-part de décès à une dizaine d'amis. Elle n'avait pas reçu une seule réponse.

Un mois plus tard, avec le reste de l'argent économisé, elle était partie au bord de la mer. Elle avait mis son maillot de bain et elle avait avalé un tube de tranquillisants. Puis elle avait nagé loin vers le large. Elle pensait que les comprimés provoqueraient une profonde fatigue et qu'elle allait se noyer. Mais l'eau froide et ses mouvements de sportive (elle avait toujours été excellente nageuse) l'empêchaient de s'endormir et les comprimés étaient certainement plus faibles qu'elle ne le supposait.

Elle était revenue sur le rivage, elle était allée dans sa chambre et elle avait dormi vingt heures. Quand elle s'était réveillée, il y avait en elle le calme et la paix. Elle était résolue à vivre en silence et pour le silence.


# 13


La lumière bleu-argent du téléviseur de Bibi éclairait les personnes présentes : Tamina, Joujou, Bibi et son mari Dédé qui était voyageur de commerce et qui était rentré la veille après quatre jours d'absence. Il flottait dans la pièce une légère odeur d'urine, et sur l'écran il y avait une grosse tête ronde, âgée, chauve, à laquelle un journaliste invisible venait d'adresser une question provocante :

« Nous avons lu dans vos Mémoires quelques aveux érotiques choquants. »

C'était une émission hebdomadaire au cours de laquelle un journaliste en vogue s'entretenait avec les auteurs de livres parus la semaine précédente.

La grosse tête nue souriait avec complaisance : « Oh non ! Il n'y a rien de choquant ! Rien qu'un calcul tout à fait précis ! Comptez avec moi. Ma vie sexuelle a débuté à l'âge de quinze ans. » La vieille tête ronde regardait autour d'elle avec fierté : « Oui, à l'âge de quinze ans. J'ai aujourd'hui soixante-cinq ans. J'ai donc derrière moi cinquante ans de vie sexuelle. Je peux supposer — et c'est une estimation très modeste — que j'ai fait l'amour en moyenne deux fois par semaine. Cela fait cent fois par an, donc cinq mille fois dans ma vie. Poursuivons le calcul. Si un orgasme dure cinq secondes, j'ai derrière moi vingt-cinq mille secondes d'orgasme. Ce qui fait au total six heures cinquante-six minutes d'orgasme. Ce n'est pas mal, hein ? »

Dans la pièce, tout le monde hochait gravement la tête et Tamina s'imaginait le vieillard chauve en proie à un orgasme ininterrompu : il se tord, il porte la main à son cœur, au bout d'un quart d'heure son râtelier lui tombe de la bouche, et cinq minutes plus tard il s'écroule mort. Elle éclata de rire.

Bibi la rappela à l'ordre : « Qu'est-ce qui te fait rire ? Ce n'est pas un si mauvais bilan ! Six heures cinquante-six minutes d'orgasme. »

Joujou dit : « Pendant des années je n'ai pas su du tout ce que c'était d'avoir un orgasme. Mais maintenant, depuis plusieurs années, j'ai un orgasme très régulièrement. »

Tout le monde se mit à parler de l'orgasme de Joujou, pendant que sur l'écran un autre visage exprimait l'indignation.

« Pourquoi est-ce qu'il se fâche comme ça ? » demanda Dédé.

Sur l'écran l'écrivain disait :

« C'est très important. Très important. Je l'explique dans mon livre. »

« Qu'est-ce qui est très important ? demanda Bibi.

— Qu'il ait passé son enfance au village de Rou-rou », expliqua Tamina.

Le type qui avait passé son enfance au village de Rourou avait un long nez qui l'alourdissait comme un poids de telle sorte que sa tête penchait de plus en plus bas et qu'on avait parfois l'impression qu'elle allait tomber de l'écran dans le living-room. Le visage alourdi par son long nez était extrêmement excité quand il dit :

« J'explique ça dans mon livre. Toute mon écriture est liée au petit village de Rourou et ceux qui ne le comprennent pas ne peuvent rien comprendre à mon œuvre. C'est quand même là-bas que j'ai écrit mes premiers vers. Oui. A mon avis, c'est très important. »

« Il y a des hommes, dit Joujou, avec lesquels je n'ai jamais d'orgasme. »

« N'oubliez pas, dit l'écrivain, et son visage était de plus en plus excité, que c'est à Rourou que j'ai fait du vélo pour la première fois. Oui, je raconte ça en détail dans mon livre. Et vous savez tous ce que la bicyclette signifie dans mon œuvre. C'est un symbole. La bicyclette est pour moi le premier pas de l'humanité hors du monde patriarcal dans le monde de la civilisation. Le premier flirt avec la civilisation. Le flirt de la vierge avant le premier baiser. Encore la virginité et déjà le péché. »

« C'est vrai, dit Joujou. Ma collègue Tanaka a eu son premier orgasme en faisant de la bicyclette quand elle était encore vierge. »

Tout le monde se mit à discuter de l'orgasme de Tanaka et Tamina dit à Bibi : « Tu permets que je donne un coup de fil ? »

## 14

L'odeur d'urine était encore plus forte dans la pièce voisine. C'était là que couchait la fille de Bibi.

« Je sais que vous ne vous parlez pas, chuchotait Tamina. Mais sans ça je n'arriverai pas à ce qu'elle me rende mon paquet. Le seul moyen c'est que tu ailles chez elle et que tu le lui prennes. Si elle ne trouve pas la clé, tu l'obligeras à forcer le tiroir. Ce sont mes affaires à moi. Des lettres et des choses comme ça. J'y ai droit.

— Tamina, ne m'oblige pas à lui parler !

— Papa, prends sur toi, et fais ça pour moi. Elle a peur de toi et à toi elle n'osera pas refuser.

— Écoute, si tes amis viennent à Prague, je leur donnerai un manteau de fourrure pour toi. C'est plus important que des vieilles lettres.

— Mais je ne veux pas de manteau de fourrure. Je veux mon paquet !

— Parle plus fort ! Je ne t'entends pas ! » dit le père, mais sa fille faisait exprès de parler à mi-voix parce qu'elle ne voulait pas que Bibi entende les phrases tchèques qui auraient révélé qu'elle avait appelé l'étranger et que chaque seconde de conversation allait coûter cher.

« Je dis que je veux mon paquet, pas une fourrure ! répéta Tamina.

— Tu t'intéresses toujours à des idioties !

— Papa, le téléphone coûte affreusement cher. S'il te plaît, tu ne pourrais vraiment pas aller la voir ? »

La conversation était pénible. A chaque instant, son père lui faisait répéter ses paroles, et il refusait obstinément d'aller trouver sa belle-mère. Il finit par dire :

« Téléphone à ton frère ! Il n'a qu'à aller la voir, lui ! Et il pourra m'apporter ton paquet !

— Mais il ne la connaît même pas !

— C'est justement un avantage, dit le père en riant. Sinon, il n'irait jamais la voir. »

Tamina réfléchit rapidement. Ce n'était pas une si mauvaise idée d'envoyer chez sa belle-mère son frère qui était énergique et cassant. Mais Tamina n'avait pas envie de lui téléphoner. Ils ne s'étaient pas écrit une seule lettre depuis qu'elle était à l'étranger. Son frère avait une place fort bien payée et n'avait pu la conserver qu'en rompant tous les liens avec sa sœur émigrée.

« Papa, je ne peux pas lui téléphoner. Tu pourrais peut-être lui expliquer toi-même. S'il te plaît, papa ! »

# 15

Papa était petit et chétif, et autrefois, quand il donnait la main à Tamina dans la rue, il se rengorgeait comme s'il présentait au monde entier le monument de la nuit héroïque où il l'avait créée. Il n'avait jamais aimé son gendre et il lui livrait une guerre sans fin. En proposant à Tamina de lui envoyer un manteau de fourrure (qu'il tenait certainement de quelque parente décédée), il ne songeait nullement à la santé de sa fille, mais à cette vieille rivalité. Il voulait qu'elle donne la préférence au père (au manteau de fourrure) sur le mari (le paquet de lettres).

Tamina était épouvantée à l'idée que le sort de son paquet de lettres était entre les mains hostiles de son père et de sa belle-mère. Depuis quelque temps, il lui arrivait de plus en plus souvent de s'imaginer que ses carnets étaient lus par des yeux étrangers et elle se disait que les regards des autres sont comme la pluie qui efface les inscriptions sur les murs. Ou comme la lumière qui tombe prématurément sur le papier photographique dans le bain de révélateur et gâte l'image.

Elle comprenait que ce qui donnait à ses souvenirs écrits leur sens et leur valeur, c'était de n'être destinés qu'à elle seule. Dès qu'ils perdraient cette qualité, le lien intime qui l'unissait à eux serait rompu, et elle ne pourrait plus les lire avec ses propres yeux, mais seulement avec les yeux du public qui prend connaissance d'un document sur quelqu'un d'autre. Alors, même celle qui les avait écrits lui deviendrait une autre, une étrangère. La ressemblance frappante qui, malgré tout, subsisterait entre elle et l'auteur des carnets lui ferait l'effet d'une parodie et d'une dérision. Non, elle ne pourrait plus jamais lire ses carnets s'ils étaient lus par des yeux étrangers.

C'est pourquoi elle était pleine d'impatience et désirait retrouver le plus vite possible ces carnets et ces lettres, tant que l'image du passé qui y était fixée n'était pas encore gâtée.


## 16


Bibi surgit dans le café et s'assit au comptoir : « Hello, Tamina ! Donne-moi un whisky ! »

Bibi prenait en général du café et, dans des cas exceptionnels seulement, du porto. La commande d'un scotch montrait qu'elle était dans des dispositions d'esprit peu ordinaires.

« Ton livre avance ? demanda Tamina en versant l'alcool dans un verre.

— Il faudrait que je sois de meilleure humeur », dit Bibi. Elle vida son verre d'un trait et en commanda un deuxième.

D'autres clients venaient d'entrer dans le café. Tamina demanda à chacun ce qu'il désirait, retourna derrière le comptoir, versa un deuxième whisky à son amie et s'en alla servir les clients. Quand elle revint, Bibi lui dit :

« Je ne peux plus sentir Dédé. Quand il rentre de ses tournées, il reste au lit pendant deux jours entiers. Pendant deux jours il ne quitte pas son pyjama ! Tu supporterais ça ? Et le pire, c'est quand il veut baiser. Il ne peut pas comprendre que moi ça ne m'amuse pas de baiser, mais pas du tout. Il faut que je le quitte. Il passe son temps à préparer ses vacances idiotes. Il est au lit en pyjama et il a un atlas à la main. D'abord, il voulait aller à Prague. Mais maintenant, ça ne lui dit plus rien. Il a découvert un livre sur l'Irlande et il veut à tout prix y aller.

— Alors, vous irez en Irlande pour les vacances ? demanda Tamina, la gorge serrée.

— *Nous ? Nous* n'irons nulle part. Moi, je vais rester ici et je vais écrire. Il ne me fera aller nulle part. Je n'ai pas besoin de Dédé. Il ne s'intéresse pas du tout à moi. J'écris, et figure-toi qu'il ne m'a même pas encore demandé ce que j'écris. J'ai compris qu'on n'a plus rien à se dire. »

Tamina voulait demander : « Alors, vous n'allez plus à Prague ? » Mais elle avait la gorge serrée et ne pouvait pas parler.

A ce moment, Joujou, la petite Japonaise, entra dans le café et sauta sur un tabouret du bar à côté de Bibi. Elle dit : « Vous pourriez faire l'amour en public ?

— Que veux-tu dire ? demanda Bibi.

— Par exemple ici par terre dans le café, devant tout le monde. Ou au ciné pendant l'entracte.

— Du calme ! » hurla Bibi en direction du carrelage où sa fille faisait du vacarme au pied de son

161

tabouret. Puis elle dit : « Pourquoi pas ? C'est une chose naturelle. Pourquoi est-ce que j'aurais honte d'une chose naturelle ? »

De nouveau, Tamina s'apprêtait à demander à Bibi si elle irait à Prague. Mais elle comprit que la question était superflue. Ce n'était que trop évident. Bibi n'irait pas à Prague.

La patronne sortait de la cuisine et souriait à Bibi. « Comment ça va ?

— Il faudrait une révolution, dit Bibi, il faudrait qu'il se passe quelque chose ! Il faudrait qu'il se passe quelque chose, à la fin ! »

Cette nuit-là Tamina rêva des autruches. Elles se dressaient contre la clôture et lui parlaient toutes à la fois. Elle en était épouvantée. Elle ne pouvait pas bouger, elle observait leurs becs muets, comme hypnotisée. Elle gardait les lèvres convulsivement serrées. Parce qu'elle avait un anneau d'or dans la bouche et qu'elle avait peur pour cet anneau.

# 17

Pourquoi est-ce que je l'imagine avec un anneau d'or dans la bouche ?

Je n'y peux rien, je l'imagine ainsi. Et tout à coup une phrase me revient à la mémoire : *une note légère, limpide, métallique ; comme d'un anneau d'or tombant dans un vase d'argent.*

Thomas Mann, quand il était encore très jeune, a écrit sur la mort une nouvelle candidement envoûtante : dans cette nouvelle la mort est belle, comme elle est belle pour tous ceux qui en rêvent quand ils sont très jeunes et que la mort est encore irréelle et enchanteresse, pareille à la voix bleutée des lointains.

Un jeune homme atteint d'une maladie mortelle monte dans un train puis descend à une gare inconnue, il entre dans une ville dont il ignore le nom et, dans une maison quelconque, chez une vieille femme au front couvert de rougeurs, il loue une chambre. Non, je ne vais pas raconter ce qui se passe ensuite dans ce logement sous-loué, je veux seulement rappeler un événement anodin : quand le jeune homme malade marchait dans la chambre, *il croyait entendre dans les pièces voisines, entre le martèlement de ses pas, un bruit indéfinissable, une note légère, limpide, métallique. Mais ce n'était peut-être qu'une illusion. Comme d'un anneau d'or tombant dans un vase d'argent, songeait-il...*

Dans la nouvelle ce petit détail acoustique reste sans conséquence et sans explication. Du seul point de vue de l'action, il pourrait être omis sans inconvénient. Ce son a simplement retenti ; à l'improviste ; comme ça.

Je crois que Thomas Mann a fait tinter cette note *légère, limpide, métallique* pour que naisse le silence. Il en avait besoin pour qu'on entendît la beauté (parce que la mort dont il parlait était la *mort-beauté*) et la beauté, pour être perceptible, a besoin d'un degré minimal de silence (dont la mesure est précisément le son que produit un anneau d'or tombant dans un vase d'argent).

(Oui, je sais, vous ne savez pas de quoi je parle parce que la beauté a depuis longtemps disparu. Elle a disparu sous la surface du bruit — bruit des mots, bruit des autos, bruit de la musique — dans lequel nous vivons constamment. Elle est noyée comme l'Atlantide. Il n'en est resté qu'un mot dont le sens est chaque année moins intelligible.)

Tamina a entendu pour la première fois ce silence (précieux comme un fragment d'une statue de marbre de l'Atlantide engloutie) quand elle s'est réveillée, après avoir fui son pays, dans un hôtel de montagne entouré de forêts. Elle l'a entendu une deuxième fois quand elle a nagé en mer l'estomac bourré de comprimés qui lui ont apporté, au lieu de la mort, une paix inattendue. Ce silence, elle veut le protéger par et dans son corps. C'est pourquoi je la vois dans son rêve debout contre la clôture de fils de fer ; dans sa bouche convulsivement serrée elle a un anneau d'or.

En face d'elle il y a six longs cous surmontés de minuscules têtes aux becs plats qui s'ouvrent et se ferment sans bruit. Elle ne les comprend pas. Elle ne sait pas si les autruches la menacent, la mettent en garde, l'exhortent ou l'implorent. Et parce qu'elle ne sait rien, elle éprouve une immense angoisse. Elle a peur pour l'anneau d'or (ce diapason du silence) et elle le garde convulsivement dans sa bouche.

Tamina ne saura jamais ce que sont venus lui dire ces grands oiseaux. Mais moi, je le sais. Ils ne sont venus ni pour l'avertir, ni pour la rappeler à l'ordre, ni pour la menacer. Ils ne s'intéressent pas du tout à elle. Ils sont venus, chacun pour lui parler de soi. Chacun pour lui dire comment il a mangé, comment il a dormi, comment il a couru jusqu'à la clôture et ce qu'il a vu derrière. Qu'il a passé son importante enfance dans l'important village de Rourou. Que son important orgasme a duré six heures. Qu'il a vu une bonne femme se promener derrière la clôture et qu'elle portait un châle. Qu'il a nagé, qu'il est tombé malade et qu'il a ensuite guéri. Qu'il faisait du vélo quand il était jeune et qu'aujourd'hui il a bouffé un sac d'herbe. Ils se dressent tous devant Tamina et lui parlent tous à la fois, avec véhémence, avec insistance et avec agressivité parce qu'il n'est rien au monde de plus important que ce qu'ils veulent lui dire.


# 18


Quelques jours plus tard, Banaka fit son apparition dans le café. Complètement saoul, il s'assit sur un tabouret du bar, en tomba à deux reprises, y remonta, commanda un calvados et posa la tête sur le comptoir. Tamina s'aperçut qu'il pleurait.

« Qu'est-ce qui se passe, monsieur Banaka ? » demanda-t-elle.

Banaka leva sur elle un regard larmoyant et montra du doigt sa poitrine : « Je ne suis pas, vous comprenez ! Je ne suis pas ! Je n'existe pas ! »

Puis il alla aux toilettes et des toilettes directement dans la rue, sans payer.

Tamina raconta l'incident à Hugo qui, en guise d'explication, lui montra une page de journal où il y avait plusieurs comptes rendus de livres et, sur la production de Banaka, une note composée de quatre lignes sarcastiques.

L'épisode de Banaka, qui pointait son index sur sa poitrine en pleurant parce qu'il n'existait pas, me rappelle un vers du *Divan occidental-oriental* de Goethe : *Est-on vivant quand vivent d'autres hommes ?* Dans la question de Goethe se dissimule tout le mystère de la condition d'écrivain : L'homme, du fait qu'il écrit des livres, se change en univers (ne parle-t-on pas de l'univers de Balzac, de l'univers de Tchekhov, de l'univers de Kafka ?) et le propre d'un univers c'est justement d'être unique. L'existence d'un autre univers le menace dans son essence même.

Deux cordonniers, pourvu qu'ils n'aient pas leurs boutiques juste dans la même rue, peuvent vivre en parfaite harmonie. Mais qu'ils se mettent à écrire un livre sur le sort des cordonniers, ils vont aussitôt se gêner mutuellement et se poser la question : *Un cordonnier est-il vivant quand vivent d'autres cordonniers ?*

Tamina a l'impression qu'un seul regard étranger peut détruire toute valeur de ses carnets intimes et Goethe est persuadé qu'un seul regard d'un seul être humain qui ne se pose pas sur les lignes de son œuvre remet en question l'existence même de Goethe. La différence entre Tamina et Goethe, c'est la différence entre l'homme et l'écrivain.

Celui qui écrit des livres est tout (un univers unique pour lui-même et pour tous les autres) ou rien. Et

parce qu'il ne sera jamais donné à personne d'être *tout,*
nous tous qui écrivons des livres, nous ne sommes *rien.*
Nous sommes méconnus, jaloux, aigris, et nous sou-
haitons la mort de l'autre. En cela nous sommes tous
égaux : Banaka, Bibi, moi et Goethe.

L'irrésistible prolifération de la graphomanie parmi
les hommes politiques, les chauffeurs de taxi, les
parturientes, les amantes, les assassins, les voleurs, les
prostituées, les préfets, les médecins et les malades me
démontre que tout homme sans exception porte en lui
sa virtualité d'écrivain en sorte que toute l'espèce
humaine pourrait à bon droit descendre dans la rue et
crier : Nous sommes tous des écrivains !

Car chacun souffre à l'idée de disparaître, non
entendu et non aperçu, dans un univers indifférent, et
de ce fait il veut, pendant qu'il est encore temps, se
changer lui-même en son propre univers de mots.

Quand un jour (et cela sera bientôt) tout homme
s'éveillera écrivain, le temps sera venu de la surdité et
de l'incompréhension universelles.

# 19

Maintenant, Hugo reste son seul espoir. Il l'a
invitée à dîner et cette fois-ci elle a accepté l'invitation
sans hésiter.

Hugo est assis à table en face d'elle et il n'a qu'une

idée : Tamina continue de lui échapper. Il manque d'assurance avec elle et n'ose pas l'attaquer de front. Et plus il souffre de ne pouvoir atteindre une cible aussi modeste et aussi précise, plus grand est son désir de conquérir le monde, cette immensité imprécise. Il sort de sa poche un journal, le déplie et le tend à Tamina. A la page où il l'a ouvert, il y a un long article signé de son nom.

Il entame un long discours. Il parle de la revue qu'il vient de lui donner : oui, pour l'instant, elle a surtout une diffusion locale, mais en même temps c'est une solide revue théorique, ceux qui la font sont des gens courageux et ils iront loin. Hugo parlait, parlait, et ses paroles se voulaient la métaphore de son agressivité érotique, le défilé de sa force virile. Il y avait dans ces paroles la disponibilité de l'abstrait qui s'est précipité pour relayer le concret inflexible.

Et Tamina regarde Hugo et rectifie son visage. Cet exercice spirituel est devenu une manie. Elle ne sait plus regarder un homme autrement. Elle fait un effort, tout le pouvoir de son imagination est mobilisé, mais ensuite les yeux bruns d'Hugo changent vraiment de couleur et, d'un seul coup, il deviennent bleus. Tamina le regarde fixement parce que, pour éviter que la couleur bleue ne s'évanouisse, elle doit la maintenir dans les yeux d'Hugo avec toute la force de son regard.

Ce regard inquiète Hugo et à cause de cela il parle, parle encore plus, ses yeux sont d'un beau bleu, son front s'allonge doucement sur les côtés jusqu'à ce qu'il ne reste de ses cheveux sur le devant qu'un étroit triangle à la pointe tournée vers le bas.

« J'ai toujours dirigé mes critiques contre notre monde occidental et contre lui seulement. Mais l'injustice qui règne chez nous pourrait nous conduire à une indulgence fautive à l'égard d'autres pays. Grâce à vous, oui, grâce à vous, Tamina, j'ai compris que le problème du pouvoir est le même partout, chez vous et chez nous, à l'Ouest et à l'Est. Nous ne devons pas chercher à remplacer un type de pouvoir par un autre, mais nous devons nier le *principe* même du pouvoir et le nier partout. »

Hugo se penche sur Tamina par-dessus la table et sa bouche souffle une odeur aigre qui la dérange dans ses exercices spirituels si bien que le front d'Hugo se couvre à nouveau d'épais cheveux plantés bas. Et Hugo répète qu'il a compris tout cela grâce à elle.

« Comment ? coupe Tamina. Jamais nous n'avons parlé de ça ensemble ! »

Dans le visage d'Hugo il ne reste plus qu'un seul œil bleu, et encore, il passe lentement au brun.

« Je n'avais pas besoin que vous me parliez, Tamina. Il suffit que j'aie beaucoup pensé à vous. »

Le garçon se pencha pour poser devant eux les assiettes de hors-d'œuvre.

« Je lirai ça chez moi », dit Tamina, et elle fourra la revue dans son sac. Puis elle dit : « Bibi n'ira pas à Prague.

— J'en étais sûr », dit Hugo, et il ajouta : « Ne craignez rien, Tamina. Je vous l'ai promis. Moi, j'irai là-bas pour vous. »

## 20

« J'ai une bonne nouvelle pour toi. J'ai parlé à ton frère. Il ira voir ta belle-mère samedi.

— Vraiment ? Et tu lui as tout expliqué ? Tu lui as dit que si ma belle-mère ne trouve pas la clé, il n'a qu'à forcer le tiroir ? »

Tamina raccrocha et elle avait l'impression d'être ivre.

« Une bonne nouvelle ? demanda Hugo.

— Oui », fit Tamina.

Elle avait dans l'oreille la voix de son père, gaie et énergique, et elle songeait qu'elle avait été injuste envers lui.

Hugo se leva et s'approcha du bar. Il sortit deux verres et y versa du whisky :

« Tamina, téléphonez de chez moi quand vous voulez et autant que vous voulez. Je peux vous répéter ce que je vous ai déjà dit. Je suis bien avec vous, même si je sais que vous ne coucherez jamais avec moi. »

Il s'était forcé à prononcer *je sais que vous ne coucherez jamais avec moi*, uniquement pour se prouver qu'il était capable de dire en face certains mots à cette femme inaccessible (bien que sous une forme prudemment négative) et il se trouvait presque audacieux.

Tamina se leva et s'avança vers Hugo pour prendre

son verre. Elle pensait à son frère : ils ne se parlaient plus, pourtant ils s'aimaient bien et ils étaient prêts à s'entraider.

« Que tous vos désirs se réalisent ! » dit Hugo, et il vida son verre.

Tamina aussi but son whisky d'un trait, et elle posa son verre sur la table basse. Elle voulait se rasseoir, mais déjà Hugo la serrait dans ses bras.

Elle ne se défendit pas, elle se contenta de détourner la tête. Sa bouche se tordait et son front se couvrait de rides.

Il l'avait prise dans ses bras, sans même savoir comment. Tout d'abord il s'effraya de son geste et, si Tamina l'avait repoussé, il se serait timidement éloigné d'elle et se serait presque excusé. Mais Tamina ne le repoussa pas et son visage grimaçant et sa tête détournée l'excitèrent énormément. Les quelques femmes qu'il avait connues jusqu'ici ne réagissaient jamais aussi éloquemment à ses caresses. Étaient-elles décidées à coucher avec lui, elles se déshabillaient tout tranquillement, avec une sorte d'indifférence, et elles attendaient de voir ce qu'il allait faire de leur corps. La grimace sur le visage de Tamina donnait à leur étreinte un relief dont il n'avait jamais rêvé. Il la serrait avec frénésie et tentait de lui arracher ses vêtements.

Mais pourquoi Tamina ne se défendait-elle pas ?

Voici trois ans qu'elle songeait avec crainte à cet instant. Voici trois ans qu'elle vivait sous le regard hypnotique de cet instant. Et il était arrivé exactement comme elle se l'imaginait. C'est pourquoi elle ne se défendait pas. Elle l'acceptait comme on accepte l'inéluctable.

Elle ne pouvait que détourner la tête. Mais ça ne servait à rien. L'image de son mari était là, et à mesure qu'elle faisait pivoter son visage l'image se déplaçait à travers la pièce. C'était un grand portrait d'un mari grotesquement grand, plus grand que nature, oui, exactement ce qu'elle imaginait depuis trois ans.

Et ensuite elle fut entièrement nue, et Hugo, excité par ce qu'il prenait chez elle pour de l'excitation, constata avec stupeur que le sexe de Tamina était sec.

## 21

Elle avait subi autrefois une petite intervention chirurgicale sans anesthésie et pendant l'opération elle s'était contrainte à répéter les verbes irréguliers anglais. A présent, elle tentait de faire de même et elle concentrait toutes ses pensées sur ses carnets. Elle pensait qu'ils seraient bientôt en sûreté chez son père et que ce brave Hugo irait les lui chercher.

Il y avait déjà un moment que le brave Hugo remuait farouchement sur elle, quand elle s'aperçut qu'il s'était curieusement dressé sur les avant-bras et qu'il agitait les flancs dans tous les sens. Elle comprit qu'il était mécontent de ses réactions, qu'il ne la trouvait pas suffisamment excitée et qu'il s'efforçait de la pénétrer sous des angles différents pour trouver quelque part dans ses profondeurs le point mystérieux de sa sensibilité qui se dérobait à lui.

Elle ne voulait pas voir ses laborieux efforts et elle écarta la tête. Elle tenta de maîtriser ses pensées et de les orienter à nouveau sur ses carnets. Elle s'astreignit à répéter mentalement l'ordre de leurs vacances, tel qu'elle était parvenue, incomplètement encore, à le reconstituer : les premières vacances au bord d'un petit lac de Bohême, puis la Yougoslavie, encore le petit lac de Bohême et une ville d'eaux, également en Bohême, mais l'ordre de ces vacances était incertain. En 1964 ils étaient allés dans les Tatras et l'année suivante en Bulgarie, mais après la trace se perdait. En 1968 ils étaient restés à Prague pendant toutes les vacances, l'année suivante ils étaient allés dans une ville d'eaux, ensuite ç'avait été l'émigration, et leurs dernières vacances ils les avaient passées en Italie.

Hugo se retira d'elle et tenta de retourner son corps. Elle comprit qu'il voulait qu'elle se mît à quatre pattes. A ce moment, elle se rappela qu'Hugo était plus jeune qu'elle et elle eut honte. Mais elle fit un effort pour étouffer en elle tous les sentiments et pour lui obéir avec une totale indifférence. Puis elle sentit les chocs durs de son corps sur sa croupe. Elle comprit qu'il voulait l'éblouir par sa force et son endurance, qu'il livrait un combat décisif, qu'il passait un baccalauréat où il devait fournir la preuve qu'il était capable de la vaincre et d'être digne d'elle.

Elle ne savait pas qu'Hugo ne la voyait pas. De la fugitive vision de la croupe de Tamina (de l'œil ouvert de cette croupe adulte et belle, de l'œil qui le regardait sans pitié) il était tellement excité qu'il fermait les yeux, ralentissait son rythme et respirait profondément. Lui aussi, il s'efforçait maintenant de penser obstinément à quelque chose d'autre (c'était le seul point qu'ils avaient en commun) pour continuer encore un instant à lui faire l'amour.

Et Tamina, pendant ce temps, voyait en face d'elle le visage géant de son mari sur la paroi blanche de l'armoire d'Hugo. Elle ferma bien vite les yeux pour se répéter encore une fois l'ordre de leurs vacances, comme s'il s'était agi de verbes irréguliers : d'abord les vacances au bord du lac ; ensuite, la Yougoslavie, le lac, la ville d'eaux, ou bien, la ville d'eaux, la Yougoslavie, le lac ; ensuite les Tatras et la Bulgarie, puis le fil se perdait ; plus tard Prague, la ville d'eaux, et pour finir, l'Italie.

La respiration bruyante d'Hugo l'arracha à son évocation. Elle ouvrit les yeux et, sur l'armoire blanche, elle vit le visage de son mari.

A son tour, Hugo ouvrit soudain les yeux. Il aperçut l'œil de la croupe de Tamina ; la volupté le traversa comme la foudre.


22


Quand le frère de Tamina alla chercher les carnets, il n'eut pas à forcer le tiroir. Le tiroir n'était pas fermé à clé et les onze carnets s'y trouvaient tous. Ils n'étaient pas enveloppés, mais jetés n'importe comment. Les lettres aussi étaient en vrac; ce n'était qu'un tas de papiers informe. Le frère de Tamina les fourra avec les carnets dans une mallette qu'il apporta chez son père.

Au téléphone, Tamina demanda à son père de tout emballer soigneusement, de fermer le paquet avec du papier collant et, surtout, elle insista pour qu'ils ne lisent rien, ni lui ni son frère.

Il l'assura, d'un ton presque offensé, qu'il ne leur serait jamais venu à l'idée d'imiter la belle-mère de Tamina et de lire quelque chose qui ne les concernait pas. Mais je sais (et Tamina le sait aussi) qu'il est des regards à la tentation desquels personne ne résiste : par exemple le regard sur un accident de la circulation ou sur une lettre d'amour qui appartient à l'autre.

Ainsi, les écrits intimes étaient enfin déposés chez son père. Mais Tamina y tenait-elle encore ? Ne s'était-elle pas dit cent fois que les regards étrangers sont comme la pluie qui efface les inscriptions ?

Non, elle se trompait. Elle en a encore plus envie qu'avant, ils lui sont encore plus chers. Ce sont des carnets ravagés et violés, comme elle-même, ils ont donc, elle et ses souvenirs, le même sort fraternel. Elle les aime encore davantage.

Mais elle se sent souillée.

Il y avait de cela très longtemps, quand elle avait sept ans, son oncle l'avait surprise toute nue dans sa chambre à coucher. Elle avait eu affreusement honte et sa honte s'était changée en révolte. Elle s'était fait alors le serment solennel et puéril de ne plus jamais le regarder de sa vie. On avait beau la gronder, lui crier après, se moquer d'elle, sur son oncle qui venait souvent en visite chez eux jamais elle ne levait les yeux.

Elle se trouvait maintenant dans une situation semblable. Bien qu'elle leur fût reconnaissante, elle ne voulait plus voir ni son père ni son frère. Elle savait, plus clairement que jamais auparavant, qu'elle ne retournerait plus auprès d'eux.

## 23

Son succès sexuel inespéré avait apporté à Hugo une déception tout aussi inattendue. Il pouvait lui faire l'amour quand il voulait (elle ne pouvait guère lui refuser ce qu'elle lui avait accordé une fois), mais il sentait qu'il n'avait réussi ni à la captiver ni à l'éblouir. Oh! comment sous son corps un corps nu pouvait-il être à ce point indifférent, hors d'atteinte, lointain, étranger! Ne voulait-il pas qu'elle fît partie de son monde intérieur, de cet univers grandiose pétri de son sang et de ses pensées?

Il est assis en face d'elle, au restaurant, et il dit : « Je veux écrire un livre, Tamina, un livre sur l'amour, oui, sur toi et sur moi, sur nous deux, notre journal le plus intime, le journal de nos deux corps, oui, je veux y balayer tous les tabous et tout dire, tout dire de moi, tout ce que je suis et ce que je pense, et ce sera en même temps un livre politique, un livre politique

176

sur l'amour et un livre d'amour sur la politique... »

Tamina regarde Hugo et, brusquement, il ne peut supporter plus longtemps ce regard et perd le fil de ses paroles. Il veut la capturer dans l'univers de son sang et de ses pensées, mais elle est totalement enclose dans son propre monde. De n'être pas partagés, les mots qu'il prononce pèsent de plus en plus lourd dans sa bouche et son débit devient de plus en plus lent :

« ... un livre d'amour sur la politique, oui, parce que le monde doit être créé à la mesure de l'homme, à notre mesure, à la mesure de nos corps, de ton corps, Tamina, de mon corps, oui, pour qu'on puisse un jour embrasser autrement et aimer autrement... »

Les mots sont de plus en plus lourds, comme de grosses bouchées d'une viande coriace à mâcher. Hugo se tait. Tamina est belle et il la hait. Il trouve qu'elle abuse de son sort. Elle s'est juchée sur son passé d'émigrante et de veuve comme sur le gratte-ciel d'un faux orgueil du haut duquel elle regarde les autres. Plein de jalousie, Hugo songe à sa propre tour qu'il a tenté de dresser face à ce gratte-ciel et qu'elle a refusé de voir : une tour faite d'un article publié et d'un livre en projet sur leur amour.

Ensuite, Tamina lui dit : « Quand iras-tu à Prague ? »

Et Hugo songe qu'elle ne l'a jamais aimé. Si elle est avec lui, c'est uniquement parce qu'elle a besoin qu'il aille à Prague. Il est saisi d'un irrésistible désir de se venger d'elle :

« Tamina, dit-il, je croyais que tu comprendrais toi-même. Tu as pourtant lu mon article ! »

— Oui », fit Tamina.

Il ne la croit pas. Et si elle l'a lu, elle n'y a pris aucun intérêt. Elle n'y a jamais fait allusion. Et Hugo sent que le seul grand sentiment dont il soit capable, c'est la fidélité à cette tour méconnue et abandonnée (la tour de l'article publié et du livre en projet sur son amour pour Tamina), qu'il est capable d'aller au combat pour cette tour et qu'il forcera Tamina à ouvrir les yeux sur elle et à s'émerveiller de sa hauteur.

« Tu sais pourtant que je parle du problème du pouvoir dans mon article. J'y analyse le fonctionnement du pouvoir. Et j'y critique ce qui se passe chez vous. J'en parle sans détours.

— Écoute ! Crois-tu vraiment qu'on connaisse ton article à Prague ? »

Hugo est blessé par son ironie : « Il y a trop longtemps que tu ne vis plus dans ton pays, tu as oublié de quoi votre police est capable. Cet article a eu un grand retentissement. J'ai reçu des tas de lettres. Votre police sait qui je suis. Je le sais. »

Tamina se tait et elle est de plus en plus belle. Mon Dieu, il accepterait de faire une centaine de fois le voyage de Prague aller et retour, si seulement elle ouvrait un peu les yeux sur l'univers où il voulait la saisir, l'univers de son sang et de ses pensées ! Et il change brusquement de ton :

« Tamina, dit-il tristement, je sais que tu m'en veux parce que je ne peux pas aller à Prague. Moi aussi, j'ai d'abord pensé que je pourrais attendre pour publier cet article, mais ensuite j'ai compris que je n'avais pas le droit de me taire plus longtemps. Me comprends-tu ?

— Non », dit Tamina.

Hugo sait qu'il ne dit que des absurdités qui le mènent là où il ne voulait se laisser entraîner pour rien au monde, mais il ne peut plus reculer et il en est désespéré. Des taches rouges lui marbrent le visage et sa voix chevrote : « Tu ne me comprends pas ? Je ne veux pas que ça finisse chez nous comme chez vous ! Si on se tait tous, on finira comme des esclaves. »

A ce moment-là une terrible répugnance s'empara de Tamina, elle se leva de sa chaise et courut aux toilettes ; l'estomac lui remontait dans la gorge, elle s'agenouilla devant la cuvette pour vomir, son corps se tordait comme si elle était secouée de sanglots et elle voyait devant ses yeux les couilles, la queue, les poils de ce type et elle sentait le souffle aigre de sa bouche, elle sentait le contact de ses cuisses sur ses fesses et l'idée lui traversa l'esprit qu'elle ne pouvait plus se représenter le sexe et la toison de son mari, que la mémoire du dégoût est donc plus grande que la mémoire de la tendresse (ah oui, mon Dieu, la mémoire du dégoût est plus grande que la mémoire de la tendresse !) et que dans sa pauvre tête il n'allait rien rester que ce type qui avait mauvaise haleine, et elle vomissait, se tordait et vomissait.

Elle sortit des toilettes et sa bouche (encore pleine de l'odeur acide) était fermement close.

Il était embarrassé. Il voulut la raccompagner chez elle, mais elle ne disait pas un mot et avait toujours la bouche fermement close (comme dans le rêve où elle gardait dans la bouche un anneau d'or).

Il parlait et pour toute réponse elle pressait le pas. Bientôt, il ne trouva plus rien à dire, il fit encore quelques mètres près d'elle en silence, puis il resta sur place, sans bouger. Elle allait droit devant elle et ne se retournait même pas.

Elle a continué de servir des cafés et elle n'a plus jamais téléphoné à Prague.

# CINQUIÈME PARTIE

LITOST

## Qui est Christine ?

Christine est une personne dans la trentaine, elle a un enfant, un mari boucher avec qui elle s'entend bien, et une liaison très intermittente avec un garagiste de la localité, qui lui fait l'amour de temps à autre dans des conditions peu confortables, après les heures de travail, dans un atelier. La petite ville ne se prête guère aux amours extra-conjugales, ou bien, pour nous exprimer autrement, il faudrait des trésors d'ingéniosité et d'audace, qualités dont Mme Christine n'est pas abondamment pourvue.

La rencontre avec l'étudiant ne lui en a que plus fortement tourné la tête. Il est venu passer ses vacances chez sa mère dans la petite ville, il a par deux fois longuement regardé la bouchère debout à son comptoir dans la boutique, la troisième fois il lui a adressé la parole à la baignade et il y avait dans son attitude une si charmante timidité que la jeune femme, habituée au boucher et au garagiste, n'a pu résister. Depuis son mariage (cela fait dix bonnes années), elle n'a pas osé toucher à un autre homme qu'à son mari, sauf quand elle était en sécurité dans le garage verrouillé, entre des automobiles démontées et de vieux pneumatiques, et voilà qu'elle trouva soudain l'audace d'aller à un rendez-vous d'amour en plein air, offerte à tous les regards indiscrets. Ils avaient beau choisir pour leur promenade les endroits les plus isolés, où l'éventualité d'une rencontre avec des importuns était négligeable, Mme Christine avait le cœur battant et elle était pleine d'une stimulante frayeur. Mais plus elle se montrait courageuse face au danger, plus elle était réservée avec l'étudiant. Ils ne sont pas allés bien loin. Il n'a obtenu que de brèves étreintes et de tendres baisers, plus d'une fois elle s'est échappée de ses bras et, quand il la caressait, elle gardait les jambes serrées.

Ce n'est pas parce qu'elle ne voulait pas de l'étudiant. C'est parce qu'elle s'éprit, dès le début, de sa tendre timidité, et elle souhaitait se la préserver. Entendre un homme lui exposer ses idées sur la vie et lui citer des noms de poètes et de philosophes, c'était une chose qui n'était jamais arrivée à Mme Christine. L'étudiant, ce malheureux, ne pouvait parler de rien d'autre, la gamme de son éloquence de séducteur était bien limitée, et il ne savait pas l'adapter à la condition sociale de ses interlocutrices. Il avait d'ailleurs le sentiment de ne rien avoir à se reprocher, car sur cette simple épouse de boucher, les citations tirées des philosophes produisaient beaucoup plus d'effet que sur une camarade de faculté. Une chose pourtant lui échappa : une citation efficace empruntée à un philosophe charmait sans doute l'âme de la bouchère, mais elle dressait comme un obstacle entre le corps de la bouchère et le sien. Car Mme Christine s'imaginait confusément qu'en abandonnant son corps à l'étudiant elle rabaisserait leur liaison au niveau du boucher ou du garagiste et qu'elle n'entendrait plus jamais parler de Schopenhauer.

Devant l'étudiant, elle souffrait d'une gêne qu'elle n'avait encore jamais connue. Avec le boucher et le garagiste, elle parvenait toujours à s'entendre sur tout, promptement et gaiement. Par exemple, il était convenu qu'ils devaient tous les deux faire très attention, parce que le médecin lui avait dit, après son accouchement, qu'elle ne pourrait pas se permettre un deuxième enfant, qu'elle y risquerait la santé, sinon la vie. L'histoire se passe en un temps très ancien où les avortements étaient rigoureusement interdits et où les femmes n'avaient aucun moyen de limiter elles-mêmes leur fécondité. Le boucher et le garagiste comprenaient fort bien les appréhensions de Christine et celle-ci, avant de leur permettre d'entrer en elle, s'assurait avec un naturel plein de bonne humeur qu'ils avaient pris toutes les précautions exigées d'eux. Mais à l'idée qu'elle aurait pu se comporter de la sorte avec son ange qui, pour la rejoindre, était descendu du nuage où il s'entretenait avec Schopenhauer, elle sentait qu'elle ne trouverait pas les mots qu'il fallait. Je peux en conclure que sa réserve érotique avait deux raisons : maintenir l'étudiant le plus longtemps possible dans le territoire enchanté d'une tendre timidité et éviter le plus longtemps possible le dégoût que ne manqueraient pas de lui inspirer les instructions et les précautions triviales dont l'amour physique ne peut, à son avis, se passer.

Mais l'étudiant, malgré toute sa finesse, avait la tête dure. Mme Christine avait beau serrer les cuisses le plus fermement du monde, il la tenait courageusement par la croupe et ce contact voulait dire que si quelqu'un aime citer Schopenhauer il n'est pas pour autant prêt à renoncer au corps qui lui plaît.

D'ailleurs, les vacances s'achèvent et les deux amoureux constatent qu'il leur sera pénible de rester toute une année sans se voir. Mme Christine n'a plus qu'à trouver un prétexte pour le rejoindre. Tous deux savent bien ce que signifiera cette visite. L'étudiant loge à Prague dans une petite mansarde et Mme Christine ne peut finir ailleurs.

## *Qu'est-ce que la litost ?*

*Litost* est un mot tchèque intraduisible en d'autres langues. Sa première syllabe, qui se prononce longue et accentuée, rappelle la plainte d'un chien abandonné. Pour le sens de ce mot je cherche vainement un équivalent dans d'autres langues, bien que j'aie peine à imaginer qu'on puisse comprendre l'âme humaine sans lui.

Je vais donner un exemple : l'étudiant se baignait avec son amie étudiante dans la rivière. La jeune fille était sportive, mais lui, il nageait très mal. Il ne savait pas respirer sous l'eau, il nageait lentement, la tête nerveusement dressée au-dessus de la surface. L'étudiante était irraisonnablement amoureuse de lui et tellement délicate qu'elle nageait aussi lentement que lui. Mais comme la baignade était sur le point de prendre fin, elle voulut donner un instant libre cours à son instinct sportif et elle se dirigea, d'un crawl rapide, vers la rive opposée. L'étudiant fit un effort pour nager plus vite, mais il avala de l'eau. Il se sentit diminué, mis à nu dans son infériorité physique, et il éprouva la *litost*. Il se représenta son enfance maladive sans exercices physiques et sans camarades sous le regard trop affectueux de sa mère et il désespéra de lui-même et de sa vie. En rentrant tous deux par un chemin de campagne ils se taisaient. Blessé et humilié, il éprouvait une irrésistible envie de la battre. *Qu'est-ce qui te prend ?* lui demanda-t-elle, et il lui fit des reproches ; elle savait bien qu'il y avait du courant près de l'autre rive, il lui avait défendu de nager de ce côté-là, parce qu'elle risquait de se noyer — et il la frappa au visage. La jeune fille se mit à pleurer, et lui, à la vue des larmes sur ses joues, il ressentit de la compassion pour elle, il la prit dans ses bras et sa *litost* se dissipa.

Ou bien, un autre événement de l'enfance de l'étudiant : ses parents lui firent prendre des leçons de violon. Il n'était pas très doué et le professeur l'interrompait d'une voix froide et insupportable lui reprochant ses fautes. Il se sentait humilié, il avait envie de pleurer. Mais au lieu de prendre sur lui pour jouer plus juste et ne pas faire de fautes, voilà qu'il se trompait délibérément, la voix du professeur était encore plus insupportable et plus dure, et lui, il s'enfonçait de plus en plus profond dans sa *litost*.

Alors, qu'est-ce que c'est, la *litost*?

La *litost* est un état tourmentant né du spectacle de notre propre misère soudainement découverte.

Parmi les remèdes habituels contre notre propre misère, il y a l'amour. Car celui qui est absolument aimé ne peut être misérable. Toutes ces défaillances sont rachetées par le regard magique de l'amour sous lequel même une nage maladroite, la tête dressée au-dessus de la surface, peut devenir charmante.

L'absolu de l'amour est en réalité un désir d'identité absolue : il faut que la femme que nous aimons nage aussi lentement que nous, il faut qu'elle n'ait pas de passé qui lui appartienne en propre et dont elle pourrait se souvenir avec bonheur. Mais dès que l'illusion de l'identité absolue est brisée (la jeune fille se souvient avec bonheur de son passé ou bien elle nage vite), l'amour devient une source permanente du grand tourment que nous appelons *litost*.

Qui possède une profonde expérience de la commune imperfection de l'homme est relativement à l'abri de chocs de la *litost*. Le spectacle de sa propre misère lui est une chose banale et sans intérêt. La *litost* est donc propre à l'âge de l'inexpérience. C'est l'un des ornements de la jeunesse.

La *litost* fonctionne comme un moteur à deux temps. Au tourment succède le désir de vengeance. Le but de la vengeance est d'obtenir que le partenaire se montre pareillement misérable. L'homme ne sait pas nager, mais la femme giflée pleure. Ils peuvent donc se sentir égaux et persévérer dans leur amour.

Comme la vengeance ne peut jamais révéler son véritable motif (l'étudiant ne peut pas avouer à la jeune fille qu'il l'a frappée parce qu'elle nage plus vite que lui), elle doit invoquer de fausses raisons. La *litost* ne peut donc jamais se passer d'une pathétique hypocrisie : le jeune homme proclame qu'il est fou de terreur parce que son amie risque de se noyer, l'enfant joue sans fin une fausse note, simulant une irrémédiable absence de talent.

Ce chapitre devait d'abord s'intituler « Qui est l'étudiant ? ». Mais, s'il a traité de la *litost*, c'est comme s'il nous avait parlé de l'étudiant, qui n'est rien d'autre que la *litost* incarnée. Il ne faut donc pas s'étonner que l'étudiante, dont il est amoureux, ait fini par le quitter. Il n'est guère réjouissant de se faire battre parce qu'on sait nager.

La femme du boucher, qu'il a rencontrée dans sa ville natale, était venue à lui comme un grand morceau de sparadrap, prête à panser ses plaies. Elle l'adorait, elle le divinisait et, quand il lui parlait de Schopenhauer, elle ne tentait pas de manifester par des objections sa propre personnalité indépendante de la sienne (comme l'avait fait l'étudiante de funeste mémoire) mais elle le regardait avec des yeux où il s'imaginait, ému de l'émotion de Mme Christine, apercevoir des larmes. Et aussi, n'oublions pas d'ajouter qu'il n'avait pas couché avec une femme depuis qu'il avait rompu avec l'étudiante.

## Qui est Voltaire ?

Voltaire est assistant à la faculté des lettres, il est spirituel et agressif, et ses yeux plongent dans le visage de l'adversaire un regard acide. C'en est assez pour qu'on l'ait surnommé Voltaire.

Il aimait bien l'étudiant, et ce n'est pas une mince distinction, car Voltaire était exigeant quand il s'agissait de ses sympathies. Après le séminaire, il l'aborda pour lui demander s'il avait un moment de libre le lendemain soir. Hélas ! le lendemain soir, Mme Christine viendrait le voir. Il fallut à l'étudiant bien du courage pour dire à Voltaire qu'il était déjà pris. Mais Voltaire balaya cette objection du revers de la main : « Eh bien, il faudra remettre votre rendez-vous. Vous ne le regretterez pas » et il lui expliqua que les meilleurs poètes du pays se réuniraient le lendemain au Club des gens de lettres et que lui, Voltaire, il serait là-bas avec eux ; il souhaitait que l'étudiant puisse faire leur connaissance.

Oui, il y aurait aussi le grand poète sur lequel Voltaire rédigeait une monographie et chez qui il allait souvent. Il était malade et marchait avec des béquilles. C'est pourquoi il sortait rarement, et l'occasion de le rencontrer était d'autant plus précieuse.

L'étudiant connaissait les livres de tous les poètes qui seraient là-bas le lendemain, mais de l'œuvre du grand poète il connaissait par cœur des pages entières de vers. Il n'avait jamais rien désiré plus ardemment que de passer une soirée dans leur intimité. Puis il se souvint qu'il n'avait pas couché avec une femme depuis des mois et il répéta qu'il lui était impossible de venir.

Voltaire ne comprend pas qu'il puisse y avoir quelque chose de plus important que de rencontrer de grands hommes. Une femme ? N'est-ce pas une chose qu'on peut remettre à plus tard ? Soudain, ses lunettes sont pleines d'étincelles ironiques. Mais l'étudiant a devant les yeux l'image de la femme du boucher qui timidement lui a échappé pendant un long mois de vacances et, bien qu'il lui en coûte un grand effort, il fait non de la tête. Christine à ce moment-là vaut toute la poésie de son pays.

## Le compromis

Elle arriva le matin. Dans la journée, elle fit à Prague une course qui devait lui servir d'alibi. L'étudiant lui avait donné rendez-vous pour la soirée dans un café qu'il avait choisi lui-même. Quand il entra, il eut presque peur : la salle était pleine d'ivrognes et la fée provinciale de ses vacances était assise dans le coin des toilettes, à une table qui n'était pas destinée aux clients, mais à la vaisselle sale. Elle était habillée avec une solennité maladroite, comme seule peut s'habiller une dame de province qui vient visiter la capitale où elle n'est pas venue depuis longtemps et qui veut goûter à toutes ses réjouissances. Elle avait un chapeau, des perles criardes autour du cou et de hauts escarpins noirs.

L'étudiant sentait que ses joues le brûlaient — point d'émotion mais de déconvenue. Sur la toile de fond de la petite ville avec ses bouchers, ses garagistes et ses retraités, Christine avait produit une tout autre impression qu'à Prague, ville d'étudiantes et de jolies coiffeuses. Avec ses perles ridicules et sa dent en or discrète (en haut au coin de la bouche), elle lui apparut comme la négation personnifiée de cette beauté féminine, juvénile et vêtue de jeans, qui le repoussait cruellement depuis plusieurs mois. Il s'avançait vers Christine d'un pas mal assuré et sa *litost* l'accompagnait.

Si l'étudiant était déçu, Mme Christine ne l'était pas moins. Le restaurant où il l'avait invitée avait un beau nom — *Au Roi Venceslas* — et Christine, qui connaissait mal Prague, s'était imaginé un établissement de luxe où l'étudiant allait dîner avec elle pour lui faire découvrir ensuite le feu d'artifice des plaisirs pragois. Ayant constaté que le *Roi Venceslas* était tout à fait le genre d'endroit où le garagiste buvait sa bière et qu'elle devait y attendre l'étudiant dans le coin des toilettes, elle n'éprouvait pas le sentiment que j'ai désigné par le mot *litost*, mais une colère tout à fait banale. Je veux dire par là qu'elle ne se sentait ni misérable ni humiliée, mais qu'elle estimait que son étudiant ne savait pas se conduire. Elle n'hésita

192

d'ailleurs pas à le lui dire. Elle avait l'air furieuse et elle lui parla comme au boucher.

Ils étaient dressés, face à face, elle lui faisait des reproches, avec volubilité et d'une voix forte, et il se défendait mollement. Le dégoût qu'elle lui inspirait n'en était que plus vif. Il voulait l'emmener bien vite chez lui, la cacher à tous les regards et attendre que l'intimité de leur refuge rende vie au charme disparu. Mais elle refusa. Elle n'était pas venue dans la capitale depuis longtemps, et elle voulait voir quelque chose, sortir, s'amuser. Ses escarpins noirs et ses grosses perles criardes revendiquèrent bruyamment leurs droits.

« Mais c'est un troquet formidable, c'est ici que viennent les gens tout ce qu'il y a de mieux », fit observer l'étudiant, laissant ainsi entendre à la femme du boucher qu'elle ne comprenait rien à ce qu'il y avait d'intéressant dans la capitale et à ce qui ne l'était pas. « Malheureusement, aujourd'hui c'est plein, il va falloir que je t'emmène ailleurs. » Mais, comme par un fait exprès, tous les autres cafés étaient pareillement bondés, il y avait un bout de chemin de l'un à l'autre et Mme Christine lui paraissait insupportablement comique avec son petit chapeau, ses perles et sa dent en or qui brillait dans sa bouche. Ils prenaient des rues pleines de jeunes femmes, et l'étudiant comprenait qu'il ne pourrait jamais se pardonner d'avoir renoncé pour Christine à l'occasion de passer une soirée avec les géants de son pays. Mais il ne voulait pas non plus s'attirer son hostilité parce que, comme je l'ai dit, il n'avait pas couché avec une femme depuis longtemps. Seul un compromis magistralement agencé aurait pu venir à bout de ce dilemme.

Ils trouvèrent enfin une table libre dans un café très éloigné. L'étudiant commanda deux verres d'apéritif et il regarda Christine tristement dans les yeux : ici, à Prague, la vie est pleine de circonstances imprévues. Hier, justement, il a reçu un coup de téléphone du plus illustre poète du pays.

Quand il prononça son nom, Mme Christine sursauta. En classe, elle avait appris par cœur de ses poèmes. Les grands hommes dont on apprend le nom à l'école ont quelque chose d'irréel et d'immatériel, ils entrent vivants dans la majestueuse galerie des morts. Christine ne pouvait croire que c'était vrai, que l'étudiant le connaissait personnellement.

Bien sûr qu'il le connaissait, proclama l'étudiant. C'est même sur lui qu'il faisait sa maîtrise, une monographie qu'il était en train de rédiger et qui allait sans doute paraître un jour en livre. Il n'en avait jamais parlé à Mme Christine, parce qu'elle aurait pu penser qu'il se vantait, mais il fallait bien qu'il le lui dise maintenant, parce que le grand poète s'était mis brusquement en travers de leur chemin. En effet, une discussion privée aura lieu ce soir au Club des gens de lettres avec les poètes du pays, et seuls quelques critiques et quelques initiés y sont conviés. C'est une rencontre extrêmement importante. On s'attend à un débat où voleront des étincelles. Mais évidemment, l'étudiant n'ira pas. Il se réjouit tellement d'être avec Mme Christine !

Dans mon doux et singulier pays, le charme des

poètes n'a pas encore cessé d'agir sur le cœur des femmes. Christine éprouva de l'admiration pour l'étudiant et une sorte de désir maternel de le conseiller et de défendre son intérêt. Elle proclama, avec un altruisme remarquable et inattendu, qu'il serait dommage que l'étudiant ne participe pas à une soirée où le grand poète serait présent.

L'étudiant dit qu'il avait tout essayé pour que Christine puisse venir avec lui, parce qu'il savait qu'elle serait heureuse de voir le grand poète et ses amis. Malheureusement, ce n'est pas possible. Même le grand poète ne viendra pas avec sa femme. La discussion s'adresse exclusivement à des spécialistes. Tout d'abord, il n'a vraiment même pas songé à y aller, mais maintenant il comprend que Christine a sans doute raison. Oui, c'est une bonne idée. Il pourrait quand même passer là-bas une petite heure. Pendant ce temps, Christine l'attendra chez lui et ensuite ils seront ensemble, rien que tous les deux.

La tentation des théâtres et des variétés fut oubliée et Christine entra dans la mansarde de l'étudiant. Elle éprouva d'abord la même déception qu'en entrant au *Roi Venceslas*. Ce n'était même pas un appartement, juste une pièce minuscule sans antichambre, avec un divan et une table de travail pour tout mobilier. Mais elle n'était plus sûre de ses jugements. Elle avait pénétré dans un monde où il existait une mystérieuse échelle de valeurs qu'elle ne comprenait pas. Elle se réconcilia donc vite avec cette pièce inconfortable et sale, et elle fit appel à tout son talent féminin pour s'y sentir chez soi. L'étudiant la pria d'enlever son chapeau, lui donna un baiser, la fit asseoir sur le divan et lui montra la petite bibliothèque où elle trouverait de quoi se distraire en son absence.

Alors, Christine eut une idée : « Est-ce que tu n'as pas son livre ? » Elle pensait au grand poète.

Oui, l'étudiant avait son livre.

Elle poursuivit très timidement : « Tu ne veux pas m'en faire cadeau ? Et lui demander une dédicace pour moi ? »

L'étudiant exulta. La dédicace du grand poète remplacerait pour Christine les théâtres et les spectacles de variétés. Elle lui donnait mauvaise conscience et il était prêt à faire n'importe quoi pour elle. Comme il s'y attendait, l'intimité de sa mansarde raviva le charme de Christine. Les jeunes filles qui allaient et venaient dans les rues avaient disparu et l'enchantement de sa modestie envahit silencieusement la pièce. La déception se dissipait lentement et, quand l'étudiant partit pour le club, il était rasséréné et ravi à l'idée du double et magnifique programme que lui promettait la soirée commençante.

*Les poètes*

Il attendit Voltaire devant le Club des gens de lettres et monta avec lui au premier étage. Ils passèrent au vestiaire, puis dans le hall et déjà leur parvenait un joyeux tapage. Voltaire ouvrit la porte du salon et l'étudiant vit autour d'une grande table toute la poésie de son pays.

Je les regarde d'une grande distance de deux mille kilomètres. Nous sommes à l'automne 1977, mon pays sommeille depuis neuf ans déjà dans la douce et vigoureuse étreinte de l'empire russe, Voltaire a été exclu de l'université et mes livres, ramassés dans toutes les bibliothèques publiques, ont été enfermés dans quelque cave de l'État. J'ai alors attendu encore quelques années, puis je suis monté dans une voiture et j'ai roulé le plus loin possible vers l'ouest jusqu'à la ville bretonne de Rennes où j'ai trouvé dès le premier jour un appartement à l'étage le plus élevé de la plus haute tour. Le lendemain matin, quand le soleil m'a réveillé, j'ai compris que ces grandes fenêtres donnaient à l'est, du côté de Prague.

Donc, je les regarde à présent du haut de mon belvédère, mais c'est trop loin. Heureusement j'ai dans l'œil une larme qui, semblable à la lentille d'un télescope, me rend plus proches leurs visages. Et maintenant, je distingue clairement, solidement assis parmi eux, le grand poète. Il a certainement plus de soixante-dix ans, mais son visage est resté beau, ses yeux sont encore vifs et sages. Ses deux béquilles sont appuyées contre la table à côté de lui.

Je les vois tous sur la toile de fond de Prague éclairée, telle qu'elle était il y a quinze ans, quand leurs livres n'étaient pas encore enfermés dans une cave de l'État et qu'ils bavardaient gaiement et bruyamment autour de la grande table pleine de bouteilles. Je les

197

aime tous beaucoup et j'hésite à leur donner des noms banals pris au hasard dans l'annuaire du téléphone. S'il faut cacher leurs visages derrière le masque d'un nom d'emprunt, je veux leur donner ce nom comme un cadeau, comme un ornement et un hommage.

Si les étudiants ont surnommé l'assistant Voltaire, qu'est-ce qui m'empêche d'appeler Goethe le grand poète bien-aimé ?

En face de lui, c'est Lermontov.

Et celui-là, avec ses yeux noirs et rêveurs, je veux l'appeler Pétrarque.

Et puis, il y a Verlaine, Iessénine et plusieurs autres, dont ce n'est pas la peine de parler, mais il y a aussi quelqu'un qui est certainement là par erreur. De loin (de cette distance de deux mille kilomètres) il est évident que la poésie ne lui a pas fait don de son baiser et qu'il n'aime pas les vers. Il s'appelle Boccace.

Voltaire prit deux chaises contre le mur, il les poussa vers la table pleine de bouteilles et il présenta l'étudiant aux poètes. Les poètes firent un signe de tête courtois, seul Pétrarque ne le remarqua pas, parce qu'il était en train de se disputer avec Boccace. Il termina le débat par ces mots : « La femme nous est toujours supérieure. Là-dessus, je pourrais parler pendant des semaines entières. »

Et Goethe de l'encourager : « Des semaines c'est beaucoup. Parle au moins pendant dix minutes. »

« La semaine dernière, il m'est arrivé une chose incroyable. Ma femme venait de prendre son bain, elle était dans son peignoir rouge, avec ses cheveux d'or défaits, et elle était belle. Il était neuf heures dix et quelqu'un a sonné. Quand j'ai ouvert la porte d'entrée, j'ai vu une jeune fille qui se pressait contre le mur. Je l'ai tout de suite reconnue. Je vais une fois par semaine dans un lycée de filles. Elles ont organisé un club de poésie et elles m'adorent en secret.

« Je lui demande : " Qu'est-ce que tu fais ici, s'il te plaît ?

« — Il faut que je vous parle !

« — Qu'est-ce que tu as à me dire ?

« — C'est terriblement important, ce que j'ai à vous dire !

« — Écoute, je lui dis, il est tard, tu ne peux pas venir chez moi maintenant, descends vite et attends-moi devant la porte de la cave. "

« Je rentre dans la chambre et je dis à ma femme que quelqu'un s'est trompé de porte. Et ensuite, comme si de rien n'était, j'annonce qu'il faut encore que je descende à la cave chercher du charbon et je prends deux seaux vides. Ça, c'était une erreur. Toute la journée ma vésicule m'avait fait souffrir et j'étais resté couché. Ce zèle inopiné a dû paraître suspect à ma femme.

— Tu as des ennuis avec ta vésicule ? demanda Goethe avec intérêt.

— Depuis bien des années, dit Pétrarque.

— Pourquoi ne te fais-tu pas opérer ?

— Pour rien au monde ! » dit Pétrarque.

Goethe hocha la tête en signe de sympathie.

« Où en étais-je ? demanda Pétrarque.

— Tu as mal à la vésicule et tu as pris deux seaux à charbon, lui souffla Verlaine.

— J'ai trouvé la fille devant la porte de la cave, poursuivit Pétrarque, et je lui ai dit de descendre. J'ai pris une pelle, j'ai rempli les seaux et j'ai essayé de savoir ce qu'elle voulait. Elle passait son temps à répéter qu'il *fallait* qu'elle me voie. Je n'en ai rien tiré d'autre.

« Ensuite, j'entends des pas, en haut dans l'escalier. Je saisis le seau à charbon que je viens de remplir et je sors de la cave en courant. Ma femme était en train de descendre. Je lui passe le seau : " S'il te plaît, prends vite ça, je vais remplir l'autre. " Ma femme remonte avec le seau, et moi je redescends à la cave et je dis à la fille que nous ne pouvons pas rester là, qu'elle m'attende dans la rue. Je remplis vite le seau et je remonte en courant. Alors, je donne un baiser à ma femme en lui disant d'aller se coucher, que je veux encore prendre un bain avant de dormir. Elle va se coucher et moi, je passe dans la salle de bains et j'ouvre les robinets. L'eau cognait sur le fond de la baignoire. J'enlève mes pantoufles et je sors dans l'entrée, en chaussettes. Les chaussures que je portais ce jour-là étaient devant la porte d'entrée. Je les y ai laissées, pour montrer que je ne m'étais pas éloigné. Je prends une autre paire de chaussures dans l'armoire, je les enfile, et je me glisse sans bruit hors de l'appartement. »

Ici, Boccace intervint : « Pétrarque, nous savons tous que tu es un grand poète. Mais je constate que tu es aussi quelqu'un de très méthodique, un stratège rusé qui ne se laisse pas une seconde aveugler par la passion ! Ce que tu as fait avec les pantoufles et les deux paires de chaussures, c'est un chef-d'œuvre ! »

Tous les poètes présents approuvèrent Boccace et couvrirent Pétrarque de louanges, ce dont il était visiblement flatté.

« Elle m'attendait dans la rue. J'essaie de la calmer. Je lui explique que je suis obligé de rentrer à la maison et je lui propose de revenir le lendemain après-midi quand ma femme sera à son travail et que nous serons tranquilles. Il y a une station de tram juste devant l'immeuble où j'habite. J'ai insisté pour qu'elle s'en aille. Mais quand le tram est arrivé, elle a éclaté de rire et elle a voulu se précipiter vers la porte de l'immeuble.

— Il fallait la pousser sous le tram, dit Boccace.

— Mes amis, déclare Pétrarque d'un ton presque solennel, il y a des moments où, qu'on le veuille ou non, il faut être méchant avec les femmes. Je lui ai dit : " Si tu ne veux pas rentrer chez toi de ton plein gré, je vais fermer la porte de l'immeuble à clé. N'oublie pas que j'ai ici mon foyer et que je ne peux pas en faire un bordel ! " En plus, mes amis, dites-vous bien que pendant que je me disputais avec elle devant l'immeuble, en haut les robinets de la salle de bains étaient ouverts et la baignoire risquait à tout moment de déborder !

« Je fais demi-tour et je m'élance vers la porte de

l'immeuble. Elle se met à me courir après. Pour comble, d'autres personnes entraient dans l'immeuble juste à ce moment-là et elle s'est faufilée avec elles à l'intérieur. Je grimpe l'escalier comme un coureur de fond ! J'entends ses pas derrière moi. Nous habitons au troisième étage ! C'était une performance ! Mais j'ai été plus rapide et, pratiquement, je lui ai claqué la porte au nez. J'ai encore eu le temps d'arracher du mur les fils de la sonnette pour qu'on ne l'entende pas carillonner, parce que je savais très bien qu'elle allait s'appuyer contre la sonnette et qu'elle ne la lâcherait plus. Après ça, j'ai couru sur la pointe des pieds dans la salle de bains.

— La baignoire n'avait pas débordé ? demanda Goethe avec sollicitude.

— J'ai fermé les robinets au dernier moment. Ensuite, je suis allé jeter un coup d'œil sur la porte d'entrée. J'ouvre le judas et je constate qu'elle est toujours là, immobile, les yeux rivés à la porte. Mes amis, ça m'a fait peur. Je me demandais si elle n'allait pas rester là jusqu'au lendemain matin. »


*Boccace se conduit mal*


« Pétrarque, tu es un incorrigible adorateur, intervint Boccace. J'imagine que ces filles qui ont formé un club de poésie t'invoquent comme Apollon. Pour rien au monde, je ne voudrais les rencontrer. Une femme poète est doublement femme. C'est trop pour un misogyne comme moi.

— Écoute, Boccace, dit Goethe, pourquoi te vantes-tu toujours d'être misogyne ?

— Parce que les misogynes sont les meilleurs des hommes. »

A ces mots, tous les poètes réagirent par des huées. Boccace fut contraint d'élever la voix :

« Comprenez-moi. Le misogyne ne méprise pas les femmes. Le misogyne n'aime pas la féminité. Les hommes se répartissent depuis toujours en deux grandes catégories. Les adorateurs des femmes, autrement dit les poètes, et les misogynes ou, pour mieux dire, les gynophobes. Les adorateurs ou poètes vénèrent les valeurs féminines traditionnelles comme le sentiment, le foyer, la maternité, la fécondité, les éclairs sacrés de l'hystérie, et la voix divine de la nature en nous, tandis qu'aux misogynes ou gynophobes ces valeurs inspirent un léger effroi. Chez la femme, l'adorateur vénère la féminité, alors que le misogyne donne toujours la préférence à la femme sur la féminité. N'oubliez pas une chose : une femme ne peut être vraiment heureuse qu'avec un misogyne. Avec vous, aucune femme n'a jamais été heureuse ! »

Ces mots provoquèrent une nouvelle clameur hostile.

« L'adorateur ou poète peut apporter à une femme le drame, la passion, les larmes, les soucis, mais jamais aucun plaisir. J'en ai connu un. Il adorait sa femme. Ensuite, il s'est mis à en adorer une autre. Il ne voulait pas humilier l'une en la trompant, et l'autre en faisant d'elle sa maîtresse clandestine. Il a donc tout avoué à sa femme et lui a demandé de l'aider, sa femme en est tombée malade, il passait son temps à pleurer, au point que sa maîtresse a fini par ne plus le supporter et lui a annoncé qu'elle allait le quitter. Il s'est couché sur les rails pour se faire écraser par un tram. Malheureusement, le conducteur l'a vu de loin et mon adorateur a dû payer cinquante couronnes pour entrave à la circulation.

— Boccace est un menteur ! s'écria Verlaine.

— L'histoire que vient de nous raconter Pétrarque, poursuivit Boccace, est du même tabac. Est-ce que ta femme aux cheveux d'or mérite que tu prennes cette hystérique au sérieux ?

— Qu'est-ce que tu sais de ma femme ! répliqua Pétrarque, haussant le ton. Ma femme est ma fidèle amie ! Nous n'avons pas de secrets l'un pour l'autre !

— Alors, pourquoi as-tu changé de chaussures ? » demanda Lermontov.

Mais Pétrarque ne se laissa pas troubler. « Mes amis, en cet instant crucial où cette jeune fille était sur le palier et où je ne savais vraiment pas quoi faire, je suis allé trouver ma femme dans la chambre et je me suis confié à elle.

— Comme mon adorateur ! dit Boccace, en riant. Se confier ! c'est le réflexe de tous les adorateurs ! Tu lui as certainement demandé de t'aider ! »

La voix de Pétrarque était pleine de tendresse : « Oui, je lui ai demandé de m'aider. Jamais elle ne m'a refusé son aide. Et cette fois-là non plus. Elle est allée d'elle-même à la porte. Moi, je suis resté dans la chambre parce que j'avais peur.

— Moi aussi j'aurais eu peur, dit Goethe plein de compréhension.

— Quand elle est revenue, elle était tout à fait calme. Elle avait regardé sur le palier par le judas, elle avait ouvert la porte et il n'y avait plus personne. On aurait dit que j'avais tout inventé. Mais brusquement, nous entendons de grands coups derrière nous, et les vitres qui volent en éclats ; comme vous le savez, nous habitons un vieil appartement, les fenêtres donnent sur une galerie. Et la fille, voyant que personne ne répondait à son coup de sonnette, avait trouvé une barre de fer, je ne sais où, elle était revenue avec sur la galerie et elle s'était mise à casser toutes nos fenêtres l'une après l'autre. Nous l'observions de l'intérieur de l'appartement, sans rien pouvoir faire, et presque avec effroi. Après cela, nous avons vu apparaître, de l'autre côté de la galerie plongée dans l'obscurité, trois ombres blanches. C'étaient les vieilles dames de l'appartement d'en face. Le fracas du verre les avait réveillées. Elles étaient accourues en chemise de nuit, avides et impatientes, heureuses de ce scandale inattendu. Imaginez ce tableau ! Une belle adolescente avec une barre de fer à la main et autour d'elle les ombres maléfiques de trois sorcières !

« Ensuite, la fille a brisé la dernière vitre et elle est entrée dans la pièce.

« Je voulais aller lui parler, mais ma femme m'a pris dans ses bras et m'a supplié, *n'y va pas, elle va te tuer !* Et la fille se dressait au milieu de la pièce avec sa barre de fer à la main comme Jeanne d'Arc avec sa lance, belle, majestueuse ! Moi, je me dégage des bras de ma femme et je m'avance vers la fille. Et à mesure que je m'approche d'elle, son regard perd son expression menaçante, s'adoucit, s'emplit d'une paix céleste. Je saisis la barre de fer, je la jette par terre et je prends la fille par la main. »

## Les insultes

« Je ne crois pas un mot de ton histoire, déclara Lermontov.

— Bien sûr, ça ne s'est pas passé tout à fait comme Pétrarque le raconte, intervint de nouveau Boccace, mais je crois que c'est réellement arrivé. Cette fille est une hystérique à qui tout homme normal, dans une situation semblable, aurait depuis longtemps donné une paire de claques. Les adorateurs ou poètes sont depuis toujours une proie rêvée pour les hystériques qui savent qu'ils ne les gifleront jamais. Les adorateurs sont désarmés devant les femmes, parce qu'ils n'ont jamais franchi l'ombre de leur mère. Ils voient en chaque femme la messagère de la mère et se soumettent à elle. Les jupes de leur mère sont pour eux la voûte céleste. » Cette dernière phrase lui plut beaucoup et il la répéta plusieurs fois : « Poètes, ce que vous voyez au-dessus de votre tête, ce n'est pas le ciel, mais la jupe gigantesque de votre mère ! Vous vivez tous sous la jupe de votre mère !

— Que dis-tu là ? » Iessénine se mit à hurler d'une voix incroyable et bondit de sa chaise. Il vacilla. Depuis le début de la soirée, c'est lui qui buvait le plus. « Qu'est-ce que tu as dit à propos de ma mère ? Qu'est-ce que tu as dit ?

— Je ne parlais pas de ta mère », dit doucement Boccace. Il savait que Iessénine vivait avec une danseuse célèbre qui avait trente ans de plus que lui et il éprouvait pour lui une compassion sincère. Mais déjà, Iessénine avait fait affluer sa bave à la commissure de ses lèvres et, se penchant en avant, il cracha. Mais il était trop saoul, le crachat retomba sur le col de Goethe. Boccace sortit son mouchoir et essuya le grand poète.

D'avoir craché, Iessénine se sentit mortellement las et il se laissa retomber sur sa chaise.

Pétrarque poursuivit : « Je vous souhaiterais à tous, mes amis, d'avoir pu entendre ce qu'elle m'a dit, c'était inoubliable. Elle m'a dit, et c'était comme une prière, comme une litanie, *je suis une fille simple, je suis une fille tout à fait ordinaire, je n'ai rien à offrir, mais je suis venue parce que je suis envoyée ici par l'amour, je suis venue* — et à cet instant elle me pressait la main très fort — *pour que tu saches ce qu'est le véritable amour, pour que tu le connaisses une fois dans ta vie.*

— Et qu'a dit ta femme à cette messagère de l'amour ? » demanda Lermontov avec une ironie fortement appuyée.

Goethe s'esclaffa : « Qu'est-ce que Lermontov ne

donnerait pas pour qu'une femme vienne lui casser ses carreaux ! Il irait jusqu'à la payer pour ça ! »

Lermontov jeta sur Goethe un regard haineux et Pétrarque poursuivit : « Ma femme ? Tu te trompes, Lermontov, si tu prends cette histoire pour un conte humoristique de Boccace. La petite s'est tournée vers ma femme et elle avait un regard céleste, et elle lui a dit, et c'était de nouveau comme une prière, comme une litanie, *il ne faut pas m'en vouloir, Madame, parce que vous êtes bonne et je vous aime aussi, je vous aime tous les deux*, et elle aussi, elle l'a prise par la main.

— Si c'était une scène d'un conte de Boccace, je n'aurais rien contre, dit Lermontov. Mais, ce que tu nous racontes là, c'est quelque chose de pire, c'est de la mauvaise poésie.

— Tu m'envies ! lui cria Pétrarque. Ça ne t'est jamais arrivé, dans la vie, d'être seul dans une chambre avec deux jolies femmes qui t'aiment ! Sais-tu comme elle est belle, ma femme, en peignoir rouge avec ses cheveux d'or défaits ? »

Lermontov rit d'un rire moqueur, mais cette fois Goethe décida de le punir de ses commentaires acerbes : « Tu es un grand poète, Lermontov, nous le savons tous, mais pourquoi as-tu de tels complexes ? »

Pendant quelques secondes, Lermontov en fut abasourdi, puis il répondit à Goethe, en se maîtrisant avec peine : « Johann, il ne fallait pas me dire ça. C'est ce que tu pouvais me dire de pire. C'est une ignominie de ta part. »

Goethe, ami de la concorde, n'aurait pas continué à

taquiner Lermontov, mais Voltaire intervint en riant :
« Ça crève les yeux, Lermontov, que tu es plein de
complexes », et il commença à analyser toute sa poésie,
qui ne posséderait ni l'heureuse grâce naturelle de
Goethe, ni le souffle passionné de Pétrarque. Il commença même à décortiquer chacune de ses métaphores
pour démontrer avec brio que le complexe d'infériorité
de Lermontov est la source directe de son imagination
et qu'il prend racine dans l'enfance du poète, marquée
par la pauvreté et l'influence oppressive d'un père
autoritaire.

A ce moment, Goethe se pencha vers Pétrarque et
lui dit dans un chuchotement qui envahit toute la
pièce, si bien que tout le monde entendit, y compris
Lermontov : « Allons donc ! Balivernes que tout cela.
Ce qu'il y a avec Lermontov, c'est qu'il ne baise
pas ! »


*L'étudiant se range aux côtés de Lermontov*


L'étudiant gardait le silence, il se versait du vin (un
serveur discret emportait sans bruit les bouteilles vides
et apportait des bouteilles pleines) et écoutait avec
attention la conversation où volaient des étincelles. Il
n'avait pas le temps de tourner la tête pour suivre leur
tourbillon vertigineux.

Il se demandait lequel des poètes lui était le plus

sympathique. Goethe, il le vénérait, tout autant que le vénérait Mme Christine et d'ailleurs tout son pays. Pétrarque l'ensorcelait avec ses yeux incandescents. Mais, chose étrange, c'est Lermontov l'offensé qui lui inspirait la plus vive sympathie, surtout depuis la dernière remarque de Goethe, qui lui donna à penser qu'un grand poète (et Lermontov est vraiment un grand poète) pouvait éprouver les mêmes difficultés qu'un quelconque étudiant comme lui. Il regarda sa montre et constata qu'il était grand temps pour lui de rentrer s'il ne voulait pas finir exactement comme Lermontov.

Pourtant, il ne pouvait pas s'arracher aux grands hommes et, au lieu de partir pour rejoindre Mme Christine, il alla aux toilettes. Il était là, plein de grandioses pensées, devant le carrelage blanc, puis il entendit à côté de lui la voix de Lermontov : « Tu les as entendus. Ils ne sont pas fins. Tu comprends, ils ne sont pas fins. »

Lermontov prononça le mot *fins* comme s'il était écrit en italique. Oui, il y a des mots qui ne sont pas comme les autres, des mots qui possèdent une valeur particulière connue des seuls initiés. L'étudiant ignorait pourquoi Lermontov avait prononcé le mot *fins* comme s'il était écrit en italique, mais moi, qui fais partie des initiés, je sais que Lermontov avait lu jadis la pensée de Pascal sur l'esprit de finesse et l'esprit de géométrie et répartissait dès lors le genre humain en deux catégories : ceux qui sont fins, et les autres.

« Tu les trouves peut-être fins, toi ? » dit-il d'un ton agressif, voyant que l'étudiant se taisait.

L'étudiant boutonna sa braguette et constata que Lermontov, exactement comme l'avait écrit dans son journal la comtesse Roptchinski, il y a cent cinquante ans, avait les jambes très courtes. Il éprouva pour lui de la reconnaissance parce que c'était le premier grand poète qui lui posait une question grave en attendant de lui une réponse aussi grave.

« A mon avis, dit-il, ils ne sont pas fins du tout. »

Lermontov s'immobilisa sur ses jambes courtes : « Non, pas fins du tout. » Et il ajouta, haussant le ton : « Mais moi je suis orgueilleux ! Tu comprends, moi je suis orgueilleux ! »

Le mot *orgueilleux* aussi était écrit en italique dans sa bouche pour donner à entendre que seul un imbécile aurait pu penser que Lermontov était orgueilleux comme une fille l'est de sa beauté, ou comme un commerçant l'est de son bien, car il s'agit d'un orgueil très singulier, d'un orgueil justifié et noble.

« Je suis orgueilleux, moi », vociféra Lermontov, et il retourna avec l'étudiant dans la pièce où Voltaire était en train de prononcer l'éloge de Goethe. Alors, Lermontov se déchaîna. Il se campa devant la table, ce qui fit qu'il eut soudain une tête de plus que les autres, qui étaient assis, et il dit : « Et maintenant, je vais vous montrer comme je suis orgueilleux ! Maintenant, je vais vous dire quelque chose, parce que je suis orgueilleux ! Il n'y a que deux poètes dans ce pays : Goethe et moi. »

Cette fois, c'est Voltaire qui éleva la voix : « Tu es peut-être un grand poète, mais, en tant qu'homme, tu es haut comme ça ! Je peux le dire de toi, que tu es un grand poète, mais toi, tu n'as pas le droit de le dire. »

Lermontov en resta un instant interdit. Il bégaya : « Et pourquoi est-ce que je n'aurais pas le droit de le dire ? Je suis orgueilleux, moi ! »

Lermontov répéta encore plusieurs fois qu'il était orgueilleux, Voltaire hurla de rire, et les autres hurlèrent de rire avec lui.

L'étudiant comprit que l'instant qu'il attendait était arrivé. Il se leva à l'instar de Lermontov et jeta un regard circulaire sur les poètes présents : « Vous ne comprenez rien à Lermontov. L'orgueil du poète n'est pas un orgueil banal. Seul le poète lui-même connaît la valeur de ce qu'il écrit. Les autres le comprendront beaucoup plus tard que lui ou ne le comprendront peut-être jamais. Le poète a donc le devoir d'être orgueilleux. S'il ne l'était pas, il trahirait son œuvre. »

Un instant plus tôt, ils s'étaient tordus de rire, mais d'un seul coup ils furent tous d'accord avec l'étudiant car ils étaient aussi orgueilleux que Lermontov, seulement ils avaient honte de le dire, parce qu'ils ne savaient pas que le mot orgueilleux, à condition d'être prononcé comme il faut, cesse d'être ridicule et devient au contraire un mot spirituel et noble. Ils étaient donc reconnaissants envers l'étudiant qui venait de leur donner un si bon conseil, et il s'en trouva même un parmi eux, Verlaine sans doute, pour l'applaudir.

*Christine est changée en reine par Goethe*

L'étudiant s'était assis et Goethe se tourna vers lui avec un sourire aimable : « Mon garçon, vous savez ce que c'est que la poésie. »

Les autres furent de nouveau plongés dans leurs discussions d'hommes ivres, de sorte que l'étudiant se retrouva seul en face du grand poète. Il voulait profiter de cette précieuse occasion, mais soudain il ne savait pas quoi dire. Comme il cherchait intensément la phrase qui conviendrait — Goethe se contentait de lui sourire en silence — il ne pouvait en trouver aucune et ne faisait lui aussi que sourire. Mais le souvenir de Christine vola à son secours.

« En ce moment, je sors avec une fille, plutôt avec une femme. Elle est mariée à un boucher. »

Cela plut beaucoup à Goethe qui répondit par un rire très amical.

« Elle vous vénère. Elle m'a donné un de vos livres pour que vous fassiez une dédicace.

— Donnez », dit Goethe, et il prit le volume de ses vers des mains de l'étudiant. Il l'ouvrit à la page de titre et poursuivit : « Parlez-moi d'elle. Comment est-elle ? Est-elle belle ? »

Face à Goethe, l'étudiant ne pouvait mentir. Il avoua que la femme du boucher n'était pas une beauté. Aujourd'hui, pour comble, elle était ridiculement habillée. Toute la journée, elle s'était promenée dans Prague avec de grosses perles autour du cou et des

213

chaussures de soirée noires comme on n'en portait plus depuis longtemps.

Goethe écouta l'étudiant avec un intérêt sincère et dit presque avec nostalgie : « C'est merveilleux. »

L'étudiant s'enhardit et alla jusqu'à avouer que la femme du boucher avait une dent en or qui brillait dans sa bouche comme une mouche dorée.

Emu, Goethe rit et rectifia : « Comme une bague.

— Comme un phare ! répliqua l'étudiant.

— Comme une étoile ! » sourit Goethe.

L'étudiant expliqua que la femme du boucher était en réalité une provinciale tout à fait ordinaire et c'était justement ce qui l'attirait tellement.

« Comme je vous comprends, dit Goethe. Ce sont précisément ces détails-là, une toilette mal choisie, un léger défaut de la denture, une exquise médiocrité d'âme, qui font qu'une femme est vivante et vraie. Les femmes des affiches ou des magazines de mode, que presque toutes les femmes essaient aujourd'hui d'imiter, manquent de charme, parce qu'elles sont irréelles, parce qu'elles ne sont qu'une somme d'instructions abstraites. Elles sont nées d'une machine cybernétique, et non pas d'un corps humain ! Mon ami, je vous le garantis, votre provinciale est bien la femme qu'il faut à un poète et je vous en félicite ! »

Ensuite, il se pencha sur la page de titre, il prit son stylo et il se mit à écrire. Il couvrit toute la page, il écrivit avec enthousiasme, fut presque en transes et son visage irradia l'éclat de l'amour et de la compréhension.

L'étudiant reprit le livre et rougit de fierté. Ce que

Goethe avait écrit à une inconnue était beau et triste, nostalgique et sensuel, sage et enjoué, et l'étudiant était certain que jamais encore d'aussi belles paroles n'avaient été adressées à une femme. Il songe à Christine et la désire infiniment. Sur ses vêtements ridicules, la poésie a jeté un manteau tissé des mots les plus sublimes. Elle en a fait une reine.

### On porte un poète

Le serveur entra dans le salon, mais cette fois il n'apporta pas de nouvelle bouteille. Il demanda aux poètes de songer au départ. Il fallait fermer l'immeuble dans quelques instants. La concierge menaçait de fermer la porte à clé et de les laisser tous ici jusqu'au matin.

Il dut encore répéter plusieurs fois cet avertissement, à voix haute et doucement, à tous collectivement et à chacun personnellement, avant que les poètes ne finissent par comprendre qu'il ne s'agit pas de plaisanter avec la concierge. Pétrarque se souvint brusquement de sa femme en peignoir rouge et se leva de table, comme s'il venait de recevoir un coup de pied dans les reins.

C'est alors que Goethe dit, avec une infinie tristesse : « Mes amis, laissez-moi ici. Je veux rester ici. » Ses béquilles étaient à côté de lui, appuyées contre la table, et aux poètes qui essayèrent de le convaincre de

215

partir avec eux, il se contenta de répondre par des hochements de tête.

Tout le monde connaissait sa femme, c'était une dame méchante et sévère. Ils en avaient peur. Ils savaient que si Goethe ne rentrait pas chez lui à l'heure sa femme leur ferait à tous une scène épouvantable. Ils l'implorèrent : « Johann, sois raisonnable, il faut rentrer chez toi ! » et ils le prirent pudiquement sous les aisselles et tentèrent de le soulever de sa chaise. Mais le roi de l'Olympe était lourd et leurs bras étaient timides. Il avait au moins trente ans de plus qu'eux, c'était pour eux un véritable patriarche ; tout à coup, au moment de le soulever et de lui passer ses béquilles, ils se sentirent tous embarrassés et petits. Et lui qui répétait sans cesse qu'il voulait rester ici !

Personne n'était d'accord, seul Lermontov saisit l'occasion pour se montrer plus malin que les autres : « Mes amis, laissez-le ici et je vais lui tenir compagnie jusqu'au matin. Vous ne le comprenez donc pas ? Quand il était jeune, il restait des semaines entières sans rentrer chez lui. Il veut retrouver sa jeunesse ! Vous ne comprenez donc pas ça, bande d'idiots ? N'est-ce pas, Johann, nous allons nous étendre ici sur le tapis et nous resterons jusqu'au matin avec cette bouteille de vin rouge et ils n'ont qu'à partir ! Pétrarque peut courir rejoindre sa femme en peignoir rouge et aux cheveux défaits ! »

Mais Voltaire savait que ce n'était pas la nostalgie de sa jeunesse qui retenait Goethe. Goethe était malade et il lui était interdit de boire. Quand il buvait, ses jambes refusaient de le porter. Voltaire s'empara des deux béquilles et ordonna aux autres de renoncer à une timidité superflue. Alors les faibles bras des poètes éméchés saisirent Goethe sous les aisselles et le soulevèrent de sa chaise. Ils le portaient du salon vers le hall, ou plutôt ils le traînaient (tantôt les pieds de Goethe touchaient le sol, tantôt ils se balançaient comme les pieds d'un enfant avec qui ses parents jouent à l'escarpolette). Mais Goethe pesait lourd et les poètes étaient ivres : arrivés dans le hall, ils le lâchèrent, et Goethe se lamenta et s'écria : « Mes amis, laissez-moi mourir ici ! »

Voltaire se mit en colère et cria aux poètes de ramasser Goethe immédiatement. Les poètes eurent honte. Ils saisirent Goethe, qui par les bras, qui par les jambes, ils le soulevèrent et, une fois franchie la porte du club, le portèrent vers l'escalier. Tout le monde le portait. Voltaire le portait, Pétrarque le portait, Verlaine le portait, Boccace le portait et même le titubant Iessénine se tenait à la jambe de Goethe de peur de tomber.

L'étudiant, lui aussi, tenta de porter le grand poète, car il savait bien qu'une occasion pareille ne se rencontrerait qu'une fois dans une vie. Mais en vain, Lermontov l'aimait trop. Il le tenait par le bras et trouvait sans cesse quelque chose à lui dire.

« Non seulement ils ne sont pas fins, mais ils sont maladroits. Ce sont tous des enfants gâtés. Regarde ça, comme ils le portent ! Ils vont le lâcher ! Jamais ils n'ont travaillé de leurs mains. Tu le sais, que moi j'ai travaillé en usine ? »

(N'oublions pas que tous les héros de ce temps-là et

de ce pays-là étaient passés par l'usine, ou bien volontairement, par enthousiasme révolutionnaire, ou bien par contrainte, en guise de punition. Dans les deux cas ils en étaient également fiers, parce qu'il leur semblait qu'à l'usine la Rudesse de la vie, cette noble déesse elle-même, leur avait donné un baiser sur le front.)

Tenant leur patriarche par les jambes et par les bras, les poètes le portèrent dans l'escalier. La cage de l'escalier était carrée, il y avait plusieurs tournants à angle droit qui mettaient à dure épreuve leur agilité et leur force.

Lermontov poursuivit : « Mon ami, tu sais ce que c'est, de porter des traverses ? Toi, tu n'en as jamais porté. Tu es étudiant. Mais ces types-là non plus n'en ont jamais porté. Regarde comme ils le portent bêtement ! Ils vont le faire tomber ! » Se tournant vers les poètes, il leur cria : « Tenez-le bien, espèces d'imbéciles, vous allez le faire tomber ! Vous n'avez jamais travaillé de vos mains ! » Et il s'agrippa au bras de l'étudiant et descendit lentement derrière les poètes titubants qui portaient avec angoisse un Goethe de plus en plus lourd. Enfin, ils arrivèrent en bas sur le trottoir avec leur fardeau et ils l'adossèrent à un réverbère. Pétrarque et Boccace le soutenaient, pour qu'il ne tombe pas, et Voltaire descendit sur la chaussée et héla les voitures mais aucune ne s'arrêta.

Et Lermontov dit à l'étudiant : « Te rends-tu compte de ce que tu vois ? Tu es étudiant et tu ne connais rien à la vie. Et ça, c'est une scène grandiose ! On porte un poète. Sais-tu le poème que ça ferait ? »

Cependant, Goethe s'affaissa sur le trottoir ; Pétrarque et Boccace tentaient à nouveau de le relever.

« Regarde, dit Lermontov à l'étudiant, ils ne pourront même pas le soulever. Ils n'ont pas de force dans les bras. Ils n'ont aucune idée de ce que c'est, la vie. On porte un poète. Quel titre magnifique. Tu comprends. En ce moment, j'écris deux recueils de vers. Deux recueils tout à fait différents. L'un est dans une forme rigoureusement classique, avec des rimes et un rythme précis. Et l'autre est en vers libres. Ça va s'appeler " Comptes rendus ". Le dernier poème du recueil sera intitulé On porte un poète. Et ce sera un poème dur, mais *honnête*. Un poème *honnête*. »

C'était le troisième mot de Lermontov prononcé en italique. Ce mot exprimait le contraire de tout ce qui n'est qu'ornement et jeu de l'esprit. Il exprimait le contraire des rêveries de Pétrarque et des farces de Boccace. Il exprimait le pathétique du travail ouvrier et une foi passionnée en la susdite déesse Rudesse de la vie.

Verlaine, saoulé par l'air nocturne, se campa au milieu du trottoir, il regarda les étoiles et il chanta. Iessénine s'assit, adossé au mur de l'immeuble, et il s'endormit. Voltaire continua de gesticuler au milieu de la chaussée et il réussit enfin à arrêter un taxi. Ensuite, avec l'aide de Boccace, il installa Goethe sur le siège arrière. Il cria à Pétrarque de s'asseoir à côté du chauffeur, parce que Pétrarque était le seul à pouvoir tant bien que mal amadouer Mme Goethe. Mais Pétrarque se défendit frénétiquement :

« Pourquoi moi ! Pourquoi moi ! J'air peur, moi !

« — Tu le vois, dit Lermontov à l'étudiant. Quand il faut aider un ami, il se dérobe. Pas un seul n'est capable de parler à sa vieille. » Puis, se penchant à l'intérieur de la voiture, où Goethe, Boccace et Voltaire étaient affreusement entassés sur la banquette arrière : « Mes amis, dit-il, je viens avec vous. Je me charge de Mme Goethe. » Et il s'installa sur le siège libre, à côté du chauffeur.

### Pétrarque condamne le rire de Boccace

Le taxi chargé de poètes disparut et l'étudiant se souvint qu'il était grand temps d'aller rejoindre Mme Christine.

« Il faut que je rentre », dit-il à Pétrarque.

Pétrarque acquiesça, lui prit le bras et s'engagea dans la direction opposée à celle où logeait l'étudiant.

« Vous savez, lui dit-il, vous êtes un garçon sensible. Vous êtes le seul qui ait été capable d'écouter ce que disaient les autres. »

L'étudiant enchaîna : « Cette fille se dressait au milieu de la pièce, comme Jeanne d'Arc avec sa lance, je pourrais tout vous répéter, exactement avec les mêmes mots que vous.

— D'ailleurs, ces ivrognes ne m'ont même pas écouté jusqu'au bout ! S'intéressent-ils à autre chose qu'à eux-mêmes ?

— Ou bien, quand vous avez dit que votre femme avait peur que cette fille veuille vous tuer, alors vous vous êtes approché d'elle et son regard s'est empli d'une paix céleste, c'était comme un petit miracle.

— Ah, mon ami, c'est vous le poète ! Vous et pas eux ! »

Pétrarque tenait l'étudiant par le bras et le conduisait vers sa lointaine banlieue.

« Et comment l'histoire s'est-elle terminée ? demanda l'étudiant.

— Ma femme a eu pitié d'elle et l'a laissée passer la nuit chez nous. Seulement, vous imaginez ça. Ma belle-mère couche dans une espèce de débarras derrière la cuisine et elle se lève très tôt. Quand elle a vu que tous les carreaux étaient cassés, elle est vite allée chercher les vitriers qui travaillaient par hasard dans la maison d'à côté, et toutes les vitres étaient de nouveau en place quand nous nous sommes réveillés. Il ne restait pas trace des événements de la veille. J'avais l'impression d'avoir rêvé.

— Et la jeune fille ? demanda l'étudiant.

— Elle aussi, elle est sortie sans bruit de l'appartement au petit matin. »

A ce moment, Pétrarque s'arrêta au milieu de la rue et regarda l'étudiant avec une expression presque sévère : « Vous savez, mon ami, ça me ferait beaucoup de peine si vous interprétiez mon récit comme une de ces anecdotes de Boccace qui s'achèvent dans un lit. Il faut que vous le sachiez : Boccace est un con. Boccace ne comprendra jamais personne, parce que comprendre c'est se confondre et s'identifier. C'est ça le mystère de la poésie. Nous nous consumons dans la femme aimée, nous nous consumons dans l'idée à laquelle nous croyons, nous brûlons dans le paysage qui nous émeut. »

L'étudiant écoutait Pétrarque avec ferveur et il avait devant les yeux l'image de sa Christine, sur le charme de laquelle il avait eu des doutes quelques heures plus tôt. Il avait honte de ces doutes à présent, parce qu'ils appartenaient à la moitié la moins bonne (boccacienne) de son être ; ils n'étaient pas nés de sa force, mais de sa faiblesse : ils étaient la preuve qu'il n'osait pas entrer dans l'amour entièrement, de tout son être, la preuve qu'il avait peur de se consumer dans la femme aimée.

« L'amour est la poésie, la poésie est l'amour », dit Pétrarque, et l'étudiant se promit d'aimer Christine d'un amour ardent et grandiose. Il y a peu de temps, Goethe avait revêtu Christine d'un manteau royal et c'était maintenant Pétrarque qui répandait le feu dans le cœur de l'étudiant. La nuit qui l'attendait serait bénie par deux poètes.

« Par contre, le rire, poursuivit Pétrarque, est une explosion qui nous arrache au monde et nous rejette dans notre froide solitude. La plaisanterie est une barrière entre l'homme et le monde. La plaisanterie est l'ennemi de l'amour et de la poésie. C'est pourquoi je vous le dis encore une fois et je veux que vous vous en souveniez bien : Boccace ne comprend pas l'amour. L'amour ne peut pas être risible. L'amour n'a rien de commun avec le rire.

— Oui », acquiesça l'étudiant avec enthousiasme.

Le monde lui apparut divisé en deux moitiés dont l'une est celle de l'amour et l'autre celle de la plaisanterie, et il sut qu'en ce qui le concernait il appartenait et appartiendrait à l'armée de Pétrarque.

## Les anges volent au-dessus de la couche de l'étudiant

Elle n'arpentait pas nerveusement la mansarde, elle n'était pas en colère, elle ne boudait pas, elle ne languissait pas à la fenêtre ouverte. Elle était couchée en chemise de nuit, pelotonnée sous la couverture. Il la réveilla d'un baiser sur les lèvres et pour devancer les reproches il lui raconta avec une volubilité forcée l'incroyable soirée où il avait été témoin d'un dramatique affrontement entre Boccace et Pétrarque cependant que Lermontov insultait tous les autres poètes. Elle ne s'intéressa pas à ses explications et l'interrompit avec méfiance :

« Je parie que tu as oublié le livre. »

Quand il lui tendit le volume de vers où Goethe avait inscrit une longue dédicace, elle ne put en croire ses yeux. Elle relut plusieurs fois de suite ces phrases invraisemblables qui semblaient incarner toute son aventure pareillement invraisemblable avec l'étudiant, tout son dernier été, les promenades clandestines sur des chemins forestiers inconnus, toute cette délicatesse et toute cette tendresse que l'on croirait étrangères à sa vie.

Entre-temps, l'étudiant se déshabilla et s'allongea. Elle le prit fermement dans ses bras. C'était une étreinte comme il n'en avait encore jamais connu. Une étreinte sincère, vigoureuse, ardente, maternelle, fraternelle, amicale et passionnée. Pendant la soirée, Lermontov avait plusieurs fois utilisé le mot *honnête* et l'étudiant se dit que l'étreinte de Christine méritait bien cette appellation synthétique qui contenait en elle toute une cohorte d'adjectifs.

L'étudiant sentait que son corps était dans une remarquable disposition pour l'amour. Dans une disposition si certaine, dure et durable, qu'il se refusait à toute précipitation et ne faisait que savourer les longues et douces minutes de cette étreinte immobile.

Elle plongeait une langue sensuelle dans sa bouche et l'instant d'après elle le baisait le plus fraternellement du monde sur tout le visage. Du bout de la langue il palpait sa dent en or, en haut à gauche, en se souvenant de ce que lui avait dit Goethe : Christine n'est pas née d'une machine cybernétique, mais d'un corps humain ! C'est la femme qu'il faut à un poète ! Il avait l'envie de hurler de joie. Et dans son esprit retentissaient les paroles de Pétrarque qui lui avait dit que l'amour est la poésie et que la poésie est l'amour et que comprendre c'est se confondre avec l'autre et brûler en lui. (Oui, les trois poètes sont tous ici avec lui, ils volent au-dessus du lit comme les anges, se réjouissent, chantent et le bénissent !) L'étudiant débordait d'un immense enthousiasme et décida qu'il était grand temps de transformer l'honnêteté lermontovienne de l'étreinte immobile en une réelle œuvre d'amour. Il se renversa sur le corps de Christine et tenta de lui ouvrir les jambes avec son genou.

Mais quoi ? Christine résiste ! Elle serre les jambes avec la même obstination que cet été pendant leurs promenades dans les bois !

Il aurait voulu lui demander pourquoi elle lui résistait, mais il ne pouvait pas parler. Mme Christine était si timide, si délicate qu'en sa présence les choses de l'amour perdaient leurs noms. Il n'osait parler que le langage du souffle et du toucher. Qu'avaient-ils à faire de la pesanteur des mots ? Est-ce qu'il ne brûlait pas en elle ? Ils flambaient tous deux de la même flamme ! Donc, dans un silence obstiné, il renouvelait ses tentatives pour forcer avec son genou les cuisses solidement fermées de Christine.

Elle aussi, elle se taisait. Elle aussi, elle craignait de parler et voulait tout exprimer par des baisers et des caresses. Mais à la vingt-cinquième tentative qu'il fit pour lui ouvrir les cuisses : « Non, je t'en prie, non, dit-elle. J'en mourrais.

— Comment ?

— J'en mourrais. C'est vrai. J'en mourrais », répéta Mme Christine, et de nouveau elle lui plongea la langue dans la bouche, profondément, tout en serrant très fort les cuisses.

L'étudiant éprouvait un désespoir teinté de béatitude. Il brûlait d'un désir frénétique de faire l'amour avec elle et en même temps il aurait voulu pleurer de joie. Christine l'aimait comme personne ne l'avait aimé. Elle l'aimait à en mourir, elle l'aimait au point d'avoir peur de faire l'amour avec lui parce que, si elle faisait l'amour avec lui, elle ne pourrait plus jamais vivre sans lui et elle mourrait de chagrin et de désir. Il fut heureux, il fut follement heureux parce qu'il atteignit, brusquement, inopinément et sans avoir rien fait pour le mériter, ce qu'il désirait depuis toujours, cet amour infini auprès duquel tout le globe terrestre avec tous ses continents et toutes ses mers n'est rien.

« Je te comprends ! Je mourrai avec toi ! » disait-il dans un murmure, et en même temps il la caressait et l'embrassait et pour un peu il aurait pleuré d'amour. Pourtant, ce grand attendrissement n'étouffa pas le désir physique qui devint douloureux et presque intolérable. Il fit encore quelques tentatives pour enfoncer un genou comme un levier entre les cuisses de Christine et s'ouvrir ainsi le chemin de son sexe qui fut subitement pour lui plus mystérieux que le Saint-Graal.

« Non, toi, il ne t'arrivera rien. C'est *moi* qui en mourrais ! » dit Christine.

Il imagina une volupté infinie, une volupté à en mourir, et il répéta encore une fois : « Nous mourrons ensemble ! Nous mourrons ensemble ! » Il continua de pousser son genou entre ses cuisses, mais toujours en vain.

Ils n'avaient plus rien à se dire. Il se pressaient l'un contre l'autre. Christine hochait la tête et il lança encore plusieurs assauts contre la forteresse de ses cuisses avant de renoncer enfin. Il s'allongea à côté d'elle sur le dos, résigné. Elle le saisit par le sceptre de son amour qui se dressait en son honneur et qu'elle serrait avec toute sa splendide honnêteté : sincèrement, vigoureusement, ardemment, fraternellement, maternellement, amicalement et passionnément.

Chez l'étudiant, la béatitude de l'homme qui est infiniment aimé se mêlait au désespoir du corps qui est repoussé. Et la femme du boucher le tenait toujours par son arme d'amour, sans songer à remplacer par quelques gestes simples l'acte charnel qu'il désirait, mais comme si elle tenait dans la main quelque chose de rare, quelque chose de précieux, quelque chose qu'elle ne voulait pas abîmer et qu'elle voulait longtemps, longtemps garder ainsi, érigé et dur.

Mais assez de cette nuit qui va se prolonger sans changement notable presque jusqu'au matin.


### La lumière sale du matin


Comme ils s'étaient endormis très tard, ils ne se réveillèrent guère avant midi et ils avaient tous les deux mal à la tête. Il ne leur restait pas beaucoup de temps, car Christine allait bientôt prendre son train. Ils étaient taciturnes. Christine rangea dans son sac de voyage sa chemise de nuit et le livre de Goethe et la voici de nouveau juchée sur ses escarpins ridiculement noirs et avec son collier incongru autour du cou.

Comme si la lumière sale du matin avait brisé le sceau du silence, comme si après une nuit de poésie était venue une journée de prose, Mme Christine dit à l'étudiant, le plus simplement du monde : « Tu sais, il

227

ne faut pas m'en vouloir, c'est vrai que je pourrais en mourir. Le docteur m'a dit après mon premier accouchement qu'il ne fallait plus jamais que je sois enceinte. »

L'étudiant la regarda avec une expression de désespoir : « Comme si tu pouvais tomber enceinte avec moi ! Pour qui me prends-tu ?

— C'est ce que disent tous les hommes. Ils sont toujours très sûrs d'eux. Je sais ce qui est arrivé à mes amies. Les jeunes gars comme toi sont terriblement dangereux. Et quand ça arrive, il n'y a rien à faire. »

D'une voix désespérée, il lui expliqua qu'il n'était pas un blanc-bec sans expérience et qu'il ne lui aurait jamais fait un enfant. « Tu ne vas tout de même pas me comparer aux copains de tes amies ! »

« Je sais », dit-elle avec conviction et presque en manière d'excuse. L'étudiant n'avait pas besoin de chercher à la convaincre davantage. Elle le crut. Ce n'était pas un paysan et il connaissait sans doute mieux les choses de l'amour que tous les garagistes du monde. Elle avait sans doute eu tort de lui résister cette nuit. Mais elle ne le regrettait pas. Une nuit d'amour accompagnée d'une brève étreinte (dans l'esprit de Christine l'amour physique ne peut être que bref et hâtif) lui laissait toujours l'impression d'une chose belle mais en même temps dangereuse et perfide. Ce qu'elle avait vécu avec l'étudiant était infiniment meilleur.

Il l'avait accompagnée à la gare et elle se réjouissait déjà à l'idée de s'asseoir dans son compartiment et de se souvenir. Elle se répétait en pensée, avec l'âpre sens pratique des femmes simples, qu'elle avait vécu quelque chose que *personne ne pourra lui prendre* : elle avait passé une nuit avec un jeune homme qui lui avait toujours semblé irréel, insaisissable et lointain, et elle l'avait tenu pendant toute une nuit par son membre dressé. Oui, pendant toute une nuit ! C'est une chose qui ne lui était jamais arrivée ! Peut-être qu'elle ne le reverrait pas, mais elle n'avait jamais pensé qu'elle pourrait le voir toujours. Elle était heureuse à l'idée qu'elle allait garder de lui quelque chose de durable : les vers de Goethe et l'incroyable dédicace qui pourrait la convaincre à tout moment que son aventure n'était pas un songe.

L'étudiant, lui, fut désespéré. Il aurait suffi cette nuit d'une seule phrase sensée ! Il aurait suffi d'appeler les choses par leur vrai nom et il pouvait l'avoir ! Elle avait peur qu'il lui fasse un enfant, et lui, il croyait qu'elle redoutait l'infini de son amour ! Il plongea les yeux dans la profondeur insondable de sa bêtise et il eut envie d'éclater de rire, d'un rire larmoyant et hystérique.

Il retournait de la gare vers son désert sans nuits d'amour, et la *litost* l'accompagnait.


*Nouvelles remarques pour une théorie de la litost*


Par deux exemples tirés de la vie de l'étudiant, j'ai expliqué les deux réactions élémentaires de l'homme face à sa propre *litost*. Si notre vis-à-vis est plus faible que nous, nous trouvons un prétexte pour lui faire du mal, comme l'étudiant a fait du mal à l'étudiante qui nageait trop vite.

Si notre vis-à-vis est le plus fort, il ne nous reste plus qu'à choisir une vengeance détournée, une gifle par ricochet, un meurtre par le biais du suicide. L'enfant fait une fausse note sur son violon jusqu'à ce que le professeur devienne fou et le jette par la fenêtre. Et l'enfant tombe et pendant sa chute il se réjouit à l'idée que le méchant prof sera accusé d'assassinat.

Ce sont là deux méthodes classiques, et si la première se rencontre couramment dans la vie des amants et des époux, ce qu'il est convenu d'appeler la grande Histoire de l'humanité offre d'innombrables exemples de l'autre procédé. Il est probable que tout ce que nos maîtres ont baptisé du nom d'héroïsme n'était que cette forme de *litost* que j'ai illustrée par l'anecdote de l'enfant et du professeur de violon. Les Perses conquièrent le Péloponnèse et les Spartiates accumulent les erreurs militaires. Et de même que l'enfant refuse de jouer juste, ils sont aveuglés, eux aussi, par des larmes de rage, ils refusent toute action raisonnable, ils ne sont capables ni de se battre mieux, ni de se rendre, ni de chercher le salut dans la fuite, et c'est par *litost* qu'ils se font tuer jusqu'au dernier.

L'idée me vient, dans ce contexte, que ce n'est nullement un hasard si la notion de *litost* a pris naissance en Bohême. L'histoire des Tchèques, cette histoire d'éternelles révoltes contre les plus forts, cette succession de glorieuses défaites qui mettaient en branle le cours de l'Histoire et conduisaient à sa perte le peuple même qui l'avait déclenchée, est l'histoire de la *litost*. Lorsqu'en août 1968 des milliers de chars russes ont occupé ce petit et merveilleux pays, j'ai vu écrite sur les murs d'une ville la devise : *Nous ne voulons pas de compromis, nous voulons la victoire !* Vous comprenez, à ce moment-là, il n'y avait le choix qu'entre plusieurs variantes de défaites, rien de plus, mais cette ville refusait le compromis et voulait la victoire ! Ce n'était pas la raison, c'était la *litost* qui parlait ! Celui qui refuse le compromis n'a finalement d'autre choix que la pire des défaites imaginables. Mais c'est justement ce que veut la *litost*. L'homme possédé par elle se venge par son propre anéantissement. L'enfant s'est écrasé sur le trottoir mais son âme immortelle va se réjouir éternellement parce que le professeur s'est pendu à l'espagnolette.

Mais comment l'étudiant peut-il faire du mal à Christine ? Avant qu'il ait le temps d'imaginer quoi que ce soit, elle est montée dans le train. Les théoriciens connaissent une situation de ce genre et affirment qu'on assiste alors à ce qu'ils appellent un *blocage de la litost*.

C'est ce qui peut arriver de pire. La *litost* de l'étudiant était comme une tumeur qui grossissait de minute en minute et il ne savait que faire avec elle. Comme il n'y avait personne sur qui il aurait pu se venger, il aspirait au moins à une consolation. C'est pourquoi il se souvint de Lermontov. Il se souvint de Lermontov que Goethe avait offensé, que Voltaire avait humilié et qui leur avait tenu tête à tous en leur criant son orgueil, comme si tous les poètes assis autour de la table n'étaient que des professeurs de violon et qu'il voulût les provoquer pour qu'ils le flanquent par la fenêtre.

L'étudiant désira Lermontov comme on désire un frère et il plongea la main dans sa poche. Ses doigts palpèrent une grande feuille de papier pliée. C'était une feuille arrachée à un cahier et on pouvait y lire : *Je t'attends. Je t'aime. Christine. Minuit.*

Il comprit. La veste qu'il portait était accrochée la veille à un cintre dans sa mansarde. Le message tardivement découvert ne fit que lui confirmer ce qu'il savait. Il avait manqué le corps de Christine à cause de sa propre bêtise. La *litost* l'emplissait à ras bord et ne trouvait pas par où s'échapper.


*Au fond du désespoir*


Il était tard dans l'après-midi et il se dit que les poètes devaient être enfin debout après la beuverie de la nuit. Ils seraient peut-être au Club des gens de lettres. Il grimpa quatre à quatre au premier étage, traversa le vestiaire et tourna à droite dans le restaurant. Il n'était pas un habitué, il s'arrêta sur le seuil et regarda. Pétrarque et Lermontov étaient assis au fond de la salle avec deux types qu'il ne connaissait pas. Il y avait une table libre plus près ; il s'y assit. Personne ne le remarquait. Il avait même l'impression que Pétrarque et Lermontov l'avaient regardé une seconde d'un air absent et ne l'avaient pas reconnu. Il commanda un cognac au garçon ; dans sa tête résonnait douloureusement le texte infiniment triste et infiniment beau du message de Christine : *Je t'attends. Je t'aime. Christine. Minuit.*

Il était resté comme ça une vingtaine de minutes, à boire son cognac à petites gorgées. La vue de Pétrarque et de Lermontov, loin de le réconforter, ne lui apporta qu'une nouvelle tristesse. Il était abandonné de tous, abandonné de Christine et des poètes. Il était seul ici, n'ayant pour toute compagnie qu'une grande feuille de papier où il y avait écrit : *Je t'attends. Je t'aime. Christine. Minuit.* Il eut envie de se lever et de brandir ce papier au-dessus de sa tête, pour que tout le monde le voie, pour que tout le monde sache que lui, l'étudiant, était aimé, infiniment aimé.

Il appela le garçon pour payer. Ensuite, il alluma une nouvelle cigarette. Il n'avait plus aucune envie de rester au club, mais il éprouvait un terrible dégoût à l'idée de retourner dans sa mansarde où aucune femme ne l'attendait. Il écrasa enfin sa cigarette dans le cendrier et, juste à ce moment, il remarqua que Pétrarque l'avait aperçu et lui faisait signe de la main depuis sa table. Mais c'était trop tard, la *litost* le chassait du club vers sa triste solitude. Il se leva et, au dernier moment, il sortit encore une fois de sa poche la feuille de papier où était inscrit le message d'amour de Christine. Cette feuille de papier ne lui procurait plus aucune joie. Mais s'il la laissait ici, posée sur la table, quelqu'un la remarquerait peut-être et saurait que l'étudiant était infiniment aimé.

Il se dirigeait vers la sortie pour s'en aller.


*Une gloire soudaine*


« Mon ami ! » L'étudiant entendit une voix et se retourna. C'était Pétrarque qui lui faisait signe et s'approchait de lui : « Vous partez déjà ? » Il s'excusait de ne pas l'avoir reconnu tout de suite. « Quand je bois, je suis complètement abruti le lendemain. »

L'étudiant expliquait qu'il ne voulait pas déranger Pétrarque car il ne connaissait pas les messieurs avec qui il se trouvait.

« Ce sont des idiots », dit Pétrarque à l'étudiant et il alla s'asseoir avec lui à la table que l'étudiant venait de quitter. L'étudiant regardait avec des yeux angoissés la grande feuille de papier négligemment posée sur la table. Si seulement c'était un petit bout de papier discret, mais cette grande feuille semblait démasquer à grands cris l'intention maladroitement transparente de celui qui l'avait oubliée là.

Pétrarque, ses yeux noirs roulant dans son visage avec curiosité, remarqua aussitôt la feuille et l'examina : « Qu'est-ce que c'est ? Ah ! mon ami, c'est à vous ! »

Maladroitement, l'étudiant tentait de feindre l'embarras d'un homme qui avait laissé traîner par erreur une communication confidentielle et essayait d'arracher le papier des mains de Pétrarque.

Mais celui-ci était déjà en train de lire à haute voix : « Je t'attends. Je t'aime. Christine. Minuit. »

Il regarda l'étudiant dans les yeux puis demanda : « Quand ça, minuit ? J'espère que ce n'était pas hier ! »

L'étudiant baissa les yeux : « Si », dit-il, et il n'essayait plus de reprendre le papier des mains de Pétrarque.

Mais pendant ce temps, Lermontov s'approcha de leur table sur ses pattes courtaudes. Il tendit la main à l'étudiant : « Je suis content de vous voir. Ces gens-là, dit-il, en désignant la table qu'il venait de quitter, sont de redoutables crétins. » Et il s'assit.

Pétrarque lut immédiatement à Lermontov le texte du message de Christine, il le lut plusieurs fois de suite, d'une voix sonore et mélodieuse comme si c'étaient des vers.

Ce qui me donne à penser que lorsqu'on ne peut ni flanquer une gifle à une fille qui nage trop vite ni se faire tuer par les Perses, lorsqu'il n'y a plus moyen d'échapper à la *litost,* alors la grâce de la poésie vole à notre secours.

Qu'est-il resté de cette histoire bel et bien ratée ? Rien que la poésie. Inscrits dans le livre de Goethe, des mots que Christine emporte avec elle, et sur une feuille de papier ligné, des mots qui ont paré l'étudiant d'une gloire inopinée.

« Mon ami, dit Pétrarque en saisissant l'étudiant par le bras, avouez que vous écrivez des vers, avouez que vous êtes poète ! »

L'étudiant baissa les yeux et avoua que Pétrarque ne se trompait pas.

## Et Lermontov reste seul

C'est Lermontov que l'étudiant est venu voir au Club des gens de lettres, mais à partir de ce moment il est perdu pour Lermontov et Lermontov est perdu pour lui. Lermontov déteste les amants heureux. Il fronce les sourcils et parle avec dédain de la poésie des sentiments douceâtres et des grands mots. Il dit qu'un poème doit être honnête comme un objet façonné par la main de l'ouvrier. Il se renfrogne et il est désagréable avec Pétrarque et avec l'étudiant. Nous savons bien de quoi il s'agit. Goethe aussi le savait. C'est à force de ne pas baiser. Une épouvantable *litost* de ne pas baiser.

Qui pourrait mieux le comprendre que l'étudiant ? Mais cet incorrigible imbécile ne voit que le visage sombre de Lermontov, il n'entend que ses paroles méchantes et il en est offensé.

Moi, en France, je les regarde de loin, du haut de ma tour. Pétrarque et l'étudiant se lèvent. Ils prennent

236

froidement congé de Lermontov. Et Lermontov reste seul.

Mon cher Lermontov, le génie de cette douleur qu'on appelle dans ma triste Bohême *litost*.

# SIXIÈME PARTIE

## LES ANGES

# 1

En février 1948, le dirigeant communiste Klement Gottwald se mit au balcon d'un palais baroque de Prague pour haranguer les centaines de milliers de citoyens massés sur la place de la Vieille Ville. Ce fut un grand tournant dans l'histoire de la Bohême. Il neigeait, il faisait froid et Gottwald était nu-tête. Clementis, plein de sollicitude, a enlevé sa toque de fourrure et l'a posée sur la tête de Gottwald.

Ni Gottwald ni Clementis ne savaient que Franz Kafka avait emprunté chaque jour pendant huit ans l'escalier par lequel ils venaient de monter au balcon historique, car sous l'Autriche-Hongrie ce palais abritait un lycée allemand. Ils ne savaient pas non plus qu'au rez-de-chaussée du même édifice, le père de Franz, Hermann Kafka, avait une boutique dont l'enseigne montrait un choucas peint à côté de son nom, parce qu'en tchèque kafka signifie choucas.

Si Gottwald, Clementis et tous les autres ignoraient

tout de Kafka, Kafka connaissait leur ignorance. Prague, dans son roman, est une ville sans mémoire. Cette ville-là a même oublié comment elle se nomme. Personne là-bas ne se rappelle et ne se remémore rien, même Joseph K. semble ne rien savoir de sa vie d'avant. Nulle chanson là-bas ne se peut entendre pour nous évoquer l'instant de sa naissance et rattacher ainsi le présent au passé.

Le temps du roman de Kafka est le temps d'une humanité qui a perdu la continuité avec l'humanité, d'une humanité qui ne sait plus rien et ne se rappelle plus rien et habite dans des villes qui n'ont pas de nom et dont les rues sont des rues sans nom ou portent un autre nom qu'hier, car le nom est une continuité avec le passé et les gens qui n'ont pas de passé sont des gens sans nom.

Prague, comme disait Max Brod, est la ville du mal. Quand les jésuites, après la défaite de la Réforme tchèque en 1621, tentèrent de rééduquer le peuple en lui inculquant la vraie foi catholique, ils submergèrent Prague sous la splendeur des cathédrales baroques. Ces milliers de saints pétrifiés qui vous regardent de toutes parts, et vous menacent, vous épient, vous hypnotisent, c'est l'armée frénétique des occupants qui a envahi la Bohême il y a trois cent cinquante ans pour arracher de l'âme du peuple sa foi et sa langue.

La rue où est née Tamina s'appelait rue Schwerinova. C'était pendant la guerre et Prague était occupée par les Allemands. Son père est né avenue Tchernokostelecka — avenue de l'église noire. C'était sous l'Autriche-Hongrie. Sa mère s'est installée chez son père avenue du Maréchal-Foch. C'était après la guerre de 14-18. Tamina a passé son enfance avenue Staline et c'est avenue de Vinohrady que son mari l'a cherchée pour la conduire à son nouveau foyer. Pourtant, c'était toujours la même rue, on lui changeait seulement le nom, sans cesse, on lui lavait le cerveau pour l'abêtir.

Dans les rues qui ne savent pas comment elles se nomment rôdent les spectres des monuments renversés. Renversés par la Réforme tchèque, renversés par la Contre-Réforme autrichienne, renversés par la République tchécoslovaque, renversés par les communistes ; même les statues de Staline ont été renversées. A la place de tous ces monuments détruits des statues de Lénine poussent aujourd'hui dans toute la Bohême par milliers, elles poussent là-bas comme l'herbe sur les ruines, comme les fleurs mélancoliques de l'oubli.

2

Si Franz Kafka est le prophète d'un monde sans mémoire, Gustav Husak en est le bâtisseur. Après T. G. Masaryk, qu'on appelait le *président libérateur* (tous ses monuments sans exception ont été détruits), après Benes, Gottwald, Zapotocky, Novotny et Svoboda, c'est le septième président de mon pays, et on l'appelle le *président de l'oubli*.

Les Russes l'ont installé au pouvoir en 1969.

243

Depuis 1621, l'histoire du peuple tchèque n'a pas connu pareil massacre de la culture et des intellectuels. On s'imagine partout que Husak ne fait que persécuter ses adversaires politiques. Mais la lutte contre l'opposition politique n'a été plutôt pour les Russes que l'occasion rêvée d'entreprendre, par l'intermédiaire de leur lieutenant, quelque chose de beaucoup plus fondamental.

J'estime qu'il est très significatif, de ce point de vue, que Husak ait fait chasser des universités et des instituts scientifiques cent quarante-cinq historiens tchèques. (On dit que pour chaque historien, mystérieusement comme dans un conte de fées, un nouveau monument de Lénine a poussé quelque part en Bohême.) En 1971, l'un de ces historiens, Milan Hübl, avec ses lunettes aux verres extraordinairement épais, était dans mon studio de la rue Bartolomejska. Nous regardions par la fenêtre pointer les tours du Hradchine et nous étions tristes.

« Pour liquider les peuples, disait Hübl, on commence par leur enlever la mémoire. On détruit leurs livres, leur culture, leur histoire. Et quelqu'un d'autre leur écrit d'autres livres, leur donne une autre culture et leur invente une autre Histoire. Ensuite, le peuple commence lentement à oublier ce qu'il est et ce qu'il était. Le monde autour de lui l'oublie encore plus vite.

— Et la langue ?

— Pourquoi nous l'enlèverait-on ? Ce ne sera plus qu'un folklore qui mourra tôt ou tard de mort naturelle. »

Était-ce une hyperbole dictée par une trop grande tristesse ?

Ou bien, est-il vrai que le peuple ne pourra franchir vivant le désert de l'oubli organisé ?

Nul d'entre nous ne sait ce qui va se passer mais une chose est certaine. Dans les instants de clair-voyance le peuple tchèque peut voir de près devant lui l'image de sa mort. Ni comme une réalité ni comme un avenir inéluctable, mais quand même comme une possibilité tout à fait concrète. Sa mort est avec lui.

## 3

Six mois plus tard, Hübl a été arrêté et condamné à de longues années de prison. A ce moment-là mon père était mourant.

Pendant les dix dernières années de sa vie, il a perdu peu à peu l'usage de la parole. Au début, il ne lui manquait que quelques mots, ou à leur place il en disait d'autres qui leur ressemblaient, et aussitôt il se mettait à rire. Mais à la fin, il n'y avait que très peu de mots qu'il pouvait prononcer et, chaque fois qu'il essayait de préciser sa pensée, ça se terminait par la même phrase, l'une des dernières qui lui restaient : *C'est étrange.*

Il disait *c'est étrange,* et il y avait dans ses yeux

l'immense étonnement de tout savoir mais de ne rien pouvoir dire. Les choses avaient perdu leur nom et se confondaient en un unique être indifférencié. Et j'étais le seul, quand je lui parlais, à pouvoir faire un instant resurgir de cet infini sans mots l'univers des entités dénommées.

Sur son beau visage, ses vastes yeux bleus exprimaient la même sagesse qu'avant. Je l'emmenais souvent faire sa promenade. Nous faisions invariablement le tour du même pâté de maisons, papa n'avait pas la force d'aller plus loin. Il marchait mal, il faisait de tout petits pas et, dès qu'il était un peu fatigué, son corps commençait à pencher en avant et il perdait l'équilibre. Il fallait souvent nous arrêter pour qu'il se repose, le front contre un mur.

Pendant ces promenades nous discutions de musique. Tant que papa avait parlé normalement, je lui avais posé peu de questions. Et maintenant, je voulais rattraper le temps perdu. Donc nous parlions de musique, mais c'était une étrange conversation entre quelqu'un qui ne savait rien mais connaissait des mots en grand nombre et quelqu'un qui savait tout mais ne connaissait pas un seul mot.

Tout au long des dix années qu'a duré sa maladie, papa écrivait un gros livre sur les sonates de Beethoven. Il écrivait sans doute un peu mieux qu'il ne parlait, mais même en écrivant il avait de plus en plus de mal à trouver ses mots, et son texte devenait incompréhensible parce qu'il se composait de mots qui n'existent pas.

Un jour il m'a appelé dans sa chambre. Il avait

ouvert sur le piano les variations de la sonate opus 111. Il m'a dit « regarde » en montrant la partition (il ne pouvait plus jouer du piano), il a répété « regarde » et il a encore réussi à dire après un long effort : « Maintenant je sais ! » et il essayait toujours de m'expliquer quelque chose d'important, mais son message se composait de mots tout à fait incompréhensibles et, voyant que je ne le comprenais pas, il m'a regardé avec surprise et il a dit : « C'est étrange. »

Évidemment, je sais de quoi il voulait parler, parce qu'il se posait cette question depuis longtemps. Les variations étaient la forme favorite de Beethoven vers la fin de sa vie. On pourrait croire, de prime abord, que c'est la forme la plus superficielle, un simple étalage de technique musicale, un travail qui convient mieux à une dentellière qu'à Beethoven. Et Beethoven (pour la première fois dans l'histoire de la musique) en a fait une forme souveraine, il y a inscrit ses plus belles méditations.

Oui, c'est une chose bien connue. Mais papa voulait savoir comment il faut la comprendre. Pourquoi justement des variations ? Quel sens se dissimule derrière ?

C'est pour cela qu'il m'avait appelé dans sa chambre et qu'il me montrait la partition en disant : « Maintenant je sais ! »

# 4

Le silence de mon père devant qui tous les mots se dérobaient, le silence de cent quarante-cinq historiens auxquels on interdit de se souvenir, ce silence innombrable qui retentit en Bohême constitue l'arrière-plan du tableau sur lequel je peins Tamina.

Elle continue de servir le café dans un bistrot d'une petite ville à l'ouest de l'Europe. Mais elle a perdu l'éclat de cette délicate sollicitude qui charmait autrefois les clients. Ça lui a passé, l'envie d'offrir aux gens son oreille.

Un jour que Bibi était revenue s'asseoir sur un tabouret du bar et que sa gamine se traînait par terre en braillant, Tamina, après avoir attendu un instant que la maman y mît bon ordre, perdit patience et dit : « Tu peux pas faire taire ta gosse ? »

Bibi prit la mouche et rétorqua : « Pourquoi tu détestes les enfants, hein ? »

On ne peut pas dire que Tamina détestait les enfants. Pourtant, la voix de Bibi trahissait une hostilité tout à fait inattendue qui n'échappait pas à Tamina. Sans qu'elle sût comment, elles cessèrent d'être amies.

Un jour, Tamina ne vint pas à son travail. Ça ne lui était encore jamais arrivé. La patronne monta chez elle pour voir ce qui se passait. Elle sonna à sa porte, mais personne n'ouvrit. Elle retourna le lendemain et, de nouveau, elle sonna sans résultat. Elle appela la police. On enfonça la porte, mais on ne trouva qu'un logement soigneusement rangé où il ne manquait rien et où il n'y avait rien de suspect.

Tamina ne revint pas les jours suivants. La police continua de s'occuper de l'affaire sans rien découvrir de nouveau. La disparition de Tamina fut classée parmi les affaires jamais réglées.

# 5

Le jour fatidique, un jeune gars en jeans vint s'asseoir au comptoir. A cette heure-là, Tamina était seule dans le café. Le jeune homme avait commandé un Coca et sirotait lentement le liquide. Il regardait Tamina et Tamina regardait dans le vide.

Au bout d'un moment, il dit : « Tamina. »

S'il croyait l'impressionner, c'était raté. Ce n'était pas bien difficile de découvrir son nom ; dans le quartier tous les clients le connaissaient.

« Je sais que vous êtes triste », poursuivit le jeune homme.

Tamina ne fut pas autrement séduite par cette remarque. Elle savait qu'il est bien des façons de conquérir une femme et que l'un des plus sûrs chemins vers sa chair passe par sa tristesse. Pourtant, elle regarda le jeune homme avec plus d'intérêt qu'un instant plus tôt.

Ils engagèrent la conversation. Ce qui intriguait

Tamina, c'étaient ses questions. Pas leur contenu, mais le simple fait qu'il les lui posât. Mon Dieu ça faisait si longtemps qu'on ne lui avait rien demandé ! Elle avait l'impression que ça faisait une éternité ! Seul son mari lui posait sans arrêt des questions, parce que l'amour est une interrogation continuelle. Oui, je ne connais pas de meilleure définition de l'amour.

(Mon ami Hübl me ferait observer que dans ce cas personne ne nous aime mieux que la police. C'est vrai. De même que tout *haut* a son symétrique en *bas*, l'intérêt de l'amour a pour négatif la curiosité de la police. On peut parfois confondre le bas et le haut, et je peux fort bien imaginer que des gens qui se sentent seuls souhaitent être conduits de temps à autre au commissariat pour y être interrogés et pouvoir parler d'eux.)

# 6

Le jeune homme la regarde dans les yeux, il l'écoute puis il lui dit que ce qu'elle appelle se souvenir est en réalité tout autre chose : Envoûtée, elle se regarde oublier.

Tamina approuve.

Et le jeune homme poursuit : Le regard triste qu'elle jette en arrière n'est plus l'expression de sa fidélité à un mort. Le mort a disparu de son champ visuel et elle ne regarde que dans le vide.

Dans le vide ? Mais alors, qu'est-ce qui rend si lourd son regard ?

Il n'est pas lourd de souvenirs, explique le jeune homme, mais de remords. Tamina ne se pardonnera jamais d'avoir oublié.

« Et qu'est-ce qu'il faut que je fasse ? demande Tamina.

— Oublier votre oubli », dit le jeune homme.

Tamina sourit avec amertume : « Expliquez-moi comment il faut m'y prendre.

— N'avez-vous jamais eu envie de partir ?

— Si, avoue Tamina. J'ai une terrible envie de partir. Mais où ?

— Quelque part où les choses sont légères comme une brise. Où les choses ont perdu leur poids. Où il n'y a pas de remords.

— Oui, dit rêveusement Tamina. S'en aller quelque part où les choses ne pèsent rien. »

Et comme dans un conte, comme dans un rêve (mais oui, c'est un conte ! mais oui, c'est un rêve !), Tamina abandonne le comptoir derrière lequel elle a passé plusieurs années de sa vie et sort du café avec le jeune homme. Une voiture de sport rouge est stationnée contre le trottoir. Le jeune homme se met au volant et invite Tamina à monter à côté de lui.

# 7

Je comprends les reproches que se fait Tamina. Je m'en suis fait, moi aussi, quand papa est mort. Je ne pouvais pas me pardonner de lui avoir posé si peu de questions, de savoir si peu de chose sur lui, de m'être permis de le manquer. Et ce sont justement ces remords qui m'ont fait brusquement comprendre ce qu'il voulait sans doute me dire devant la partition ouverte de la sonate opus 111.

Je vais essayer de m'expliquer par une comparaison. La symphonie est une épopée musicale. On pourrait dire qu'elle ressemble à un voyage qui conduit, à travers l'infini du monde extérieur, d'une chose à une autre chose, de plus en plus loin. Les variations aussi sont un voyage. Mais ce voyage-là ne conduit pas à travers l'infini du monde extérieur. Vous connaissez certainement la pensée où Pascal dit que l'homme vit entre l'abîme de l'infiniment grand et l'abîme de l'infiniment petit. Le voyage des variations conduit au-dedans de cet *autre* infini, au-dedans de l'infinie diversité du monde intérieur qui se dissimule en toute chose.

Dans les variations, Beethoven a donc découvert un autre espace à explorer. Ses variations sont une nouvelle *invitation au voyage*.

La forme des variations est la forme où la concentration est portée à son maximum ; elle permet au compositeur de ne parler que de l'essentiel, d'aller droit au cœur des choses. La matière des variations est un thème qui n'a souvent pas plus de seize mesures. Beethoven va au-dedans de ces seize mesures comme s'il descendait dans un puits à l'intérieur de la terre.

Le voyage dans l'autre infini n'est pas moins aventureux que le voyage de l'épopée. C'est ainsi que le physicien pénètre dans les entrailles miraculeuses de l'atome. A chaque variation Beethoven s'éloigne de plus en plus du thème initial qui ne ressemble pas plus à la dernière variation que la fleur à son image sous le microscope.

L'homme sait qu'il ne peut embrasser l'univers avec ses soleils et ses étoiles. Bien plus insupportable est pour lui d'être condamné à manquer l'autre infini, cet infini tout proche et à sa portée. Tamina a manqué l'infini de son amour, moi j'ai manqué papa et chacun manque son œuvre parce qu'à la poursuite de la perfection on va à l'intérieur de la chose, et là on ne peut jamais aller jusqu'au bout.

Que l'infini du monde extérieur nous ait échappé, nous l'acceptons comme une condition naturelle. Mais d'avoir manqué l'autre infini, nous nous le reprocherons jusqu'à la mort. Nous pensions à l'infini des étoiles, mais l'infini que le papa portait en lui, nous ne nous en souciions pas.

Il n'est pas surprenant qu'à l'âge de sa maturité les variations soient devenues la forme préférée de Beethoven qui savait fort bien (comme le sait Tamina et comme je le sais) qu'il n'est rien de plus intolérable que de manquer l'être que nous avons aimé, ces seize mesures et l'univers intérieur de leurs possibilités infinies.

# 8

Tout ce livre est un roman en forme de variations. Les différentes parties se suivent comme les différentes étapes d'un voyage qui conduit à l'intérieur d'un thème, à l'intérieur d'une pensée, à l'intérieur d'une seule et unique situation dont la compréhension se perd pour moi dans l'immensité.

C'est un roman sur Tamina et, à l'instant où Tamina sort de la scène, c'est un roman pour Tamina. Elle est le principal personnage et le principal auditeur et toutes les autres histoires sont une variation sur sa propre histoire et se rejoignent dans sa vie comme dans un miroir.

C'est un roman sur le rire et sur l'oubli, sur l'oubli et sur Prague, sur Prague et sur les anges. D'ailleurs, ce n'est pas du tout un hasard si le jeune homme qui est au volant s'appelle Raphaël.

Le paysage devenait de plus en plus désert, il y avait de moins en moins de verdure et de plus en plus d'ocre, de moins en moins d'herbe et d'arbres et de plus en plus de sable et de glaise. Puis la voiture quitta la route et s'engagea sur un étroit chemin qui finissait brusquement sur un talus escarpé. Le jeune homme stoppa la voiture. Ils descendirent. Ils étaient à l'extrémité du talus ; au-dessous, une dizaine de mètres plus bas, c'était la mince bordure d'une rive argileuse et, plus loin, une eau trouble, brunâtre s'étendait à perte de vue.

« Où sommes-nous ? » demanda Tamina, la gorge serrée. Elle voulait dire à Raphaël qu'elle avait envie de rentrer, mais elle n'osait pas : elle avait peur qu'il refuse et elle savait que ce refus accroîtrait encore son angoisse.

Ils étaient au bord du talus, devant eux il y avait l'eau et autour d'eux rien que de la glaise, de la glaise détrempée et sans herbe, comme si on extrayait l'argile par ici. Et vraiment, un peu plus loin, se dressait une drague abandonnée.

Ce paysage rappelait à Tamina le coin de Bohême où son mari avait eu son dernier emploi quand il avait trouvé, après avoir été chassé de son travail, une place de conducteur de bulldozer à une centaine de kilomètres de Prague. En semaine, il habitait là-bas dans une roulotte et il ne venait à Prague que le dimanche pour voir Tamina. Une fois, elle était allée le rejoindre et ils s'étaient promenés tous les deux dans un paysage très semblable à celui d'aujourd'hui. Dans la terre glaise humide sans herbe et sans arbres, pressés d'en bas par de l'ocre et du jaune et d'en haut par de lourds nuages gris, ils marchaient côte à côte, chaussés de bottes de caoutchouc qui enfonçaient dans la boue et glissaient. Ils étaient seuls au monde, pleins d'angoisse, d'amour et d'inquiétude désespérée l'un pour l'autre.

C'est le même désespoir qui venait de la pénétrer et elle se réjouit d'y retrouver soudain, comme par surprise, un fragment perdu de son passé. C'était un souvenir totalement perdu et c'était la première fois depuis tout ce temps qu'il lui revenait. Il fallait l'inscrire dans son cahier ! Elle saurait même l'année exacte !

Et elle avait envie de dire au jeune homme qu'elle voulait retourner. Non, il n'avait pas raison quand il disait que sa tristesse n'était qu'une forme sans contenu ! Non, non, son mari était toujours vivant dans cette tristesse, seulement il était perdu et elle devait aller à sa recherche ! A sa recherche dans le monde entier ! Oui, oui ! Elle le savait enfin ! Celui qui veut se souvenir ne doit pas rester au même endroit et attendre que les souvenirs viennent tout seuls jusqu'à lui ! Les souvenirs se sont dispersés dans le vaste monde et il faut voyager pour les retrouver et les faire sortir de leur abri !

Elle voulait dire cela au jeune homme et lui demander de la reconduire. Mais à ce moment, d'en bas, du côté de l'eau, on entendit siffler.

# 9

Raphaël saisit Tamina par le bras. C'était une poigne énergique à laquelle il n'était pas question de se soustraire. Un étroit sentier glissant zigzaguait le long de la pente. Il y conduisit Tamina.

Un garçon d'une douzaine d'années attendait sur la

rive où tout à l'heure il n'y avait pas la moindre trace de vie. Il tenait au bout d'une corde une barque qui se balançait légèrement au bord de l'eau et il souriait à Tamina.

Elle se tourna vers Raphaël. Il souriait aussi. Elle les regarda tour à tour, puis Raphaël éclata de rire, et de même le garçon. C'était un rire insolite, parce qu'il ne se passait rien de drôle, mais en même temps c'était un rire contagieux et plaisant : il l'invitait à oublier l'angoisse et lui promettait quelque chose de vague, peut-être la joie, peut-être la paix, si bien que Tamina, qui voulait échapper à son angoisse, se mit à rire docilement avec eux.

« Vous voyez, lui dit Raphaël, vous n'avez rien à craindre. »

Tamina monta dans la barque qui se mit à tanguer sous son poids. Elle s'assit sur le banc à l'arrière. Le banc était humide. Elle portait une robe d'été légère et elle sentit l'humidité sur ses fesses. Ce contact gluant sur sa peau réveilla son angoisse.

Le garçon poussa pour écarter la barque de la rive, il prit les rames et Tamina tourna la tête : Raphaël était sur le bord et les suivait des yeux. Il souriait et Tamina trouva quelque chose d'étrange à ce sourire. Oui ! Il souriait en hochant imperceptiblement la tête ! Il souriait et il hochait la tête de droite à gauche, d'un mouvement tout à fait imperceptible.

# 10

Pourquoi Tamina ne demande-t-elle pas où elle va ?

Celui qui ne se soucie pas du but ne demande pas où il va !

Elle regardait le garçon qui était assis en face d'elle et qui ramait. Elle le trouvait chétif et ses rames trop lourdes.

« Tu ne veux pas que je te remplace ! » demanda-t-elle. Le gamin acquiesça volontiers et lâcha les rames.

Ils échangèrent leurs places. Il s'assit à l'arrière, regarda Tamina ramer et sortit un petit magnétophone qui était rangé sous son banc. Une musique rock se fit entendre, des guitares électriques, des paroles, et le garçon commença à se tortiller en mesure. Tamina le regardait avec répugnance : cet enfant se déhanchait avec des mouvements coquets d'adulte qu'elle trouvait obscènes.

Elle baissa les yeux pour ne pas le voir. A ce moment, le garçon mit le son plus fort et commença à chantonner. Au bout d'un instant, quand Tamina releva les yeux sur lui, il lui demanda : « Pourquoi tu chantes pas ?

— Je ne connais pas cette chanson.

— Comment ça, tu ne la connais pas ? C'est une chanson que tout le monde connaît. »

Il continuait de se tortiller sur son banc et Tamina se sentait fatiguée : « Tu ne veux pas me relayer un peu ?

— Rame ! » répliqua le garçon en riant.

Mais Tamina était vraiment fatiguée. Elle rentra les rames dans la barque pour se reposer : « On arrive bientôt ? »

Le garçon fit un geste devant lui. Tamina se retourna. La rive n'était plus bien loin. Elle offrait au regard un paysage différent de celui qu'ils venaient de quitter : elle était verdoyante, herbeuse, couverte d'arbres.

Au bout d'un instant, la barque toucha le fond. Une dizaine de gosses jouaient au ballon sur la rive et les regardaient avec curiosité. Tamina et le garçon descendirent. Le gamin attacha la barque à un pieu. De la rive sablonneuse partait une longue allée de platanes. Ils s'y engagèrent et, en dix minutes à peine, ils arrivèrent à une grande construction basse. Devant, il y avait de grands machins de couleurs dont elle ne comprenait pas l'utilité, et plusieurs filets de volley-ball. Ils avaient quelque chose de curieux qui frappa Tamina. Oui, ils étaient tendus très bas.

Le garçon mit deux doigts dans la bouche et siffla.

11

Une fillette d'à peine neuf ans s'avança. Elle avait une charmante frimousse et le ventre coquettement bombé comme les vierges des tableaux gothiques. Elle regarda Tamina sans intérêt particulier, avec le regard d'une femme qui est consciente de sa beauté et veut la

259

souligner par une ostensible indifférence pour tout ce qui n'est pas elle.

La fillette ouvrit la porte du bâtiment aux murs blancs. Ils entrèrent directement (il n'y avait ni couloir ni entrée) dans une grande salle pleine de lits. Son regard fit le tour de la pièce, comme si elle comptait les lits, puis elle en montra un : « Tu coucheras ici. »

Tamina protesta : « Comment ! Je vais coucher dans un dortoir ?

— Un enfant n'a pas besoin d'avoir sa chambre.

— Comment, un enfant ? Je ne suis pas un enfant !

— Ici, on est tous des enfants !

— Tout de même, il doit bien y avoir des adultes !

— Non, ici il n'y en a pas.

— Alors, qu'est-ce que je fais ici ? » s'écria Tamina.

La fillette ne remarquait pas sa nervosité. Elle se tourna vers la porte, puis elle s'arrêta sur le seuil : « Je t'ai mise chez les écureuils », dit-elle.

Tamina ne comprenait pas.

« Je t'ai mise chez les écureuils, répéta l'enfant sur le ton d'une institutrice mécontente. On est tous classés dans des sections qui ont des noms d'animaux. »

Tamina refusait de discuter des écureuils. Elle voulait retourner. Elle demanda où était le garçon qui l'avait amenée ici.

La fillette fit semblant de ne pas entendre ce que disait Tamina et poursuivit ses explications.

« Ça ne m'intéresse pas ! criait Tamina. Je veux rentrer ! Où est ce garçon ?

— Ne crie pas ! » Aucun adulte ne pourrait être

aussi hautain que cette belle enfant. « Je ne te comprends pas, reprit-elle en hochant la tête pour exprimer sa surprise : Pourquoi es-tu venue ici si tu veux repartir ?

— Je n'ai pas demandé à venir ici !

— Tamina, ne mens pas. On ne part pas pour un long voyage sans savoir où on va. Perds l'habitude de mentir. »

Tamina tourna le dos à la fillette et s'élança dans l'allée de platanes. Une fois sur la rive, elle chercha la barque que le garçon avait attachée à un piquet une heure plus tôt à peine. Mais il n'y avait pas de barque et pas de piquet non plus.

Elle se mit à courir pour inspecter la rive. La plage de sable se perdit bientôt dans un marécage qu'il fallait contourner de loin, et elle dut chercher un bon moment avant de retrouver l'eau. La rive tournait toujours dans la même direction et (sans trouver trace de la barque ou d'un ponton), elle revint au bout d'une heure à l'endroit où l'allée de platanes débouchait sur la plage. Elle comprit qu'elle était sur une île.

Elle remonta lentement l'allée jusqu'au dortoir. Là, une dizaine d'enfants, filles et garçons âgés de six à douze ans, se tenaient en cercle. Ils l'aperçurent et se mirent à crier : « Tamina, viens avec nous ! »

Ils ouvrirent le cercle pour lui faire place.

A ce moment-là, elle se souvint de Raphaël qui souriait en hochant la tête.

L'effroi lui serrait le cœur. Elle passa froidement devant les enfants, entra dans le dortoir et se tapit sur son lit.

# 12

Son mari était mort à l'hôpital. Elle allait le voir aussi souvent qu'elle pouvait, mais il était mort la nuit, seul. Le lendemain, quand elle était venue à l'hôpital et qu'elle avait trouvé le lit vide, le vieux monsieur qui était dans la même chambre lui avait dit : « Madame, vous devriez porter plainte ! C'est horrible comme ils traitent les morts ! » La peur était inscrite dans ses yeux, il savait que ce serait bientôt son tour de mourir. « Ils l'ont empoigné par les pieds et l'ont traîné par terre. Ils croyaient que je dormais. J'ai vu sa tête cogner sur le seuil de la porte. »

La mort a un double aspect : Elle est le non-être. Mais elle est aussi l'être, l'être atrocement matériel du cadavre.

Quand Tamina était très jeune, la mort ne lui apparaissait que sous sa première forme, sous l'aspect du néant, et la peur de la mort (d'ailleurs assez vague) c'était la peur de ne plus être. Cette peur-là avait diminué avec les années et elle avait presque disparu (l'idée qu'un jour elle ne verrait plus le ciel ou les arbres ne l'effrayait pas), mais en revanche elle pensait de plus en plus à l'autre aspect, à l'aspect matériel de la mort : elle s'épouvantait à la pensée de devenir un cadavre.

Être un cadavre, c'était l'outrage insupportable. Voici encore un instant on était un être humain protégé par la pudeur, par le sacré de la nudité et de l'intimité, et il suffit que vienne la seconde de la mort pour que notre corps soit soudain à la disposition de n'importe qui, pour qu'on puisse le dénuder, l'éventrer, scruter ses entrailles, se boucher le nez devant sa puanteur, le foutre à la glacière ou dans le feu. Quand elle avait voulu que son mari fût incinéré et ses cendres dispersées, c'était aussi pour ne pas être torturée toute sa vie à l'idée de ce que subissait ce corps bien-aimé.

Et quelques mois plus tard, quand elle avait pensé au suicide, elle avait décidé de se noyer loin en pleine mer pour que l'infamie de son corps défunt ne fût connue que des poissons, qui sont muets.

J'ai déjà parlé de la nouvelle de Thomas Mann : un jeune homme atteint d'une maladie mortelle prend le train et descend dans une ville inconnue. Dans sa chambre il y a une armoire et chaque nuit il en sort une femme nue, douloureusement belle, qui lui raconte longuement quelque chose de doucement triste, et cette femme et ce récit c'est la mort.

C'est la mort tendrement bleutée comme le non-être. Parce que le non-être est un vide infini et l'espace vide est bleu et il n'est rien de plus beau et de plus apaisant que le bleu. Ce n'est pas du tout un hasard si Novalis, poète de la mort, aimait le bleu et n'a jamais cherché que lui dans ses voyages. La douceur de la mort a une couleur bleue.

Seulement, si le non-être du jeune homme de Thomas Mann était si beau, qu'est-il advenu de son

263

corps ? L'a-t-on traîné par les pieds pour franchir le seuil ? L'a-t-on éventré ? L'a-t-on jeté au trou ou dans le feu ?

Mann avait alors vingt-six ans et Novalis n'a jamais atteint la trentaine. J'ai plus, malheureusement, et contrairement à eux, je ne peux pas ne pas penser au corps. Car la mort n'est pas bleue et Tamina le sait comme je le sais. La mort est un labeur épouvantable. Mon père a agonisé des jours durant dans la fièvre et j'avais l'impression qu'il travaillait. Il était en nage et concentré tout entier sur son agonie, comme si la mort était au-dessus de ses forces. Il ne savait même plus que j'étais assis à côté de son lit, il ne pouvait même plus s'apercevoir de ma présence, le travail de la mort l'épuisait totalement, il était concentré comme sur son cheval le cavalier qui veut arriver à un but lointain et qui n'a plus qu'un ultime reste de force.

Oui, il galopait sur un cheval.

Où allait-il ?

Quelque part au loin pour cacher son corps.

Non, ce n'est pas un hasard si tous les poèmes sur la mort la représentent comme un voyage. Le jeune homme de Thomas Mann monte dans un train, Tamina dans une voiture de sport rouge. On éprouve un désir infini de partir pour cacher son corps. Mais ce voyage est vain. On galope sur un cheval, mais on se retrouve dans un lit et on vous cogne la tête sur le seuil d'une porte.

# 13

Pourquoi Tamina est-elle sur l'île des enfants ?
Pourquoi est-ce justement là que je l'imagine ?

Je ne sais pas.

Peut-être parce que le jour où mon père agonisait,
l'air était plein de joyeuses chansons chantées par des
voix enfantines ?

Partout, à l'est de l'Elbe, les enfants font partie
d'associations dites de pionniers. Ils portent un fichu
rouge autour du cou, vont à des réunions comme les
adultes et chantent quelquefois *L'Internationale*. Ils ont
la bonne habitude de nouer de temps à autre un fichu
rouge au cou d'un adulte éminent et de lui décerner le
titre de pionnier d'honneur. Les adultes aiment ça et
plus ils sont âgés plus ça leur fait plaisir de recevoir
pour leur cercueil un fichu rouge offert par des
mômes.

Ils en ont tous reçu un, Lénine l'a reçu, de même
que Staline, Masturbov et Cholokhov, Ulbricht et
Brejnev, et Husak aussi recevait le sien ce jour-là à
l'occasion d'une grande fête organisée au Château de
Prague.

La fièvre de papa avait un peu baissé. On était en
mai et nous avions ouvert la fenêtre qui donnait sur le
jardin. De la maison d'en face, à travers les branches
en fleur des pommiers, nous parvenait la retrans-
mission télévisée de la cérémonie. On entendait
des chansons dans le registre aigu des voix enfantines.

Le médecin était dans la chambre. Il était penché sur papa qui ne pouvait plus prononcer un seul mot. Puis il s'est tourné vers moi et il a dit à voix haute : « Il est dans le coma. Son cerveau se décompose. » J'ai vu les grands yeux bleus de papa s'ouvrir encore plus grands.

Quand le médecin est sorti, j'étais horriblement embarrassé et je voulais vite dire quelque chose pour chasser cette phrase. J'ai montré la fenêtre : « Tu entends ? C'est marrant ! Aujourd'hui Husak est fait pionnier d'honneur ! »

Et papa s'est mis à rire. Il riait pour me montrer que son cerveau était vivant et que je pouvais continuer de lui parler et de plaisanter avec lui.

La voix de Husak nous parvenait à travers les pommiers : « Mes enfants ! Vous êtes l'avenir ! »

Et, au bout d'un instant : « Mes enfants, ne regardez jamais en arrière ! »

« Je vais fermer la fenêtre pour qu'on ne l'entende pas ! » J'ai adressé un clin d'œil à papa et il m'a regardé avec son sourire infiniment beau en faisant oui de la tête.

Quelques heures plus tard, la fièvre est remontée brusquement. Il a enfourché son cheval et il a galopé pendant plusieurs jours. Il ne m'a plus jamais revu.

# 14

Mais que peut-elle faire maintenant qu'elle est égarée parmi les enfants ? Le passeur a disparu avec la barque et autour il n'y a que l'infini de l'eau.

Elle va tenter de se battre.

Comme c'est triste : dans la petite ville à l'ouest de l'Europe, elle ne faisait jamais d'effort pour rien, et ici, parmi des enfants (dans le monde des choses sans poids) elle va se battre ?

Et comment veut-elle se battre ?

Le jour de son arrivée, quand elle avait refusé de jouer et qu'elle s'était réfugiée sur son lit comme dans un château fort imprenable, elle avait senti dans l'air l'hostilité naissante des enfants et en avait eu peur. Elle voulait la devancer. Elle avait décidé de gagner leur sympathie. Pour cela, il fallait s'identifier à eux, accepter leur langage. Elle participe donc volontairement à tous les jeux, met dans leurs entreprises ses idées et sa force physique, et les enfants sont bientôt conquis par son charme.

Si elle veut s'identifier à eux, elle doit renoncer à son intimité. Elle va avec eux à la salle de bains, quoique le premier jour elle ait refusé de les y accompagner parce qu'il lui répugnait de faire sa toilette sous leurs regards.

La salle de bains, une grande pièce carrelée, est le centre de la vie des enfants et de leurs pensées secrètes. D'un côté il y a les dix cuvettes des waters, de l'autre dix lavabos. Il y a toujours une équipe assise sur les waters avec la chemise retroussée, et une autre nue devant les lavabos. Ceux qui sont assis regardent ceux qui sont nus devant les lavabos et ceux qui sont devant les lavabos se retournent pour voir ceux qui sont sur les waters et toute la pièce est emplie d'une sensualité secrète qui éveille chez Tamina le vague souvenir d'une chose oubliée depuis longtemps.

Tamina est assise en chemise de nuit sur la cuvette d'un water et les tigres nus qui sont devant les lavabos n'ont d'yeux que pour elle. Puis c'est le gargouillement des chasses d'eau, les écureuils se lèvent des waters et retirent leurs longues chemises de nuit, les tigres quittent les lavabos pour le dortoir d'où arrivaient les chats ; ils s'assoient sur les waters libérés et regardent la grande Tamina, avec son bas-ventre noir et ses gros seins, se laver devant les lavabos parmi les écureuils.

Elle n'a pas honte. Elle sent que sa sexualité d'adulte fait d'elle une reine qui domine ceux qui ont le bas-ventre glabre.

15

Il semble donc que le voyage dans l'île n'était pas une conspiration contre elle, comme elle l'avait cru la première fois qu'elle avait vu le dortoir avec son lit. Au contraire, elle se trouvait enfin là où elle désirait être : elle était retombée loin en arrière dans un temps où son mari n'existait pas, où il n'était ni dans le souvenir ni dans le désir, et où il n'y avait donc ni poids ni remords.

Sa pudeur avait toujours été très développée (la pudeur était l'ombre fidèle de l'amour), et voici qu'elle se montrait nue à des dizaines d'yeux étrangers. Au début c'était surprenant et désagréable, mais elle s'y était vite habituée, parce que sa nudité n'était pas impudique, elle perdait simplement sa signification pour devenir une nudité atone, muette et morte. Ce corps, dont chaque partie avait été marquée par l'histoire de leur amour, sombrait dans l'insignifiance et cette insignifiance était un soulagement et un repos.

Si la sensualité adulte était en train de disparaître, un monde fait d'autres excitations commençait lentement à émerger d'un passé lointain. Il lui revenait bien des souvenirs enfouis. Celui-ci par exemple (il n'est pas étonnant qu'elle l'ait oublié depuis longtemps parce que Tamina adulte devait le trouver insupportablement incongru et ridicule) : quand elle était en onzième à l'école communale, elle adorait sa jeune et jolie institutrice et elle avait rêvé pendant des mois entiers d'être avec elle aux waters.

A présent elle est sur la cuvette, elle sourit et ferme à demi les yeux. Elle s'imagine qu'elle est cette institutrice et que la fillette couverte de taches de rousseur qui est assise sur le water d'à côté et lui jette de biais des regards curieux, c'est la petite Tamina d'autrefois. Elle s'identifie aux yeux sensuels de la fillette aux joues tachées de son, si parfaitement qu'elle sent quelque part dans les profondeurs lointaines de sa mémoire frémir l'ancienne excitation à demi réveillée.

# 16

Grâce à Tamina les écureuils gagnaient à presque tous les jeux et ils décidèrent de la récompenser solennellement. C'est dans la salle de bains que les enfants exécutaient toutes leurs punitions et qu'ils se décernaient toutes leurs récompenses, et la récompense de Tamina c'était d'avoir tout le monde à son service ce soir-là : ce soir, elle n'aurait pas le droit de se toucher de ses propres mains, les écureuils feraient tout à sa place avec diligence en serviteurs totalement dévoués.

Ils se mirent donc à son service : ils commencèrent par l'essuyer soigneusement sur la cuvette du water, puis ils la soulevèrent, tirèrent la chasse d'eau, lui enlevèrent sa chemise, la poussèrent devant le lavabo et là ils voulurent tous lui laver la poitrine et le ventre et ils étaient tous avides de voir comment elle était faite entre les jambes et quelle impression ça faisait de la toucher là. Elle voulait parfois les repousser, mais c'était très difficile : elle ne pouvait pas être méchante avec des gosses, d'autant qu'ils jouaient le jeu avec un sérieux admirable et qu'ils affectaient de ne rien faire que la servir pour la récompenser.

Ils allèrent enfin la coucher pour la nuit sur son lit et là ils trouvèrent de nouveau mille prétextes charmants pour se presser contre elle et la caresser sur tout le corps. Il y en avait trop et elle ne distinguait pas à qui appartenaient cette main et cette bouche. Elle sentait des pressions sur tout son corps, là surtout où elle n'était pas faite comme eux. Elle ferma les yeux et elle crut sentir son corps se balancer, se balancer lentement, comme s'il était dans un berceau : elle éprouvait une paisible et singulière volupté.

Elle sentait que cette jouissance lui faisait tressaillir les commissures des lèvres. Elle rouvrit les yeux et aperçut un visage enfantin qui épiait sa bouche et disait à un autre visage enfantin : « Regarde ! Regarde ! » Il y avait maintenant deux visages enfantins penchés sur elle pour observer avidement les commissures de ses lèvres qui tressaillaient, comme s'ils avaient regardé l'intérieur d'une montre démontée ou une mouche aux ailes arrachées.

Mais elle avait l'impression que ses yeux voyaient tout autre chose que ce que sentait son corps, comme s'il n'y avait pas eu de lien entre les enfants penchés sur elle et cette volupté, silencieuse, berceuse, qui l'envahissait. A nouveau, elle ferma les yeux pour jouir de son corps, car pour la première fois de sa vie son corps avait du plaisir sans la présence de l'âme qui n'imaginait rien, ne se rappelait rien et sortit sans bruit de la pièce.

# 17

Voici ce que papa me racontait quand j'avais cinq ans : chaque tonalité est une petite cour royale. Le pouvoir y est exercé par le roi (le premier degré) qui est flanqué de deux lieutenants (le cinquième et le quatrième degré). Ils ont à leurs ordres quatre autres dignitaires dont chacun entretient une relation spéciale avec le roi et ses lieutenants. En outre, la cour héberge cinq autres notes qu'on appelle chromatiques. Elles occupent certainement une place de premier plan dans d'autres tonalités, mais elles ne sont ici qu'en invitées.

Parce que chacune des douze notes a une position, un titre, une fonction propres, l'œuvre que nous entendons est plus qu'une masse sonore : elle développe devant nous une action. Parfois les événements sont terriblement embrouillés (par exemple comme chez Mahler ou plus encore chez Bartók ou Stravinski), les princes de plusieurs cours interviennent et tout à coup on ne sait plus quelle note est au service de quelle cour et si elle n'est pas au service de plusieurs rois. Mais même alors, l'auditeur le plus naïf peut encore deviner à grands traits de quoi il retourne. Même la musique la plus compliquée est encore *un langage*.

Cela, c'est ce que me disait papa et la suite est de moi : un jour un grand homme a constaté qu'en mille ans le langage de la musique s'était épuisé et ne pouvait plus que rabâcher continuellement les mêmes messages. Par un décret révolutionnaire il a aboli la hiérarchie des notes et les a rendues toutes égales. Il leur a imposé une discipline sévère pour éviter qu'aucune n'apparaisse plus souvent qu'une autre dans la partition et ne s'arroge ainsi les anciens privilèges féodaux. Les cours royales étaient abolies une fois pour toutes et remplacées par un empire unique fondé sur l'égalité appelée dodécaphonie.

La sonorité de la musique était peut-être encore plus intéressante qu'avant mais l'homme, habitué depuis un millénaire à suivre les tonalités dans leurs intrigues de cours royales, entendait un son et ne le comprenait pas. L'empire de la dodécaphonie n'a d'ailleurs pas tardé à disparaître. Après Schönberg est venu Varèse, et il a aboli, non seulement la tonalité mais la note même (la note de la voix humaine et des instruments de musique) en la remplaçant par une organisation raffinée de bruits qui est sans doute magnifique mais qui inaugure déjà l'histoire de quelque chose d'autre fondé sur d'autres principes et sur une autre langue.

Lorsque Milan Hübl développait dans mon studio pragois ses réflexions sur l'éventuelle disparition du peuple tchèque dans l'empire russe, nous savions tous deux que cette idée, peut-être justifiée, nous dépassait, que nous parlions de l'*impensable*. L'homme, bien qu'il soit lui-même mortel, ne peut se représenter ni la fin de l'espace, ni la fin du temps, ni la fin de l'histoire, ni la fin d'un peuple, il vit toujours dans un infini illusoire.

Ceux que fascine l'idée de progrès ne se doutent pas que toute marche en avant rend en même temps la fin plus proche et que de joyeux mots d'ordre comme *plus loin* et *en avant* nous font entendre la voix lascive de la mort qui nous incite à nous hâter.

(Si la fascination du mot *en avant* est devenue universelle, n'est-ce pas d'abord parce que la mort nous parle déjà de tout près ?)

A l'époque où Arnold Schönberg a fondé l'empire de la dodécaphonie, la musique était plus riche que jamais et ivre de sa liberté. L'idée que la fin pût être si proche n'effleurait personne. Nulle fatigue ! Nul crépuscule ! Schönberg était animé de l'esprit le plus juvénile de l'audace. D'avoir choisi la seule voie possible en avant l'emplissait d'un orgueil légitime. L'histoire de la musique s'est achevée dans l'épanouissement de l'audace et du désir.


# 18


S'il est vrai que l'histoire de la musique est finie, qu'est-il resté de la musique ? Le silence ?

Allons donc ! il y a de plus en plus de musique, des dizaines, des centaines de fois plus qu'il n'y en a jamais eu à ses époques les plus glorieuses. Elle sort des haut-parleurs accrochés aux murs des maisons, des épouvantables machines sonores installées dans les appartements et les restaurants, des petits transistors que les gens portent à la main dans les rues.

Schönberg est mort, Ellington est mort, mais la guitare est éternelle. L'harmonie stéréotypée, la mélodie banale et le rythme d'autant plus lancinant qu'il est plus monotone, voilà ce qui est resté de la musique, voilà l'éternité de la musique. Sur ces simples combinaisons de notes tout le monde peut fraterniser, car c'est l'être même qui crie en elles son jubilant *je suis là*. Il n'est pas de communion plus bruyante et plus unanime que la simple communion avec l'être. Là-dessus les Arabes se rencontrent avec les Juifs et les Tchèques avec les Russes. Les corps s'agitent au rythme des notes, ivres de la conscience d'exister. C'est pourquoi aucune œuvre de Beethoven n'a été vécue avec aussi grande passion collective que les coups uniformément répétés sur les guitares.

A peu près un an avant la mort de papa, je faisais avec lui notre promenade habituelle autour du pâté de maisons, et des chansons nous parvenaient de partout. Plus les gens étaient tristes, plus les haut-parleurs jouaient pour eux. Ils invitaient le pays occupé à oublier l'amertume de l'histoire et à s'abandonner à la joie de vivre. Papa s'est arrêté, il a levé les yeux vers l'appareil d'où provenait le bruit et j'ai senti qu'il voulait me confier quelque chose de très important. Il a fait un gros effort pour se concentrer, pour pouvoir exprimer sa pensée, puis il a dit lentement et avec peine : « La bêtise de la musique. »

Que voulait-il dire par là ? Voulait-il insulter la musique qui était la passion de sa vie ? Non, je crois qu'il voulait me dire qu'il existe un *état originel de la musique*, un état qui précède son histoire, un état d'avant la première interrogation, d'avant la première réflexion, d'avant le premier jeu avec un motif et un thème. Dans cet état premier de la musique (la musique sans la pensée) se reflète la bêtise consubstantielle à l'être humain. Pour que la musique s'élève au-dessus de cette bêtise primitive, il a fallu l'immense effort de l'esprit et du cœur, et ce fut une courbe splendide qui a surplombé des siècles d'histoire européenne et s'est éteinte au sommet de sa trajectoire comme la fusée d'un feu d'artifice.

L'histoire de la musique est mortelle, mais l'idiotie des guitares est éternelle. Aujourd'hui la musique est retournée à son état initial. C'est l'état d'après la dernière interrogation, d'après la dernière réflexion, l'état d'après l'histoire.

En 1972, quand Karel Gott, chanteur tchèque de musique pop, partit à l'étranger, Husak eut peur. Il lui écrivit aussitôt à Francfort (c'était en août 1972) une lettre personnelle, dont je cite un passage littéralement sans rien inventer : *Cher Karel, nous ne vous en voulons pas. Revenez, je vous en prie, pour vous nous ferons tout ce que vous souhaiterez. Nous vous aiderons, vous nous aiderez...*

Réfléchissez un instant à ceci : Husak, sans sourciller, a laissé émigrer des médecins, des savants, des astronomes, des sportifs, des metteurs en scène, des cameramen, des ouvriers, des ingénieurs, des architectes, des historiens, des journalistes, des écrivains, des peintres, mais il ne pouvait pas supporter l'idée que Karel Gott quitte le pays. Parce que Karel Gott représentait la musique sans mémoire, cette musique où sont à jamais ensevelis les os de Beethoven et d'Ellington, les cendres de Palestrina et de Schönberg.

Le Président de l'oubli et l'idiot de la musique faisaient la paire. Ils travaillaient à la même œuvre.

*Nous vous aiderons, vous nous aiderez.* Ils ne pouvaient pas se passer l'un de l'autre.


# 19


Mais parfois dans la tour où règne la sagesse de la musique, le rythme monotone du cri sans âme qui nous parvient du dehors et où tous les hommes sont frères nous donne la nostalgie. Il est périlleux de passer tout son temps avec Beethoven comme sont dangereuses toutes les positions privilégiées.

Tamina avait toujours eu un peu honte d'avouer qu'elle était heureuse avec son mari. Elle avait peur de donner ainsi aux autres une raison de la détester.

Aujourd'hui, elle est partagée entre un double sentiment : L'amour est un privilège et tous les privilèges sont immérités et il faut les payer. C'est donc pour sa punition qu'elle est dans l'île des enfants.

Mais ce sentiment cède aussitôt la place à un autre : Le privilège de l'amour n'était pas qu'un paradis, c'était aussi un enfer. La vie dans l'amour se déroulait dans une tension perpétuelle, dans la peur et sans repos. Elle est ici parmi les enfants pour y trouver enfin comme récompense le calme et la sérénité.

Jusqu'ici, sa sexualité avait été occupée par l'amour (je dis occupée parce que le sexe n'est pas l'amour, ce n'est qu'un territoire que l'amour s'approprie), elle participait donc à quelque chose de dramatique, de responsable, de grave. Ici, parmi les enfants, au royaume de l'insignifiance, l'activité sexuelle est enfin redevenue ce qu'elle était à l'origine : un petit joujou à produire une jouissance physique.

Ou bien, pour m'exprimer autrement : la sexualité libérée du lien *diabolique* avec l'amour est devenue une joie d'une *angélique* simplicité.


## 20


Si le premier viol de Tamina par les enfants était chargé de cette surprenante signification, en se répétant la même situation perdait rapidement son caractère de message pour devenir une routine de plus en plus vide et de plus en plus sale.

Il y eut bientôt des disputes entre les enfants. Ceux qui se passionnaient pour les jeux amoureux se mirent à détester ceux qui y étaient indifférents. Et parmi ceux qui étaient devenus les amants de Tamina, l'hostilité grandissait entre ceux qui se sentaient protégés et ceux qui se sentaient repoussés. Et toutes ces rancœurs commençaient à se retourner contre Tamina et à lui peser.

Un jour que les enfants étaient penchés sur son corps nu (ils étaient agenouillés sur le lit, ou debout à côté, assis à califourchon sur son corps ou accroupis près de sa tête et entre ses jambes), elle sentit soudain une cuisante douleur. Un enfant lui pinçait un mamelon. Elle poussa un cri et ce fut plus fort qu'elle : elle les chassa tous de son lit et se mit à battre l'air avec les bras.

Elle savait que cette douleur n'était l'effet ni du hasard ni de la sensualité : un des mioches la haïssait et lui voulait du mal. Elle mit fin aux rencontres amoureuses avec les enfants.

# 21

Et soudain il n'y a plus de paix au royaume où les choses sont légères comme la brise.

Ils jouent à la marelle et sautent de case en case, d'abord sur le pied droit, puis sur le pied gauche, et ensuite à pieds joints. Tamina saute aussi. (Je vois son grand corps entre les petites silhouettes des enfants, elle saute, ses cheveux voltigent autour de son visage et elle a au cœur un immense ennui.) A ce moment, les canaris se mettent à crier qu'elle a mordu la ligne.

Évidemment, les écureuils protestent : elle n'a pas mordu la ligne. Les deux équipes se penchent sur la ligne et cherchent une trace du pied de Tamina. Mais le trait tiré sur le sable a des contours incertains et la trace de la semelle de Tamina aussi. L'affaire est discutable, les enfants vocifèrent, il y a déjà un quart d'heure que ça dure et ils sont de plus en plus absorbés par leur querelle.

A ce moment, Tamina a un geste fatal ; elle lève le bras et dit : « Très bien. C'est d'accord, j'ai mordu. »

Les écureuils commencent à crier à Tamina que ce n'est pas vrai, qu'elle est folle, qu'elle ment, qu'elle n'a pas mordu. Mais ils ont perdu leur procès. Leurs affirmations démenties par Tamina ne pèsent pas lourd et les canaris poussent une clameur victorieuse.

Les écureuils sont furieux, ils crient à Tamina qu'elle est un traître et un garçon la pousse si brutalement qu'elle en tombe presque. Elle veut les frapper, et c'est pour eux le signal, ils se ruent sur elle. Tamina se défend, elle est adulte, elle est forte (et pleine de haine, oh oui, elle cogne sur ces enfants comme si elle cognait sur tout ce qu'elle a toujours détesté dans la vie) et les enfants saignent du nez, mais une pierre vole et atteint Tamina au front et Tamina vacille, elle porte la main à sa tête, son sang coule, les enfants s'écartent. Il y a un brusque silence et Tamina regagne lentement le dortoir. Elle s'étend sur son lit, décidée à ne plus jamais participer aux jeux.


## 22


Je vois Tamina debout au milieu du dortoir rempli d'enfants couchés. Elle est le point de mire. Dans un coin quelqu'un a crié « Nichons, nichons ! », toutes les voix reprennent en chœur et Tamina entend scander ce cri : « Nichons, nichons, nichons... »

Ce qui était récemment encore son orgueil et son arme, les poils noirs de son bas-ventre et ses beaux seins, était devenu la cible des insultes. Aux yeux des enfants, son être d'adulte s'était changé en une chose monstrueuse : les seins étaient absurdes comme une tumeur, le bas-ventre inhumain à cause des poils leur rappelait une bête.

Maintenant, elle était traquée. Ils la pourchassaient à travers l'île, ils lui lançaient des morceaux de bois et des pierres. Elle se cachait, elle fuyait et elle entendait de toutes parts son nom : « Nichons, nichons... »

Le fort qui fuit devant le faible, il n'est rien de plus avilissant. Mais ils étaient très nombreux. Elle fuyait et elle avait honte de fuir.

Un jour elle leur tendit une embuscade. Ils étaient trois ; elle en frappa un jusqu'à ce qu'il tombe et les deux autres déguerpirent. Mais elle était plus rapide, elle les saisit par les cheveux.

Alors un filet s'abattit sur elle et encore d'autres filets. Oui, tous les filets de volley-ball qui étaient tendus très bas devant le dortoir. Ils l'attendaient ici. Les trois enfants qu'elle venait de rosser étaient un leurre. Maintenant elle est emprisonnée dans un enchevêtrement de ficelles, elle se tord, elle se débat et les enfants la traînent derrière eux en hurlant.

# 23

Pourquoi ces enfants sont-ils si méchants ?

Voyons ! ils ne sont pas méchants du tout. Au contraire, ils ont bon cœur et ne cessent de se donner mutuellement des preuves de leur amitié. Aucun ne veut Tamina pour lui seul. On entend à chaque instant leurs *regarde, regarde*. Tamina est captive dans l'enchevêtrement des filets, les ficelles lui déchirent la peau et les enfants se montrent son sang, ses larmes et ses rictus de douleur. Ils se l'offrent généreusement l'un à l'autre. Elle est devenue le ciment de leur fraternité.

Son malheur, ce n'est pas que les enfants soient méchants, mais de s'être trouvée au-delà de la frontière de leur monde. L'homme ne se révolte pas parce qu'on tue des veaux aux abattoirs. Le veau est hors la loi pour l'homme de même que Tamina est hors la loi pour les enfants.

Si quelqu'un est plein d'une haine amère, c'est Tamina, pas les enfants. Leur envie de faire du mal est une envie positive et gaie et on peut à juste titre l'appeler la joie. S'ils veulent faire du mal à celui qui se trouve au-delà de la frontière de leur monde, c'est uniquement pour exalter leur propre monde et sa loi.

# 24

Le temps fait son œuvre, toutes les joies et tous les divertissements s'épuisent en se répétant ; même la chasse à Tamina. D'ailleurs, c'est vrai que les enfants ne sont pas méchants. Le petit gars qui lui a uriné dessus quand elle gisait sous lui, prise dans les filets de volley-ball, lui sourira un jour d'un beau sourire innocent.

De nouveau Tamina participait aux jeux, mais en silence. De nouveau elle sautait d'une case dans l'autre, d'abord sur un pied, puis sur l'autre, et ensuite à pieds joints. Plus jamais elle n'entrerait dans leur monde, mais elle devait se garder de se retrouver en dehors. Elle faisait un effort pour se tenir exactement sur la frontière.

Mais cette accalmie, cette normalité, ce *modus vivendi* fondé sur le compromis portaient en eux toute l'horreur de la permanence. Si un peu plus tôt la vie de bête traquée faisait oublier à Tamina l'existence du temps et son immensité, maintenant que la violence des attaques était retombée, le désert du temps émergeait de la pénombre, atroce et écrasant, pareil à l'éternité.

Gravez-vous encore une fois cette image dans la mémoire : Tamina doit sauter de case en case, sur un pied, puis sur l'autre et ensuite à pieds joints, et considérer comme important le fait d'avoir ou non mordu la ligne. Elle doit sauter ainsi jour après jour et tout en sautant porter sur ses épaules le poids du temps comme une croix de jour en jour plus lourde.

Regarde-t-elle encore en arrière ? Pense-t-elle à son mari et à Prague ?

Non. Plus maintenant.


# 25


Les spectres des monuments renversés erraient autour de l'estrade et le Président de l'oubli était à la tribune avec un fichu rouge autour du cou. Les enfants applaudissaient et criaient son nom.

Depuis, huit ans ont passe, mais j'ai encore dans la tête ses paroles, telles qu'elles me parvenaient à travers les branches en fleur des pommiers.

Il disait *Mes enfants, vous êtes l'avenir,* et je sais aujourd'hui que ces mots avaient un autre sens qu'il n'y paraissait de prime abord. Les enfants ne sont pas l'avenir parce que ce seront un jour des adultes, mais parce que l'humanité va se rapprocher de plus en plus de l'enfant, parce que l'enfance est l'image de l'avenir.

Il s'écriait *Mes enfants, ne regardez jamais en arrière,* et cela signifiait que nous ne devons jamais tolérer que l'avenir ploie sous le poids de la mémoire. Car les enfants sont aussi sans passé et c'est tout le mystère de l'innocence magique de leur sourire.

L'Histoire est une suite de changements éphémères, alors que les valeurs éternelles se perpétuent en dehors de l'Histoire, sont immuables et n'ont pas besoin de mémoire. Husak est président de l'éternel, pas de l'éphémère. Il est du côté des enfants et les enfants sont la vie et vivre c'est *voir, entendre, toucher, boire, manger, uriner, déféquer, se plonger dans l'eau et regarder le ciel, rire et pleurer.*

Il paraît que lorsque Husak eut terminé son discours aux enfants (j'avais déjà refermé la fenêtre et papa s'apprêtait à remonter sur son cheval), Karel Gott s'est avancé sur l'estrade et s'est mis à chanter. Husak en avait des larmes d'émotion sur les joues, et le sourire ensoleillé qui rayonnait de partout se réfractait dans ces larmes. A ce moment-là, le grand miracle de l'arc-en-ciel a dessiné sa courbe au-dessus de Prague.

Les enfants ont levé la tête, ils ont vu l'arc-en-ciel et ils ont commencé à rire et à applaudir.

L'idiot de la musique achevait sa chanson et le Président de l'oubli a écarté les bras et s'est mis à crier : « Mes enfants, *vivre, c'est le bonheur !* »

# 26

L'île retentit des cris d'une chanson et d'un vacarme de guitares électriques. Un magnétophone est posé par terre sur le terrain de jeu devant le dortoir. A côté il y a un garçon et Tamina reconnaît en lui le passeur avec qui elle est jadis venue dans l'île. Elle est sur le qui-vive. Si c'est le passeur, la barque doit être par ici. Elle sait qu'elle ne doit pas laisser échapper cette occasion. Son cœur bat très fort dans sa poitrine et à partir de ce moment elle ne pense plus qu'à s'enfuir.

Le garçon a les yeux fixés sur le magnétophone et roule des hanches. Des enfants accourent sur le terrain de jeu et se joignent à lui : ils lancent les bras en avant, tantôt l'un, tantôt l'autre, ils renversent la tête en arrière, ils agitent les mains en pointant l'index comme s'ils menaçaient quelqu'un et leurs cris se mêlent à la chanson qui sort du magnétophone.

Tamina est cachée derrière le tronc épais d'un platane, elle ne veut pas qu'ils la voient, mais elle ne peut pas les quitter des yeux. Ils se conduisent avec une coquetterie provocante d'adultes, agitant les hanches en avant puis en arrière comme s'ils imitaient le coït. L'obscénité des mouvements plaqués sur les corps enfantins abolit l'antinomie entre l'obscène et l'innocent, entre le pur et l'immonde. La sensualité devient absurde, l'innocence devient absurde, le vocabulaire se décompose et Tamina se sent mal à l'aise : comme si elle avait une poche vide dans l'estomac.

Et l'idiotie des guitares retentit et les enfants dansent, ils projettent coquettement le ventre en avant, et elle sent le malaise qui émane des choses sans poids. Cette poche vide dans l'estomac, c'est justement cette insupportable absence de pesanteur. Et de même qu'un extrême peut à tout moment se changer en son contraire, la légèreté portée à son maximum est devenue l'effroyable *pesanteur de la légèreté* et Tamina sait qu'elle ne pourra pas la supporter une seconde de plus. Elle fait volte-face et se met à courir.

Elle prend l'allée en direction de l'eau.

Elle est déjà au bord. Elle regarde autour d'elle. Mais il n'y a pas de barque.

Comme le premier jour, elle fait tout le tour de l'île en courant le long du bord pour trouver la barque. Mais elle ne la voit nulle part. Finalement, elle revient à l'endroit où l'allée de platanes débouche sur la plage. Elle voit des gosses excités courir de ce côté-là.

Elle s'arrête.

Les enfants l'aperçurent et s'élancèrent vers elle en hurlant.

# 27

Elle sauta dans l'eau.

Ce n'était pas parce qu'elle avait peur. Elle y pensait depuis longtemps. Après tout, la traversée en barque jusqu'à l'île n'était pas si longue. On avait beau ne pas voir la rive opposée, il ne devait pas falloir des forces surhumaines pour nager jusque-là !

Les gosses se précipitèrent en criant à l'endroit où Tamina venait de quitter la rive et quelques cailloux tombèrent autour d'elle. Mais elle nageait vite et elle fut bientôt hors de portée de leurs bras chétifs.

Elle nageait et, pour la première fois depuis très

longtemps, elle était bien. Elle sentait son corps, elle sentait son ancienne force. Elle était toujours excellente nageuse et ses mouvements lui donnaient du plaisir. L'eau était froide, mais elle se délectait de cette fraîcheur qui lui semblait laver sa peau de toute la crasse enfantine, de toute la salive et de tous les regards des gosses.

Elle nageait depuis longtemps et le soleil commençait à descendre lentement dans l'eau.

Puis l'obscurité s'épaissit et il fit bientôt complètement noir, il n'y avait ni lune ni étoile et Tamina s'efforçait de suivre toujours la même direction.


## 28


Où voulait-elle au juste s'en retourner ? A Prague ? Elle en a oublié jusqu'à son existence.

Dans la petite ville à l'ouest de l'Europe ?

Non. Elle voulait simplement partir.

Cela veut-il dire qu'elle souhaitait mourir ?

Non, non, pas ça. Au contraire, elle avait une terrible envie de vivre.

Mais elle devait quand même avoir une idée du monde où elle voulait vivre !

Elle n'en avait aucune. En tout et pour tout, il ne lui restait qu'une formidable soif de vivre et que son corps. Rien que ces deux choses-là, rien de plus. Elle voulait les arracher à l'île pour les sauver. Son corps et cette soif de vivre.

## 29

Le jour commençait à poindre. Elle plissa les yeux pour tenter d'apercevoir la rive en face d'elle.

Mais il n'y avait rien devant elle, rien que de l'eau. Elle regarda derrière elle. Pas très loin, à une centaine de mètres à peine, c'était la rive de l'île verte.

Comment ! Elle avait nagé sur place toute la nuit ? La détresse l'envahit et dès qu'elle perdit l'espérance, elle sentit que ses membres étaient faibles et l'eau insupportablement glacée. Elle ferma les yeux et fit un effort pour continuer à nager. Elle ne comptait plus atteindre l'autre côté, maintenant elle ne pensait plus qu'à sa mort et elle voulait mourir quelque part au milieu des eaux, loin de tout contact, seule, rien qu'avec les poissons. Ses yeux se fermaient et parce qu'elle s'était assoupie un instant, elle avait de l'eau dans les poumons, elle toussait, elle suffoquait, et, au milieu de sa toux, elle entendit brusquement des voix enfantines.

Elle restait sur place, toussait et regardait autour elle. A quelques brasses, il y avait une barque chargée de gosses. Ils criaient. Quand ils s'aperçurent qu'elle les avait vus, ils se turent. Ils approchaient sans la quitter des yeux. Elle voyait leur immense agitation.

Elle eut peur qu'ils veuillent la sauver pour la contraindre à jouer avec eux comme avant. Elle sentit son épuisement et la rigidité de ses membres.

La barque était tout près et cinq visages enfantins se penchaient avec avidité.

Tamina agitait la tête désespérément, comme pour leur dire laissez-moi mourir, ne me sauvez pas.

Mais sa crainte était inutile. Les enfants ne faisaient pas un geste, personne ne lui tendait une rame ou la main, personne ne voulait la sauver. Ils ne faisaient que la regarder de leurs yeux écarquillés et avides, ils l'observaient. Un gamin, avec une rame pour gouvernail, maintenait la barque au plus près.

Elle avala de nouveau de l'eau dans ses poumons, toussa, agita les bras, sentant qu'elle ne pouvait plus tenir à la surface. Ses jambes pesaient de plus en plus lourd. Elles l'entraînaient vers le fond comme un poids.

Sa tête s'enfonçait sous l'eau. Elle fit des mouvements violents et réussit plusieurs fois à remonter ; à chaque fois elle voyait la barque et les yeux enfantins qui l'observaient.

Puis elle disparut sous la surface.

# SEPTIÈME PARTIE

## LA FRONTIÈRE

# 1

Ce qu'il trouvait toujours de plus intéressant chez les femmes pendant l'amour, c'était leur visage. Le mouvement des corps semblait dérouler une longue pellicule cinématographique, projetant sur le visage, comme sur l'écran d'un téléviseur, un film captivant plein de trouble, d'attente, d'explosion, de douleur, de cris, d'émotion et de haine. Seulement, le visage d'Edwige était un écran éteint que Jan regardait fixement, tourmenté de questions auxquelles il ne trouvait pas de réponses : S'ennuyait-elle avec lui ? Était-elle fatiguée ? Faisait-elle l'amour à contrecœur ? Avait-elle l'habitude de meilleurs amants ? Ou bien, est-ce que se cachaient, sous la surface immobile de son visage, des sensations qu'il ne soupçonnait pas ?

Il pouvait évidemment le lui demander. Mais il leur arrivait quelque chose de singulier. Alors qu'ils étaient toujours bavards et ouverts l'un avec l'autre, ils perdaient l'usage de la parole dès que leurs corps nus s'étreignaient.

Il n'avait jamais très bien su s'expliquer ce mutisme. C'était peut-être parce qu'en dehors de leurs relations amoureuses Edwige était toujours plus entreprenante que lui. Bien qu'elle fût plus jeune, elle avait prononcé dans sa vie au minimum trois fois plus de paroles que lui et dispensé dix fois plus de leçons et de conseils. Elle était comme une mère tendre et sage qui lui donnait la main pour le guider à travers la vie.

Il s'imaginait souvent qu'il lui chuchotait à l'oreille des mots obscènes pendant l'amour. Mais même dans ces rêveries, la tentative se soldait par un échec. Il était sûr que poindrait sur son visage un tranquille sourire de reproche et d'indulgente sympathie, le sourire de la mère qui observe son gamin en train de voler dans le placard un biscuit défendu.

Ou bien il s'imaginait qu'il lui susurrait le plus banalement du monde : *Ça te plaît ?* Avec les autres femmes, cette simple interrogation avait toujours une résonance vicieuse. En désignant ne fût-ce que par le convenable *ça* l'acte d'amour, il éveillait aussitôt le désir d'autres mots où l'amour physique pût se refléter comme dans un jeu de miroirs. Il lui semblait pourtant connaître d'avance la réponse d'Edwige : Évidemment que ça me plaît, lui expliquerait-elle patiemment. Crois-tu que je ferais de mon plein gré quelque chose qui me déplaît ? Un peu de logique, Jan !

Donc, il ne lui disait pas de mots obscènes et ne lui demandait pas non plus si ça lui plaisait. Il restait silencieux, tandis que leurs corps se mouvaient vigoureusement et longuement, déroulant une bobine vide sans pellicule.

Il lui arrivait souvent de songer qu'il était lui-même coupable du mutisme de leurs nuits. Il s'était forgé d'Edwige-l'amante une image caricaturale qui se dressait maintenant entre elle et lui et qu'il était incapable d'enjamber pour accéder à la véritable Edwige, à ses sens et à ses ténèbres obscènes. En tout cas, après chacune de leurs nuits muettes, il se promettait de ne pas faire l'amour avec elle la prochaine fois. Il l'aimait comme une amie intelligente, fidèle, irremplaçable, pas comme une maîtresse. Pourtant, il n'était pas possible de séparer la maîtresse de l'amie. Chaque fois qu'il la retrouvait, ils discutaient tard dans la nuit, Edwige buvait, développait des théories, donnait des leçons et, pour finir, quand Jan n'en pouvait plus de fatigue, elle se taisait soudain et sur son visage apparaissait un sourire tranquille et béat. Alors, comme s'il obéissait à une irrésistible suggestion, Jan lui touchait un sein et elle se levait et commençait à se déshabiller.

Pourquoi veut-elle coucher avec moi ? se demandait-il bien souvent, mais il ne trouvait pas de réponse. Il ne savait qu'une chose, que leurs coïts taciturnes étaient inéluctables, comme il est inéluctable qu'un citoyen se mette au garde-à-vous en entendant l'hymne national, même s'il n'en retire certainement aucun plaisir, ni lui ni sa patrie.

# 2

Au cours des deux cents dernières années le merle a abandonné les forêts pour devenir un oiseau des villes. D'abord en Grande-Bretagne, dès la fin du XVIII<sup>e</sup> siècle, quelques dizaines d'années plus tard à Paris et dans la Ruhr. Tout au long du XIX<sup>e</sup> siècle, il a conquis l'une après l'autre les villes d'Europe. Il s'est installé à Vienne et à Prague aux environs de 1900, puis a progressé vers l'est, gagnant Budapest, Belgrade, Istanbul.

Au regard de la planète, cette invasion du merle dans le monde de l'homme est incontestablement plus importante que l'invasion de l'Amérique du Sud par les Espagnols ou que le retour des Juifs en Palestine. La modification des rapports entre les différentes espèces de la création (poissons, oiseaux, hommes, végétaux) est une modification d'un ordre plus élevé que les changements dans les relations entre les différents groupes d'une même espèce. Que la Bohême soit habitée par les Celtes ou par les Slaves, la Bessarabie conquise par les Roumains ou par les Russes, la Terre s'en moque. Mais que le merle ait trahi la nature pour suivre l'homme dans son univers artificiel et contre nature, voilà qui change quelque chose à l'organisation de la planète.

Pourtant, personne n'ose interpréter les deux derniers siècles comme l'histoire de l'invasion des villes de l'homme par le merle. Nous sommes tous prisonniers d'une conception figée de ce qui est important et de ce qui ne l'est pas, nous fixons sur l'important des regards anxieux, pendant qu'en cachette, dans notre dos, l'insignifiant mène sa guérilla qui finira par changer subrepticement le monde et va nous sauter dessus par surprise.

Si l'on écrivait une biographie de Jan, on pourrait résumer la période dont je parle en disant à peu près ceci : Sa liaison avec Edwige marquait une nouvelle étape dans la vie de Jan, qui avait alors quarante-cinq ans. Il avait enfin renoncé à une vie creuse et décousue et il avait décidé de quitter la ville à l'ouest de l'Europe pour se consacrer en Amérique, avec une énergie nouvelle, à un important travail dans lequel il atteignit ensuite, etc., etc.

Mais que le biographe imaginaire de Jan m'explique pourquoi, justement dans cette période-là, le livre préféré de Jan était l'antique roman de *Daphnis et Chloé* ! L'amour de deux jeunes gens, encore presque des enfants, qui ne savent pas ce qu'est l'amour physique. Le bêlement d'un bélier se mêle au bruit de la mer et un mouton broute l'herbe sous l'ombrage d'un olivier. Les deux jeunes gens sont allongés côte à côte, nus et pleins d'un immense et vague désir. Ils s'étreignent, se pressent l'un contre l'autre, étroitement enlacés. Ils restent ainsi très, très longuement, parce qu'ils ne savent pas ce qu'ils pourraient faire de plus. Ils pensent que cette étreinte est à elle seule tout le but des plaisirs amoureux. Ils sont excités, leurs cœurs tambourinent, mais ils ne savent pas ce que c'est que faire l'amour.

Oui, c'est justement par ce passage-là que Jan est fasciné.


# 3


Hanna l'actrice avait les jambes croisées sous elle comme on les voit sur les statues des bouddhas en vente dans tous les magasins d'antiquités du monde. Elle parlait sans arrêt tout en regardant son pouce aller et venir lentement sur le bord d'un guéridon posé près du divan.

Ce n'était pas le geste machinal des gens nerveux qui ont l'habitude de battre la mesure avec le pied ou de se gratter la tête. C'était un geste conscient et délibéré, souple et gracieux, qui devait tracer autour d'elle un cercle magique où elle serait tout entière concentrée sur elle-même et où les autres seraient concentrés sur elle.

Elle suivait avec délectation le mouvement de son pouce et levait parfois les yeux sur Jan qui était assis en face d'elle. Elle lui racontait qu'elle avait fait une dépression nerveuse parce que son fils, qui habitait chez son ancien mari, avait fugué et n'était pas rentré pendant plusieurs jours. Le père de son fils était une telle brute qu'il lui avait annoncé la nouvelle au téléphone une demi-heure avant la représentation. Hanna avait eu de la fièvre, des migraines et un rhume de cerveau. « Je ne pouvais même pas me moucher tant j'avais mal au nez ! » dit-elle, et elle fixait sur Jan ses grands beaux yeux. « J'avais le nez comme un chou-fleur ! »

Elle avait le sourire d'une femme qui sait que chez elle, même un nez rougi par le rhume ne manque pas de charme. Elle vivait dans une harmonie exemplaire avec elle-même. Elle aimait son nez et elle aimait aussi son audace qui appelait un rhume un rhume et un nez un chou-fleur. La beauté insolite du nez cramoisi avait ainsi pour complément l'audace intellectuelle, et le mouvement circulaire du pouce, confondant les deux charmes dans sa circonférence magique, exprimait l'indivisible unité de sa personnalité.

« J'étais inquiète parce que j'avais une forte fièvre. Savez-vous ce que m'a dit le médecin ? Je n'ai qu'un conseil à vous donner, Hanna : ne prenez pas votre température ! »

Hanna rit bruyamment et longuement de la plaisanterie de son médecin, puis elle dit : « Savez-vous de qui j'ai fait la connaissance ? De Passer ! »

Passer était un vieil ami de Jan. La dernière fois que Jan l'avait vu, il y avait de cela plusieurs mois, il devait subir une opération. Tout le monde savait qu'il avait un cancer, seul Passer, plein d'une vitalité et d'une crédulité incroyables, croyait les mensonges des médecins. L'opération qui l'attendait était en tout cas très grave, et il avait dit à Jan, quand ils s'étaient retrouvés seuls : « Après cette opération je ne serai plus un homme, tu comprends. Ma vie d'homme, c'est fini. »

« Je l'ai rencontré la semaine dernière dans la maison de campagne des Clevis, poursuivait Hanna. C'est un type formidable ! Il est plus jeune que nous tous ! Je l'adore ! »

Jan aurait dû se réjouir d'apprendre que son ami était adoré de la belle actrice, mais il n'en était pas particulièrement impressionné car tout le monde aimait Passer. Ses actions avaient beaucoup monté, ces dernières années, à la bourse irrationnelle de la popularité mondaine. C'était presque devenu un rite, pendant les bavardages décousus des dîners en ville, de prononcer quelques phrases admiratives sur Passer.

« Vous connaissez les belles forêts qu'il y a autour de la villa des Clevis. Il y pousse des champignons et j'adore aller aux champignons ! J'ai dit : qui veut aller avec moi aux champignons ? Personne n'en avait envie, mais Passer a dit : moi je viens avec vous ! Vous imaginez ça, Passer, un homme malade ! Je vous le dis, c'est le plus jeune de nous tous ! »

Elle regarda son pouce qui ne cessait pas une seconde de décrire des cercles sur le bord du guéridon, et elle dit : « Donc, je suis allée ramasser des champignons avec Passer. C'était merveilleux ! On s'est égarés dans la forêt et ensuite on a trouvé un café. Un petit café de campagne crasseux. C'est comme ça que je les adore. Dans ces bistrots-là, on boit du gros rouge bon marché comme en boivent les gars du bâtiment. Passer était splendide. Je l'adore ! »

# 4

En été, à l'époque dont je parle, les plages de l'ouest de l'Europe se couvraient de femmes qui ne portaient pas de soutien-gorge et la population se répartissait entre partisans et adversaires des seins nus. La famille Clevis — le père, la mère et leur fille de quatorze ans — était assise devant le téléviseur et suivait un débat dont les participants, qui représentaient tous les courants intellectuels de l'époque, développaient leurs arguments pour et contre le soutien-gorge. Le psychanalyste défendait ardemment les seins nus et parlait de la libération des mœurs qui nous délivre de la toute-puissance des fantasmes érotiques. Le marxiste, sans se prononcer sur le soutien-gorge (le parti communiste comptait parmi ses membres des puritains et des libertins et il n'était pas de bonne politique de dresser les uns contre les autres), fit habilement dévier le débat sur le problème plus fondamental de la morale hypocrite de la société bourgeoise, qui était condamnée. Le représentant de la pensée chrétienne se sentait obligé de défendre le soutien-gorge, mais il ne le faisait que très timidement, car il n'échappait pas non plus à l'esprit omniprésent de l'époque ; il ne trouva en faveur du soutien-gorge qu'un seul argument, l'innocence des enfants qu'à l'entendre nous avons tous le devoir de respecter et de protéger. Il fut pris à partie par une femme énergique qui déclara qu'il fallait en finir dès l'enfance avec le tabou hypocrite de la nudité et recommanda aux parents de se promener chez eux tout nus.

Jan n'arriva chez les Clevis qu'au moment où la speakerine annonçait la fin du débat, mais dans l'appartement l'animation persista encore un bon moment. Tous les Clevis étaient des esprits avancés, donc opposés au soutien-gorge. Le geste grandiose de millions de femmes rejetant au loin, comme en réponse à un ordre, cette pièce de vêtement infamante symbolisait pour eux l'humanité secouant son esclavage. Des femmes aux seins nus défilaient dans l'appartement des Clevis comme un invisible bataillon de libératrices.

Les Clevis, je l'ai dit, étaient des esprits avancés et avaient des idées progressistes. Il existe de multiples sortes d'idées progressistes et les Clevis en défendaient toujours la meilleure possible. La meilleure des idées progressistes est celle qui renferme une assez forte dose de provocation pour que son partisan puisse se sentir fier d'être original, mais qui attire en même temps un si grand nombre d'émules que le risque de n'être qu'une exception solitaire est immédiatement conjuré par les bruyantes approbations de la multitude victorieuse. Par exemple, si les Clevis, au lieu d'être contre le soutien-gorge, avaient été contre le vêtement en général et avaient déclaré que les gens devaient se promener nus dans les rues des villes, sans doute auraient-ils encore défendu une idée progressiste, mais certainement pas la meilleure possible. Cette idée serait devenue gênante par ce qu'elle avait d'outré, elle aurait nécessité trop d'énergie superflue pour sa défense (alors que la meilleure idée progressiste possible se défend pour ainsi dire toute seule) et ses partisans n'auraient jamais eu la satisfaction de voir leur attitude absolument non conformiste se révéler soudain l'attitude de tous.

En les entendant fulminer contre le soutien-gorge, Jan se souvenait d'un petit instrument en bois, appelé niveau à bulle, que son grand-père, qui était maçon, posait sur la surface supérieure des murs en construction. Au milieu de l'instrument, sous une plaque de verre, il y avait de l'eau et une bulle d'air dont la position indiquait si la rangée de briques était horizontale. La famille Clevis pouvait servir de niveau à bulle intellectuel. Posé sur une idée quelconque, il indiquait exactement s'il s'agissait ou non de la meilleure idée progressiste possible.

Quand les Clevis, qui parlaient tous à la fois, eurent répété à Jan l'ensemble du débat qui venait d'avoir lieu à la télévision, papa Clevis se pencha vers lui et dit sur le ton du badinage : « Tu ne trouves pas que pour les jolies poitrines c'est une réforme qu'on peut approuver sans réserve ? »

Pourquoi papa Clevis exprimait-il sa pensée dans ces termes-là ? C'était un maître de maison exemplaire et il s'efforçait toujours de trouver une phrase acceptable pour toutes les personnes présentes. Comme Jan avait la réputation de bien aimer les femmes, Clevis formulait son approbation des seins nus non pas dans le sens juste et profond, à savoir comme un enthousiasme *éthique* devant l'abolition d'une servitude millénaire, mais, en manière de compromis (par égard pour les goûts supposés de Jan et contre sa propre conviction), comme un accord *esthétique* avec la beauté d'un sein.

En même temps, il voulait être précis et prudent comme un diplomate : il n'osait pas dire carrément que les vilaines poitrines devraient rester cachées. Pourtant, sans être dite, cette idée absolument inacceptable ne découlait que trop clairement de la phrase prononcée et fut une proie facile pour l'adolescente de quatorze ans.

« Et vos ventres, alors ? Hein ! vos gros bides que vous promenez depuis toujours sur les plages sans la moindre pudeur ! »

Maman Clevis éclata de rire et applaudit sa fille : « Bravo ! »

Papa Clevis se joignit aux applaudissements de maman. Il avait immédiatement compris que sa fille avait raison et qu'il était encore une fois victime de ce malencontreux penchant pour le compromis que son épouse et sa fille lui reprochaient toujours. C'était un homme si profondément conciliant qu'il ne défendait ses opinions modérées qu'avec une très grande modération et qu'il céda aussitôt pour donner raison à son enfant extrémiste. D'ailleurs, la phrase incriminée n'exprimait pas sa propre pensée, mais le point de vue supposé de Jan ; il put donc se ranger du côté de sa fille, volontiers, sans hésitation et avec une satisfaction paternelle.

L'adolescente, encouragée par les applaudissements de ses parents, poursuivit : « Croyez-vous que c'est pour vous faire plaisir que nous enlevons nos soutiens-gorge ? Nous le faisons pour nous, parce que ça nous plaît, parce que c'est plus agréable comme ça, parce que comme ça notre corps est plus près du soleil ! Vous êtes incapables de nous regarder autrement que comme des objets sexuels ! »

Papa et maman Clevis applaudirent à nouveau, mais cette fois-ci leurs bravos avaient une tonalité un peu différente. Les paroles de leur fille étaient en effet justes, mais en même temps un peu déplacées pour ses quatorze ans. C'était comme si un gamin de huit ans avait dit : s'il y a un hold-up, je défendrai maman. Dans ce cas-là aussi les parents applaudissent, car l'affirmation de leur fils est incontestablement digne de louanges. Mais comme elle témoigne en même temps d'une assurance excessive, l'éloge se nuance à juste titre d'un certain sourire. C'était de ce sourire-là que les parents Clevis avaient teinté leurs deuxièmes bravos, et l'adolescente, qui avait entendu ce sourire et ne l'approuvait pas, répéta avec une obstination agacée :

« C'est bel et bien fini ce truc-là. Je ne suis un objet sexuel pour personne. »

Les parents se contentaient d'acquiescer pour ne pas inciter leur fille à de nouvelles proclamations.

Pourtant, Jan ne put s'empêcher de dire :

« Ma petite fille, si tu savais comme c'est facile de ne pas être un objet sexuel. »

Il prononça cette phrase doucement, mais avec une tristesse tellement sincère qu'elle résonna longuement dans la pièce. C'était une phrase qu'on pouvait difficilement traiter par le silence, mais il n'était pas non plus possible d'y répondre. Elle ne méritait pas d'être approuvée, n'étant pas progressiste, mais elle ne méritait pas non plus une polémique, puisqu'elle n'allait pas manifestement contre le progrès. C'était la pire des phrases possibles, parce qu'elle se situait en dehors du débat dirigé par l'esprit du temps. C'était une phrase au-delà du bien et du mal, une phrase parfaitement incongrue.

Il y eut une pause, Jan souriait d'un air gêné comme s'il s'excusait de ce qu'il venait de dire, puis papa Clevis, passé maître dans l'art de jeter des ponts entre ses semblables, se mit à parler de Passer qui était leur ami commun. Ils étaient unis par leur admiration pour Passer : c'était un terrain sans danger. Clevis fit l'éloge de l'optimisme de Passer, de son amour inébranlable de la vie qu'aucun régime médical ne parvenait à étouffer. Pourtant l'existence de Passer était maintenant limitée à une étroite bande de vie sans femmes, sans mets, sans alcool, sans mouvement et sans avenir. Il était récemment venu les voir dans leur maison de campagne, un jour que l'actrice Hanna y était aussi.

Jan était très curieux de voir ce qu'indiquerait le niveau à bulle des Clevis posé sur l'actrice Hanna chez laquelle il avait constaté les symptômes d'un égocentrisme presque insupportable. Mais le niveau à bulle indiquait que Jan se trompait. Clevis approuvait sans réserves la façon dont l'actrice s'était conduite avec Passer. Elle ne s'était consacrée qu'à lui. C'était extrêmement généreux de sa part. Pourtant, tout le monde savait quel drame elle venait de vivre.

« Quel drame ? » s'enquit avec surprise cet étourdi de Jan.

Comment, Jan n'était pas au courant ? Le fils d'Hanna avait fugué et n'était pas rentré pendant plusieurs jours ! Elle en avait fait une dépression nerveuse ! Et pourtant, devant Passer qui était condamné à mort, elle n'avait plus du tout pensé à elle. Elle voulait l'arracher à ses soucis et elle s'était mise à crier gaiement : *Ça me ferait tellement plaisir d'aller aux champignons ! Qui veut y aller avec moi ?* Passer s'était joint à elle et les autres avaient refusé de les accompagner parce qu'on se doutait qu'il voulait être seul avec elle. Ils avaient marché dans la forêt pendant trois heures et s'étaient arrêtés dans un café pour boire du vin rouge. Passer n'avait le droit ni de se promener ni de boire de l'alcool. Il était rentré exténué mais heureux. Le lendemain, il avait fallu le conduire à l'hôpital.

« Je crois que c'est assez grave », dit papa Clevis, puis, comme s'il adressait à Jan un reproche, il ajouta : « Tu ferais bien d'aller le voir. »


5


Jan se dit : Au commencement de la vie érotique de l'homme il y a l'excitation sans jouissance, et à la fin il y a la jouissance sans excitation.

L'excitation sans jouissance, c'est Daphnis. La jouissance sans excitation, c'est la vendeuse du magasin d'articles de sport en location.

Voici un an, quand il avait fait sa connaissance et qu'il l'avait invitée chez lui, elle lui avait dit une phrase inoubliable : « Si on couche ensemble, ce sera certainement très bien du point de vue technique, mais je ne suis pas certaine de l'aspect sentimental. »

Il lui avait dit qu'en ce qui le concernait elle pouvait être absolument certaine de l'aspect sentimental, et elle avait accepté cette assurance comme elle avait l'habitude d'accepter au magasin un dépôt de garantie pour une location de skis, et n'avait plus soufflé mot des sentiments. En revanche, pour ce qui est de l'aspect technique, elle l'avait littéralement épuisé.

C'était une fanatique de l'orgasme. L'orgasme était pour elle une religion, un but, un impératif suprême de l'hygiène, un symbole de santé, mais aussi son orgueil qui la distinguait de femmes moins chanceuses comme le ferait un yacht ou un fiancé illustre.

Et il n'était pas facile de lui donner du plaisir. Elle lui criait *plus vite, plus vite*, puis au contraire *doucement, doucement* et de nouveau *plus fort, plus fort*, comme un entraîneur crie ses ordres aux rameurs d'un huit. Concentrée tout entière sur les points sensibles de sa peau, elle guidait sa main pour qu'il la pose au bon endroit au bon moment. Il était en sueur et voyait les regards impatients de la jeune femme et les gestes fiévreux de son corps, cet appareil mobile à produire une petite explosion qui était le sens et le but de toute chose.

En sortant de chez elle la dernière fois, il pensait à Hertz, metteur en scène à l'opéra de la ville d'Europe centrale où il avait lui-même passé sa jeunesse. Hertz obligeait les chanteuses à interpréter nues devant lui tout leur rôle lors de répétitions spéciales avec jeux de scène. Pour vérifier la position de leur corps, il les forçait à se planter un crayon dans le rectum. Le crayon saillait vers le bas dans le prolongement de la colonne vertébrale, si bien que le pointilleux metteur en scène pouvait ainsi contrôler la démarche, le mouvement, le pas et le maintien du corps de la cantatrice avec une précision scientifique.

Un jour, une jeune soprano se disputa avec lui et le dénonça à la direction. Hertz se défendit en disant qu'il n'avait jamais importuné les chanteuses, qu'il n'en avait jamais touché une. C'était vrai, mais le coup du crayon n'en parut que plus dépravé et Hertz dut quitter la ville natale de Jan avec un scandale sur les bras.

Sa mésaventure devint célèbre et, grâce à elle, Jan commença d'assister très jeune à des spectacles lyriques. Il imaginait nues toutes les chanteuses qu'il voyait faire des gestes pathétiques, renverser la tête et ouvrir grande la bouche. L'orchestre gémissait, les chanteuses se saisissaient le côté gauche de la poitrine et il imaginait les crayons sortant des croupes nues. Son cœur tambourinait : il était excité par l'excitation de Hertz ! (Aujourd'hui encore, il ne peut voir autrement un spectacle lyrique, aujourd'hui encore, s'il va à l'opéra, c'est avec les sentiments d'un très jeune homme qui se glisse en cachette dans un théâtre porno.)

Jan se disait : Hertz était un sublime alchimiste du vice qui avait trouvé dans le crayon fiché dans le derrière la formule magique de l'excitation. Et il avait honte devant lui : Hertz ne se serait jamais laissé contraindre à la laborieuse activité qu'il venait de déployer docilement sur le corps de la vendeuse du magasin d'articles de sport en location.


# 6


De même que l'invasion des merles a lieu au revers de l'histoire européenne, mon récit se déroule au revers de la vie de Jan. Je le compose à partir d'événements isolés auxquels Jan n'a sans doute pas accordé d'attention particulière, car le devant de sa vie était alors occupé par d'autres événements et d'autres soucis : l'offre d'un nouveau poste en Amérique, une fiévreuse activité professionnelle, la préparation du voyage.

Il a récemment rencontré Barbara dans la rue. Elle lui a demandé d'un ton de reproche pourquoi il ne vient jamais chez elle quand elle reçoit. La maison de Barbara est célèbre pour les divertissements érotiques collectifs qu'elle y organise. Jan redoute la calomnie et il a refusé ces invitations pendant des années. Mais cette fois-ci, il sourit et dit : « Oui, je viendrai volontiers. » Il sait qu'il ne reviendra plus jamais dans cette ville et donc peu lui importe la discrétion. Il s'imagine la maison de Barbara pleine de gens nus et gais et il se dit que ça ne serait finalement pas si mal de fêter ainsi son départ.

Car Jan est sur le départ. Dans quelques mois, il va

passer la frontière. Et dès qu'il a cette idée, le mot *frontière*, employé dans le sens géographique courant, lui rappelle une autre frontière, immatérielle et intangible à laquelle il pense de plus en plus depuis quelque temps.

Quelle frontière?

La femme qu'il a le plus aimée au monde (il avait alors trente ans) lui disait (il était presque désespéré quand il entendait ça) qu'elle ne tenait à la vie que par un très mince fil. Oui, elle voulait vivre, la vie lui procurait une immense joie, mais elle savait en même temps que ce *je veux vivre* était tissé avec les fils d'une toile d'araignée. Il suffisait de si peu, de si infiniment peu, pour se retrouver de l'autre côté de la frontière au-delà de laquelle plus rien n'avait de sens : l'amour, les convictions, la foi, l'Histoire. Tout le mystère de la vie humaine tenait au fait qu'elle se déroule à proximité immédiate et même au contact direct de cette frontière, qu'elle n'en est pas séparée par des kilomètres, mais à peine par un millimètre.

7

Tout homme a deux biographies érotiques. On ne parle en général que de la première, qui se compose d'une liste de liaisons et de rencontres amoureuses.

La plus intéressante est sans doute l'autre biographie : la cohorte des femmes que nous voulions avoir et qui nous ont échappé, l'histoire douloureuse des virtualités inaccomplies.

Mais il y a encore une troisième, une mystérieuse et inquiétante catégorie de femmes. Elles nous plaisaient, nous leur plaisions, mais en même temps nous avons bien vite compris que nous ne pouvions pas les avoir car, dans notre rapport avec elles nous nous trouvions *de l'autre côté de la frontière*.

Jan était dans le train, il lisait. Une jeune et belle inconnue vint s'asseoir dans son compartiment (la seule place libre était justement en face de la sienne) et lui fit un signe de tête. Il lui rendit son salut et chercha à se rappeler d'où il la connaissait. Puis il replongea les yeux dans les pages de son livre, mais il lisait avec peine. Il sentait le regard de la jeune femme toujours fixé sur lui, plein de curiosité et d'attente.

Il referma le livre : « D'où est-ce que je vous connais ? »

Ce n'était rien d'extraordinaire. Ils s'étaient rencontrés, lui dit-elle, cinq ans plus tôt parmi des gens insignifiants. Il se souvenait de cette période et il lui posa quelques questions : que faisait-elle au juste alors, qui voyait-elle, où travaillait-elle maintenant et avait-elle un travail intéressant ?

Il y était habitué : entre lui et n'importe quelle femme, il savait faire jaillir rapidement l'étincelle. Seulement, cette fois-ci, il avait la pénible impression d'être un employé du service du personnel qui pose des questions à une femme venue solliciter une place.

Il se tut. Il rouvrit son livre et fit un effort pour lire, mais il se sentait observé par un invisible jury d'examen qui possédait sur lui tout un dossier de renseignements et ne le quittait pas des yeux. Il regardait les pages à contrecœur, sans savoir ce qu'il y avait dedans, et il ne lui échappait pas que le jury enregistrait patiemment les minutes de son silence pour en tenir compte dans le calcul de la note finale.

Il referma le livre et tenta encore une fois de nouer la conversation avec la jeune femme sur le ton léger, mais il constata de nouveau que ça ne donnait rien.

Il en conclut que l'échec venait de ce qu'ils discutaient dans un compartiment trop plein. Il invita la jeune femme au wagon-restaurant où ils trouvèrent une table pour deux. Il parlait avec plus d'aisance; mais là non plus il ne faisait pas jaillir l'étincelle.

Ils retournèrent dans le compartiment. Il rouvrit son livre, mais comme tout à l'heure il ne savait pas ce qu'il y avait dedans.

La jeune femme resta quelques instants assise en face de lui, puis elle se leva et alla dans le couloir pour regarder par la vitre.

Il était terriblement mécontent. La jeune femme lui plaisait et sa sortie n'était qu'un appel silencieux.

Au dernier moment, il voulut encore une fois sauver la situation. Il sortit dans le couloir et se mit à côté d'elle. Il lui dit que s'il ne l'avait pas reconnue tout à l'heure, c'était sans doute parce qu'elle avait changé de coiffure. Il lui écarta les cheveux du front et regarda son visage soudain différent.

« Oui, je vous reconnais maintenant », lui dit-il. Évidemment, il ne la reconnaissait pas. Et c'était d'ailleurs sans importance. Tout ce qu'il voulait, c'était presser fermement la main sur le sommet de son crâne, lui incliner doucement la tête en arrière et la regarder comme ça, dans les yeux.

Combien de fois dans sa vie avait-il posé la main sur la tête d'une femme en lui demandant : « Montrez comment vous seriez comme ça ? » Ce contact impérieux et ce regard souverain renversaient d'un seul coup toute la situation. Comme s'ils contenaient en germe (et tiraient de l'avenir) la grande scène où il s'emparerait d'elle totalement.

Mais cette fois-ci son geste ne produisit aucun effet. Son propre regard était beaucoup plus faible que le regard qu'il sentait sur lui, le regard dubitatif du jury d'examen qui savait bien qu'il se répétait et qui lui faisait comprendre que toute répétition n'est qu'une imitation et que toute imitation est sans valeur. Jan, tout à coup, se voyait avec les yeux de la jeune femme. Il voyait la pitoyable pantomime de son regard et de son geste, cette danse de Saint-Guy stéréotypée qui s'était vidée de toute signification à force de se répéter au cours des ans. D'avoir perdu sa spontanéité, son sens naturel et immédiat, son geste lui causait tout à coup une fatigue insupportable, comme s'il avait eu des poids de dix kilos attachés aux poignets. Le regard de la jeune femme créait autour de lui un étrange milieu qui décuplait la pesanteur.

Il n'y avait plus moyen de continuer. Il lâcha la tête

de la jeune femme et regarda par la vitre les jardins qui défilaient.

Le train arriva à destination. En sortant de la gare, elle dit à Jan qu'elle n'habitait pas loin et elle l'invita chez elle.

Il refusa.

Ensuite, il y pensa pendant des semaines entières : comment avait-il pu refuser une femme qui lui plaisait ?

Dans son rapport avec elle il se trouvait de l'autre côté de la frontière.


8


Le regard de l'homme a déjà été souvent décrit. Il se pose froidement sur la femme, paraît-il, comme s'il la mesurait, la pesait, l'évaluait, la choisissait, autrement dit comme s'il la changeait en chose.

Ce qu'on sait moins, c'est que la femme n'est pas tout à fait désarmée contre ce regard. Si elle est changée en chose, elle observe donc l'homme avec le regard d'une chose. C'est comme si le marteau avait soudain des yeux et observait fixement le maçon qui s'en sert pour enfoncer un clou. Le maçon voit le regard mauvais du marteau, il perd son assurance et se donne un coup sur le pouce.

Le maçon est le maître du marteau, pourtant c'est le marteau qui a l'avantage sur le maçon, parce que l'outil sait exactement comment il doit être manié, tandis que celui qui le manie ne peut le savoir qu'à peu près.

Le pouvoir de regarder change le marteau en être vivant, mais le brave maçon doit soutenir son regard insolent et, d'une main ferme, le changer de nouveau en chose. On dit que la femme vit ainsi un mouvement cosmique vers le haut puis vers le bas : l'essor de la chose muée en créature et la chute de la créature muée en chose.

Mais, il arrivait à Jan de plus en plus souvent que le jeu du maçon et du marteau ne soit plus jouable. Les femmes regardaient mal. Elles gâchaient le jeu. Était-ce parce qu'à cette époque elles avaient commencé à s'organiser et qu'elles avaient décidé de transformer la condition séculaire de la femme ? Ou bien était-ce parce que Jan vieillissait et qu'il voyait autrement les femmes et leur regard ? Était-ce le monde qui changeait ou était-ce lui ?

Difficile à dire. Toujours est-il que la jeune femme du train le toisait avec des yeux méfiants pleins de doutes, et qu'il avait lâché le marteau sans avoir eu le temps de le lever.

Il avait récemment rencontré Pascal qui s'était plaint à lui de Barbara. Barbara l'avait invité chez elle. Il y avait là deux filles que Pascal ne connaissait pas. Il avait bavardé un moment puis, sans crier gare, Barbara était allée dans la cuisine chercher un gros réveil en fer-blanc comme il y en avait autrefois. Elle avait commencé à se déshabiller sans mot dire et les deux filles en avaient fait autant.

Pascal se lamentait : « Vous comprenez, elles se sont déshabillées avec indifférence, nonchalamment, comme si j'étais un chien ou un pot de fleurs. »

Ensuite, Barbara lui avait ordonné de se déshabiller aussi. Il ne voulait pas manquer l'occasion de faire l'amour avec deux inconnues et il avait obéi. Quand il avait été tout nu, Barbara lui avait montré le réveil : « Regarde bien la trotteuse. Si tu ne bandes pas dans une minute, tu prends la porte ! »

« Elles ne quittaient pas des yeux mon entrejambe et, comme les secondes commençaient à filer, elles ont éclaté de rire ! Après cela elles m'ont flanqué dehors ! »

Voilà un cas où le marteau a décidé de castrer le maçon.

« Tu sais, Pascal est un goujat et j'éprouvais une secrète sympathie pour le commando disciplinaire de Barbara, disait Jan à Edwige. D'ailleurs, Pascal et ses copains ont fait à des filles quelque chose qui ressemble beaucoup au tour que lui a joué Barbara. La fille venait, elle voulait faire l'amour, et ils la déshabillaient et l'attachaient sur le divan. La fille s'en fichait d'être attachée, ça faisait partie du jeu. Ce qu'il y a de scandaleux, c'est qu'ils ne lui faisaient rien, qu'ils ne la touchaient même pas, qu'ils se contentaient de l'examiner sur toutes les coutures. La fille avait l'impression d'être violée.

— Ça se comprend, dit Edwige.

— Mais je peux très bien imaginer que ces filles, ligotées et reluquées, étaient excitées pour de bon.

317

Dans une situation semblable, Pascal n'était pas excité. Il était castré. »

La soirée était assez avancée, ils étaient chez Edwige et une bouteille de whisky à moitié vide était posée devant eux sur une table basse. « Que veux-tu dire par là ? demanda-t-elle.

— Je veux dire par là, répondit Jan, que quand un homme et une femme font la même chose, ce n'est pas la même chose. L'homme viole, la femme castre.

— Tu veux dire par là qu'il est immonde de castrer un homme, mais que c'est une belle chose de violer une femme.

— Je veux seulement dire par là, répliqua Jan, que le viol fait partie de l'érotisme, mais que la castration en est la négation. »

Edwige vida son verre d'un trait et répondit avec colère : « Si le viol fait partie de l'érotisme, cela veut dire que tout l'érotisme est dirigé contre la femme et qu'il faut en inventer un autre. »

Jan but une gorgée, garda un instant le silence et reprit : « Il y a bien des années, dans mon ancien pays, nous avons composé avec des copains une anthologie des paroles que nos maîtresses prononçaient pendant l'amour. Sais-tu quel est le mot qui revenait le plus souvent ? »

Edwige n'en savait rien.

« Le mot *non*. Le mot *non* répété plusieurs fois de suite : *non, non, non, non, non, non, non...* La fille venait pour faire l'amour, et quand le garçon la prenait dans ses bras elle le repoussait en disant *non*, de sorte que l'acte d'amour, éclairé par la lueur rouge de ce mot qui est le plus beau de tous, devenait une petite imitation du viol. Même quand elles approchaient de la jouissance, elles disaient *non, non, non, non, non* et il y en avait beaucoup qui jouissaient en criant *non.* Depuis ce temps-là, *non* est pour moi un mot princier. Toi aussi, tu avais l'habitude de dire non ? »

Edwige répondit qu'elle ne disait jamais non. Pourquoi dire une chose qu'elle ne pensait pas ? « Quand une femme dit non, elle veut dire oui. Cet aphorisme de mâles m'a toujours révoltée. C'est une phrase aussi bête que l'histoire humaine.

— Mais cette histoire est en nous et on ne peut pas y échapper, répliqua Jan. La femme qui fuit et se défend. La femme qui se donne, l'homme qui prend. La femme qui se voile, l'homme qui lui arrache ses vêtements. Ce sont des images séculaires que nous portons en nous !

— Séculaires et idiotes ! Aussi idiotes que les images pieuses ! Et si les femmes commençaient à en avoir plein le dos de se comporter d'après leur modèle ? Si ça leur donnait la nausée, cette éternelle répétition ? Si elles voulaient inventer d'autres images et un autre jeu ?

— Oui, ce sont des images stupides qui stupidement se répètent. Tu as tout à fait raison. Mais si notre désir du corps féminin dépendait précisément de ces images stupides et d'elles seules ? Quand elles seront détruites en nous, ces vieilles images stupides, un homme pourra-t-il faire encore l'amour avec une femme ? »

Edwige éclata de rire : « Je crois que tu te fais de la bile pour rien. »

319

Puis elle fixa sur lui son regard maternel : « Et n'imagine pas que tous les hommes sont comme toi. Comment sont-ils les hommes quand ils se retrouvent face à face avec une femme ? Qu'en sais-tu ? »

Jan ne savait vraiment pas comment sont les hommes quand ils se retrouvent seuls face à face avec une femme. Il y eut un silence et Edwige avait sur son visage le sourire béat qui indiquait que la soirée était déjà très avancée et que le moment approchait où Jan allait dérouler sur son corps la bobine cinématographique vide.

Après un instant de réflexion, elle ajouta : « Finalement, ça ne compte pas tellement de faire l'amour. »

Jan dressa l'oreille : « Tu crois que ça ne compte pas tellement de faire l'amour ? »

Elle lui souriait tendrement : « Non, ça ne compte pas tellement. »

Il oublia aussitôt leur discussion parce qu'il venait de comprendre quelque chose de beaucoup plus important : pour Edwige, l'amour physique n'était qu'un signe, qu'un acte symbolique, qu'une confirmation de l'amitié.

Ce soir-là, pour la première fois, il osa dire qu'il était fatigué. Il s'allongea près d'elle dans le lit comme un ami chaste sans dérouler la bobine de pellicule. Il lui caressait les cheveux et voyait au-dessus de leur avenir commun se dresser l'arc-en-ciel rassurant de la paix.

Il y a dix ans, une femme mariée rendait visite à Jan. Ils se connaissaient depuis des années mais se voyaient très rarement, parce que cette femme travaillait et, même quand elle se libérait pour le voir, ils n'avaient pas de temps à perdre. Elle commençait par s'asseoir dans un fauteuil et ils bavardaient un instant, mais juste un instant. Jan devait bientôt se lever, s'approcher d'elle, lui donner un baiser et la soulever dans ses bras.

Ensuite il relâchait son étreinte, ils s'écartaient un peu l'un de l'autre et commençaient à se déshabiller à la hâte. Jan jetait sa veste sur une chaise. Elle enlevait son pull et le posait sur le dossier de la chaise. Il déboutonnait son pantalon et le laissait glisser. Elle se penchait en avant et commençait à retirer son collant. Ils se dépêchaient tous les deux. Ils étaient debout face à face, penchés en avant, Jan libérait successivement un pied puis l'autre de son pantalon (pour cela il levait très haut les jambes comme un soldat qui défile), elle se courbait pour faire descendre son collant sur ses chevilles, puis en dégageait ses jambes en les levant vers le plafond, tout à fait comme lui.

C'était à chaque fois pareil, mais un jour il se produisit un petit fait anodin qu'il n'oublierait jamais : Elle le regarda et elle ne put retenir un sourire. C'était un sourire presque tendre, plein de compréhension et de sympathie, un sourire timide qui cherchait lui-même à se faire pardonner, mais incontestablement un sourire né de l'éclairage du ridicule qui inonda soudain toute la scène. Il eut beaucoup de mal à se maîtriser et à ne pas retourner ce sourire. Car il voyait lui aussi émerger de la pénombre de l'habitude le ridicule inopiné de deux personnes qui se font face et lèvent très haut les jambes dans une étrange précipitation. Pour un peu, il aurait éclaté de rire. Mais il savait qu'ensuite ils ne pourraient plus faire l'amour. Le rire était là comme un énorme piège qui attendait patiemment dans la pièce, dissimulé derrière une mince paroi invisible. Quelques millimètres à peine séparaient l'amour physique du rire, et il redoutait de les franchir. Quelques millimètres le séparaient de la frontière au-delà de laquelle les choses n'ont plus de sens.

Il s'était maîtrisé. Il avait repoussé le sourire, il avait jeté son pantalon et s'était vite avancé vers son amie pour toucher aussitôt son corps dont la chaleur allait chasser le diable du rire.


# 10


Il apprit que l'état de santé de Passer empirait. Le malade ne tenait plus que grâce à des piqûres de morphine et ne se sentait bien que quelques heures par jour. Jan prit le train pour lui rendre visite dans une lointaine clinique et, pendant le trajet, il se reprocha d'aller si rarement le voir. Il prit peur en apercevant Passer qui avait tellement vieilli. Quelques cheveux argentés dessinaient sur son crâne une courbe ondulante, la même que dessinait, il n'y a pas si longtemps, son épaisse chevelure brune. Son visage était le souvenir du visage d'autrefois.

Passer l'accueillit avec son exubérance coutumière. Il le prit par le bras et, d'un pas énergique, l'entraîna dans sa chambre où ils s'assirent de chaque côté d'une table.

La première fois que Jan avait rencontré Passer, il y avait de cela très longtemps, Passer avait parlé des grands espoirs de l'humanité et, tout en parlant, il tapait du poing sur la table au-dessus de laquelle étincelaient ses grands yeux éternellement enthousiasmés. Aujourd'hui, il ne parlait pas des espoirs de l'humanité, mais des espoirs de son corps. Les médecins affirmaient que s'il parvenait, grâce à un traitement intensif par piqûres et au prix de grandes douleurs, à passer le cap des quinze prochains jours, il aurait gagné. En disant cela à Jan, il tapait du poing sur la table et ses yeux étincelaient. Le récit enthousiaste sur les espoirs du corps était l'écho mélancolique du récit sur les espérances du genre humain. Ces deux enthousiasmes étaient pareillement illusoires et les yeux étincelants de Passer leur prêtaient à tous deux une lumière pareillement magique.

Puis il se mit à parler de l'actrice Hanna. Avec une pudique timidité masculine, il avoua à Jan qu'il était encore une dernière fois devenu fou. Il était devenu fou

323

d'une femme follement belle, tout en sachant que c'était la plus insensée de toutes les folies possibles. Il parlait, les yeux étincelants, de la forêt où ils avaient cherché des champignons comme on cherche un trésor, et du café où ils s'étaient arrêtés pour boire du vin rouge.

« Et Hanna était formidable ! Comprends-tu ? Elle ne prenait pas des airs d'infirmière empressée, elle n'avait pas des regards compatissants pour me rappeler mon infirmité et ma décrépitude, elle riait et buvait avec moi. On a descendu un litre de vin ! J'avais l'impression d'avoir dix-huit ans ! Ma chaise était placée exactement sur la ligne de la mort, et j'avais envie de chanter. »

Passer tapa du poing sur la table et regarda Jan de ses yeux étincelants au-dessus desquels l'abondante crinière disparue restait dessinée par trois fils argentés.

Jan dit que nous sommes tous à cheval sur la ligne de la mort. Que le monde entier, qui sombre dans la violence, la cruauté et la barbarie, s'est assis sur cette ligne. Il dit cela parce qu'il aimait Passer et qu'il trouvait atroce que cet homme, qui tapait magnifiquement du poing sur la table, mourût avant le monde qui ne méritait aucun amour. Il s'efforçait de faire paraître plus proche la fin du monde pour que la mort de Passer en devînt plus supportable. Mais Passer n'acceptait pas la fin du monde, il frappait du poing sur la table et recommençait à parler des espérances de l'humanité. Il dit que nous vivons une époque de grands changements.

Jan n'avait jamais partagé l'admiration de Passer pour les choses qui changent mais il aimait son désir de changement, parce qu'il y voyait le plus ancien désir de l'homme, le conservatisme le plus conservateur de l'humanité. Pourtant, bien qu'il aimât ce désir, il souhaitait le lui dérober, maintenant que la chaise de Passer était placée à cheval sur la ligne de la mort. Il voulait salir à ses yeux l'avenir pour qu'il regrette un peu moins la vie qu'il était en train de perdre.

Il lui dit : « On nous raconte toujours que nous vivons une grande époque. Clevis parle de la fin de l'ère judéo-chrétienne, d'autres de la révolution mondiale et du communisme, mais tout ça, ce sont des sottises. Si notre époque est un tournant, c'est pour une tout autre raison. »

Passer le regardait dans les yeux de son regard étincelant au-dessus duquel le souvenir de la crinière restait dessiné par trois fils argentés.

Jan poursuivait : « Tu connais l'histoire du lord anglais ? »

Passer tapa du poing sur la table et dit qu'il ne connaissait pas cette histoire.

« Après leur nuit de noces, un lord anglais dit à sa femme : Lady, j'espère que vous êtes enceinte. Je ne voudrais pas répéter une seconde fois ces mouvements ridicules. »

Passer sourit, mais sans taper du poing sur la table. Cette anecdote n'était pas de celles qui suscitaient son enthousiasme.

Jan poursuivit : « Qu'on ne me parle pas de révolution mondiale ! Nous vivons une grande époque historique où l'acte sexuel se transforme définitivement en mouvements ridicules. »

325

Un sourire au tracé délicat parut sur le visage de Passer. Jan connaissait bien ce sourire. Ce n'était pas un sourire joyeux ou approbateur, mais le sourire de la tolérance. Ils avaient toujours été très éloignés l'un de l'autre et, dans les rares moments où leur différence se manifestait de manière trop voyante, ils s'adressaient mutuellement ce sourire pour s'assurer que leur amitié n'était pas en danger.

# 11

Pourquoi a-t-il toujours devant les yeux cette image de la frontière ?

Il se dit que c'est parce qu'il vieillit : Les choses se répètent et perdent chaque fois une fraction de leur sens. Ou, plus exactement, elles perdent goutte à goutte leur force vitale qui présuppose automatiquement le sens. La frontière, d'après Jan, veut donc dire : la dose maximale admissible de répétitions.

Il avait un jour assisté à un spectacle où, au beau milieu de l'action, un comique très doué commençait de but en blanc à compter très lentement et avec une expression d'extrême attention : un, deux, trois, quatre... il prononçait chaque nombre d'un air très absorbé comme s'il lui avait échappé, et il le cherchait dans l'espace autour de lui : cinq, six, sept, huit... A quinze, le public avait commencé à rire, et quand il était arrivé à cent, lentement et avec l'air de plus en plus absorbé, les gens tombaient de leurs bancs.

A une autre représentation, le même acteur s'était mis au piano et avait commencé à jouer un air de valse avec la main gauche : tamtadam, tamtadam. Sa main droite pendait, on n'entendait aucune mélodie, mais toujours le même tamtadam, tamtadam qui se répétait continuellement, et il regardait le public d'un regard éloquent comme si cet accompagnement de valse était une musique splendide digne d'émotion, d'applaudissements et d'enthousiasme. Il joua sans arrêt, vingt fois, trente fois, cinquante fois, cent fois le même tamtadam, tamtadam et le public s'étranglait de rire.

Oui, quand on a franchi la frontière, le rire retentit, fatidique. Mais quand on va encore plus loin, encore *au-delà* du rire ?

Jan imagine que les dieux grecs ont d'abord participé passionnément aux aventures des hommes. Ensuite ils ont fait halte sur l'Olympe pour regarder en bas et ils ont bien ri. Et aujourd'hui, ils sont depuis longtemps endormis.

A mon avis pourtant, Jan se trompe s'il s'imagine que la frontière est un trait qui coupe la vie de l'homme à un endroit déterminé, qu'elle indique une cassure dans le temps, une seconde précise à l'horloge de la vie humaine. Non. Je suis au contraire certain que la frontière est constamment avec nous, indépendamment du temps et de notre âge, qu'elle est omniprésente, bien qu'elle soit plus ou moins visible selon les circonstances.

La femme que Jan a tellement aimée avait raison de

dire que ce qui la retenait à la vie n'était qu'un fil d'araignée. Il suffit de si peu, d'un infime courant d'air pour que les choses bougent imperceptiblement, et ce pour quoi on aurait encore donné sa vie une seconde avant apparaît soudain comme un non-sens où il n'y a rien.

Jan avait des amis qui avaient quitté comme lui son ancienne patrie et qui consacraient tout leur temps à la lutte pour sa liberté perdue. Il leur était déjà arrivé à tous de sentir que le lien qui les unissait à leur pays n'était qu'une illusion et que ce n'était qu'une persévérance de l'habitude s'ils étaient encore prêts à mourir pour quelque chose qui leur était indifférent. Ils connaissaient tous ce sentiment et redoutaient en même temps de le connaître, ils détournaient la tête de peur de voir la frontière et de glisser (attirés par le vertige comme par un abîme) de l'autre côté, là où la langue de leur peuple torturé ne faisait déjà plus qu'un bruit insignifiant pareil au gazouillis des oiseaux.

Si Jan définit pour lui-même la frontière comme la dose maximale admissible de répétitions, je suis donc dans l'obligation de le corriger : la frontière n'est pas le résultat de la répétition. La répétition n'est que l'une des manières de rendre la frontière visible. La ligne de la frontière est couverte de poussière et la répétition est comme le geste de la main qui écarte cette poussière.

Je voudrais rappeler à Jan cette expérience remarquable qui remonte à son enfance : Il avait alors à peu près treize ans. On parlait de créatures qui vivent sur d'autres planètes et il jouait avec l'idée que ces extraterrestres avaient sur leurs corps plus de lieux érotiques que l'homme, habitant de la terre. L'enfant qu'il était alors et qui s'excitait en cachette devant la photo volée d'une danseuse nue avait eu finalement le sentiment que la femme terrestre, dotée d'un sexe et de deux seins, cette trop simple trinité, souffre d'indigence érotique. Il rêvait d'une créature qui aurait eu sur le corps, non pas ce misérable triangle, mais une dizaine ou une vingtaine de lieux érotiques, et aurait fourni au regard des excitations tout à fait inépuisables.

Je veux dire par là qu'il savait déjà, au milieu de son très long trajet de puceau, ce que c'est que d'être las du corps féminin. Avant même de connaître la volupté, il était déjà parvenu en pensée au bout de l'excitation. Il en avait déjà touché le fond.

Il vivait donc depuis l'enfance avec à portée de son regard cette frontière mystérieuse au-delà de laquelle un sein féminin n'est qu'une excroissance incongrue sur le buste. La frontière était son partage depuis les premiers commencements. A treize ans, Jan qui rêvait d'autres lieux érotiques sur le corps féminin la connaissait aussi bien que Jan trente ans plus tard.

# 12

Il faisait du vent et c'était plein de boue. Le cortège funèbre s'était plus ou moins rangé en demi-cercle devant la fosse ouverte. Jan était là et il y avait presque tous ses amis, l'actrice Hanna, les Clevis, Barbara et, bien entendu, les Passer : l'épouse avec le fils en larmes et la fille.

Deux hommes aux vêtements râpés soulevèrent les cordes sur lesquelles était posé le cercueil. Au même moment, un personnage nerveux qui tenait une feuille de papier à la main s'approcha de la tombe, se tourna face aux fossoyeurs, leva la feuille et commença à lire à haute voix. Les fossoyeurs le regardèrent, hésitèrent un instant, se demandant s'ils devaient reposer le cercueil à côté de la tombe, puis ils commencèrent à le faire descendre lentement dans la fosse, comme s'ils avaient décidé d'épargner au mort l'obligation d'écouter encore un quatrième discours.

La soudaine disparition du cercueil déconcerta l'orateur. Tout son discours était rédigé à la deuxième personne du singulier. Il s'adressait au mort, lui faisait des promesses, l'approuvait, le rassurait, le remerciait et répondait à ses questions supposées. Le cercueil arriva au fond de la fosse, les fossoyeurs retirèrent les cordes et restèrent humblement immobiles près de la tombe. Voyant que l'orateur les haranguait avec tant de fougue, ils baissaient la tête, intimidés.

Plus l'orateur comprenait l'incongruité de la situation, plus il était attiré par les deux mornes personnages, et il dut presque se faire violence pour regarder ailleurs. Il se tourna vers le demi-cercle du cortège funèbre. Mais même comme ça, son discours écrit à la deuxième personne ne sonnait pas beaucoup mieux, car on avait l'impression que le cher disparu se cachait quelque part dans la foule.

De quel côté l'orateur devait-il regarder ? Il contemplait avec angoisse sa feuille de papier et, quoiqu'il sût son discours par cœur, il gardait les yeux rivés sur le texte.

Toute l'assistance cédait à une nervosité encore exacerbée par les rafales hystériques du vent. Papa Clevis avait son chapeau soigneusement enfoncé sur le crâne, mais le vent était si violent qu'il le lui arracha et vint le déposer entre la tombe ouverte et la famille Passer qui était au premier rang.

Il voulut d'abord se glisser à travers le groupe et courir ramasser son chapeau, mais il s'avisa que cette réaction pourrait faire croire qu'il attachait plus d'importance au chapeau qu'au sérieux de la cérémonie en l'honneur de son ami. Il prit donc la décision de rester tranquille et de faire comme s'il n'avait rien remarqué. Mais ce n'était pas la bonne solution. Depuis que le chapeau était seul dans l'espace désert devant la tombe, l'assistance était encore plus nerveuse et tout à fait incapable d'entendre les paroles de l'orateur. Malgré son humble immobilité, le chapeau troublait beaucoup plus la cérémonie que si Clevis avait fait quelques pas pour le ramasser. Il finit donc pas dire à la personne qui se trouvait devant lui *excusez-moi*, et il sortit du groupe. Il se trouva ainsi dans l'espace vide (semblable à une petite scène) entre la tombe et le cortège. Il se baissa, étendit le bras vers le sol, mais juste à ce moment le vent se remit à souffler, entraînant le chapeau un peu plus loin, aux pieds de l'orateur.

Plus personne ne pouvait penser à autre chose qu'à

papa Clevis et à son chapeau. L'orateur, qui ne savait rien du chapeau, sentit pourtant qu'il se passait quelque chose dans l'auditoire. Il leva les yeux de sa feuille et aperçut avec surprise un inconnu qui se tenait à deux pas devant lui et le regardait comme s'il s'apprêtait à bondir. Vite, il baissa de nouveau les yeux sur son texte, espérant peut-être que l'incroyable vision aurait disparu quand il les relèverait. Mais il les releva et l'homme était toujours devant lui et le regardait toujours.

Papa Clevis ne pouvait ni avancer ni reculer. Il trouvait inconvenant de se jeter aux pieds de l'orateur et ridicule de s'en retourner sans son chapeau. Il restait donc là sans bouger, cloué au sol par l'indécision, et tentait vainement de découvrir une solution.

Il aurait voulu que quelqu'un lui vînt en aide. Il jeta un coup d'œil vers les fossoyeurs. Ils étaient immobiles de l'autre côté de la fosse et regardaient fixement les pieds de l'orateur.

A ce moment, il y eut une nouvelle rafale de vent et le chapeau glissa lentement vers le bord de la fosse. Clevis se décida. Il fit un pas énergique, étendit le bras et se baissa. Le chapeau se dérobait, se dérobait toujours, il était presque sous ses doigts quand il glissa le long du bord et tomba dans la fosse.

Clevis étendit encore une fois le bras comme pour le rappeler à lui, mais il résolut tout à coup de faire comme si le chapeau n'avait jamais existé et comme s'il s'était lui-même retrouvé au bord de la fosse à cause d'un hasard tout anodin. Il voulait être absolument naturel et détendu, mais c'était difficile parce que tous

332

les regards étaient fixés sur lui. Il avait l'air crispé ; il fit un effort pour ne voir personne et vint se ranger au premier rang où sanglotait le fils de Passer.

Quand le spectre menaçant de l'homme qui s'apprêtait à bondir eut disparu, le personnage à la feuille de papier retrouva son calme et leva les yeux vers la foule, qui ne l'entendait plus du tout, pour prononcer la dernière phrase de son discours. Se tournant vers les fossoyeurs, il déclara d'un ton très solennel : « Victor Passer, ceux qui t'aimaient ne t'oublieront jamais. Que la terre te soit légère ! »

Il se pencha au bord de la tombe sur un tas de terre glaise où était fichée une petite pelle, il prit de la terre sur la pelle et s'inclina sur la fosse. A ce moment, le cortège fut secoué d'un rire étouffé. Car les gens s'imaginaient tous que l'orateur, qui s'était immobilisé avec la pelle de terre glaise à la main et regardait en bas sans bouger, voyait le cercueil au fond de la fosse et le chapeau sur le cercueil, comme si le mort, dans un vain désir de dignité, n'avait pas voulu rester tête nue pendant l'instant solennel.

L'orateur se domina, jeta la terre glaise sur le cercueil en veillant à ce qu'elle ne tombe pas sur le chapeau, comme si la tête de Passer s'y dissimulait vraiment. Ensuite, il tendit la pelle à la veuve. Oui, il fallait qu'ils boivent tous jusqu'au bout le calice de la tentation. Il fallait qu'ils vivent tous cet effroyable combat contre le rire. Tous, y compris l'épouse et le fils qui sanglotait, il fallait qu'ils prennent de la terre glaise avec la pelle et qu'ils se penchent sur la fosse où il y avait un cercueil et, sur le cercueil, un chapeau, comme si Passer, avec sa vitalité et son optimisme indomptables, voulait sortir la tête.

## 13

Une vingtaine de personnes étaient réunies dans la villa de Barbara. Tout le monde était dans le grand salon, assis sur le divan, dans les fauteuils ou par terre. Au milieu, dans le cercle des regards distraits, une fille qui venait, paraît-il, d'une ville de province s'agitait et se tordait de toutes les manières possibles.

Barbara trônait dans un vaste fauteuil en peluche : « Tu ne crois pas que ça traîne ? » dit-elle en jetant sur la fille un coup d'œil sévère.

La fille la regarda et fit tournoyer ses épaules, comme si elle désignait ainsi toutes les personnes présentes et se plaignait de leur indifférence et de leur air distrait. Mais la sévérité du regard de Barbara n'admettait pas d'excuse muette et la fille, sans interrompre ses mouvements inexpressifs et inintelligibles, entreprit de déboutonner sa blouse.

A partir de ce moment, Barbara ne s'occupa plus d'elle et posa successivement les yeux sur toutes les personnes présentes. Saisissant ce regard, les gens interrompaient leurs bavardages et tournaient des prunelles dociles vers la fille qui se déshabillait. Puis Barbara releva sa jupe, se mit la main entre les cuisses et pointa de nouveau des yeux provocants dans tous les coins du salon. Elle observait attentivement ses gymnastes pour voir s'ils suivaient sa démonstration.

Les choses finirent enfin par démarrer, selon leur propre rythme paresseux mais sûr, la provinciale était nue depuis longtemps, couchée dans les bras d'un mâle quelconque, les autres se dispersèrent dans les autres pièces. Pourtant, Barbara était partout présente, toujours vigilante et infiniment exigeante. Elle n'admettait pas que ses invités se divisent en couples et se cachent dans leurs coins. Elle s'emporta contre une jeune femme dont Jan enlaçait les épaules : « Va chez lui si tu veux le voir en tête à tête. Ici on est en société ! » Elle la saisit par le bras et l'entraîna dans une pièce voisine.

Jan remarqua le regard d'un jeune chauve sympathique qui était assis à l'écart et avait observé l'intervention de Barbara. Ils se sourirent. Le chauve s'approcha et Jan lui dit : « Le maréchal Barbara. »

Le chauve éclata de rire et dit : « C'est une entraîneuse qui nous prépare pour la finale des jeux Olympiques. »

Ils regardaient ensemble Barbara et observaient la suite de son activité :

Elle s'agenouilla près d'un homme et d'une femme qui faisaient l'amour, insinua sa tête entre leurs visages et pressa sa bouche sur les lèvres de la femme. Plein d'égards pour Barbara, l'homme s'écarta de sa partenaire, croyant sans doute que Barbara la voulait pour elle seule. Barbara prit la femme dans ses bras, la tira

335

vers elle, jusqu'à ce qu'elles soient pressées l'une contre l'autre, couchées toutes deux sur le côté, tandis que l'homme était debout devant elles, humble et respectueux. Barbara, sans cesser d'embrasser la femme, décrivit un cercle dans l'air avec sa main levée. L'homme comprit que c'était un appel qui lui était adressé, mais il ne savait pas si on lui enjoignait de rester ou de s'éloigner. Il observait avec une attention tendue la main dont le mouvement était de plus en plus énergique et impatient. Barbara finit par détacher ses lèvres de la bouche de la femme et exprima son désir à haute voix. L'homme acquiesça, se laissa de nouveau glisser à terre et jouxta par-derrière la femme qui était maintenant captive entre lui et Barbara.

« Nous sommes tous les personnages du rêve de Barbara, dit Jan.

— Oui, répondit le chauve. Mais ça ne colle jamais tout à fait. Barbara est comme un horloger qui doit déplacer lui-même les aiguilles de sa pendule. »

Dès qu'elle fut parvenue à modifier la position de l'homme, Barbara se désintéressa immédiatement de la femme qu'elle venait d'embrasser avec passion. Elle se leva et s'approcha d'un couple de très jeunes amants blottis l'un contre l'autre avec une expression d'angoisse dans un angle du salon. Ils n'étaient qu'à demi dévêtus et le jeune homme s'efforçait de dissimuler la jeune fille avec son corps. Comme des figurants sur une scène d'opéra ouvrent la bouche sans émettre un son et agitent absurdement les mains pour créer l'illusion d'une conversation vivante, ils peinaient tant et plus pour faire croire qu'ils étaient totalement

336

absorbés l'un par l'autre car tout ce qu'ils voulaient, c'était passer inaperçus et échapper aux autres.

Barbara ne se laissa pas tromper par leur manège, elle s'agenouilla contre eux, leur caressa un instant les cheveux et leur dit quelque chose. Puis elle disparut dans une pièce voisine et revint accompagnée de trois hommes nus. Elle se remit à genoux contre les deux amants, prit dans ses mains la tête du jeune homme et l'embrassa. Les trois hommes nus, guidés par les injonctions muettes de son regard, se penchaient sur la petite et lui enlevaient le reste de ses vêtements.

« Quand ce sera fini, il y aura une réunion, dit le chauve. Barbara va tous nous convoquer, elle nous fera mettre en demi-cercle autour d'elle, elle se plantera devant nous, mettra ses lunettes, analysera ce que nous avons fait de bien et de mal, fera l'éloge des élèves appliqués et distribuera des blâmes aux fainéants. »

Les deux amants timides partageaient enfin leurs corps avec les autres. Barbara les abandonna et se dirigea vers les deux hommes. Elle adressa un bref sourire à Jan et s'approcha du chauve. Presque au même moment, Jan sentit sur sa peau le contact délicat de la provinciale dont le déshabillage avait donné le coup d'envoi de la soirée. Il se dit que la grande horloge de Barbara ne fonctionnait pas si mal.

La provinciale s'occupait de lui avec un zèle fervent, mais il laissait à tout moment ses yeux s'égarer de l'autre côté de la pièce, vers le chauve dont le sexe était travaillé par la main de Barbara. Les deux couples étaient dans la même situation. Les deux femmes, le buste incliné, s'occupaient, avec les mêmes gestes, de la même chose ; on aurait dit des jardinières assidues penchées sur un parterre de fleurs. Chaque couple n'était que l'image de l'autre reflétée dans un miroir. Les regards des deux hommes se croisèrent et Jan vit que le corps du chauve tressaillait sous le rire. Et parce qu'ils étaient mutuellement unis, comme l'est une chose à son reflet dans une glace, l'un ne pouvait tressaillir sans que l'autre tressaille à son tour. Jan détourna la tête pour que la jeune fille qui le caressait ne se sente pas offensée. Mais son image reflétée l'attirait irrésistiblement. Il regarda de nouveau de ce côté-là et il aperçut les yeux du chauve qu'exorbitait le rire contenu. Ils étaient unis au minimum par un quintuple courant télépathique. Non seulement chacun savait ce que l'autre pensait, mais il savait qu'il le savait. Toutes les comparaisons dont ils avaient gratifié Barbara quelques instants plus tôt leur revenaient à l'esprit, et ils en découvraient encore de nouvelles. Ils se regardaient tout en évitant mutuellement leur regard, parce qu'ils savaient qu'ici le rire serait aussi sacrilège qu'à l'église quand le prêtre élève l'hostie. Mais dès que cette comparaison leur passa par la tête à tous deux, ils n'en eurent que plus envie de rire. Ils étaient trop faibles. Le rire était plus fort. Leurs corps étaient saisis d'irrésistibles soubresauts.

Barbara regarda la tête de son partenaire. Le chauve avait capitulé et riait pour de bon. Comme si elle devinait où était la cause du mal, Barbara se tourna vers Jan. Juste à ce moment, la provinciale lui murmurait : « Qu'est-ce qui t'arrive ? Pourquoi tu pleures ? »

Mais Barbara était déjà près de lui et sifflait entre ses dents : « N'imagine pas que tu vas me faire le coup de l'enterrement de Passer !

— Ne te fâche pas », dit Jan ; il riait et les larmes lui coulaient sur les joues.

Elle le pria de sortir.


# 14


Avant son départ pour l'Amérique Jan emmena Edwige au bord de la mer. C'était une île abandonnée où il n'y avait que quelques villages miniatures, des pâturages où broutaient des moutons nonchalants, et un seul hôtel sur une plage clôturée. Ils y avaient loué chacun une chambre.

Il frappa à sa porte. Sa voix, qui lui parvint du fond de la chambre, lui disait d'entrer. Il ne vit d'abord personne. « Je fais pipi », lui cria-t-elle depuis les waters dont la porte était entrouverte.

Il connaissait ça par cœur. Même quand il y avait chez elle une société nombreuse, elle annonçait tranquillement qu'elle allait faire pipi et elle bavardait à travers la porte entrebâillée des waters. Ce n'était ni de la coquetterie ni de l'impudeur. Bien au contraire : c'était l'abolition absolue de la coquetterie et de l'impudeur.

Edwige n'acceptait pas les traditions qui pèsent sur

l'homme comme un fardeau. Elle refusait d'admettre qu'un visage nu est chaste, mais qu'un derrière nu est impudique. Elle ne savait pas pourquoi le liquide salé qui nous goutte des yeux devrait être d'une sublime poésie tandis que le liquide que nous émettons par le ventre devrait susciter le dégoût. Tout cela lui paraissait stupide, artificiel, déraisonnable, et elle traitait ces conventions comme une gamine révoltée traite le règlement intérieur d'un pensionnat catholique.

En sortant des waters, elle sourit à Jan et se laissa embrasser sur les deux joues : « On va à la plage ? »

Il accepta.

« Laisse tes vêtements chez moi », lui dit-elle en retirant son peignoir sous lequel elle était nue.

Jan trouvait toujours un peu insolite de se déshabiller devant les autres et il enviait presque Edwige qui allait et venait dans sa nudité comme dans une confortable robe d'intérieur. Elle était même beaucoup plus naturelle nue qu'habillée, comme si en rejetant ses vêtements elle rejetait du même coup sa difficile condition de femme pour n'être plus qu'un être humain sans caractères sexuels. Comme si le sexe était dans les vêtements et que la nudité fût un état de neutralité sexuelle.

Ils descendirent l'escalier nus et se retrouvèrent sur la plage où des groupes de gens nus se reposaient, se promenaient, se baignaient : des mères nues avec des enfants nus, des grand-mères nues et leurs petits-enfants nus, des jeunes hommes et des vieillards nus. Il y avait une terrible quantité de seins féminins aux formes les plus diverses, beaux, moins beaux, laids,

340

gros, recroquevillés, et Jan comprenait avec mélancolie qu'auprès des jeunes seins les vieux ne font pas plus jeunes, qu'au contraire les jeunes font plus vieux et qu'ils sont tous ensemble pareillement bizarres et insignifiants.

Et il fut encore une fois assailli par cette vague et mystérieuse idée de la frontière. Il avait l'impression de se trouver exactement sur la ligne, d'être en train de la franchir. Et il fut saisi d'une étrange tristesse et de cette tristesse émergeait comme d'un brouillard une idée plus étrange encore : c'est en foule et nus que les Juifs allaient dans les chambres à gaz. Il ne comprenait pas exactement pourquoi cette image lui revenait si obstinément à l'esprit ni ce qu'elle voulait au juste lui signifier. Peut-être voulait-elle lui dire qu'à ce moment-là les Juifs aussi étaient de *l'autre côté de la frontière,* donc que la nudité est l'uniforme des hommes et des femmes de l'autre côté. Que la nudité est un linceul.

La tristesse que Jan ressentait à cause des corps nus épars sur la plage était de plus en plus insupportable. Il dit : « C'est tellement curieux, tous ces corps nus ici... »

Edwige acquiesça : « Oui. Et ce qu'il y a de plus curieux, c'est que tous ces corps sont beaux. Regarde, même les corps séniles, même les corps malades sont beaux du moment que ce ne sont que des corps, des corps sans vêtements. Ils sont beaux comme la nature. Un vieil arbre n'est pas moins beau qu'un jeune arbre et le lion malade est toujours le roi des animaux. La laideur de l'homme c'est la laideur des vêtements. »

Ils ne se comprenaient jamais, Edwige et lui, pourtant ils étaient toujours d'accord. Chacun interprétait à sa façon les paroles de l'autre et il y avait entre eux une merveilleuse harmonie. Une merveilleuse solidarité fondée sur l'incompréhension. Il le savait bien et s'y complaisait presque.

Ils marchaient lentement sur la plage, le sable était brûlant sous les pieds, le bêlement d'un bélier se mêlait au bruit de la mer et sous l'ombrage d'un olivier un mouton sale broutait un îlot d'herbe desséchée. Jan se souvint de Daphnis. Il est couché, envoûté par la nudité du corps de Chloé, il est excité mais il ne sait pas vers quoi cette excitation l'appelle, c'est une excitation sans fin ni apaisement, qui s'étend sans limites, à perte de vue. Une immense nostalgie étreignait le cœur de Jan et il avait envie de revenir en arrière. En arrière, à ce jeune garçon. En arrière, aux commencement de l'homme, à ses propres commencements, aux commencements de l'amour. Il désirait le désir. Il désirait le martèlement du cœur. Il désirait être couché près de Chloé et ne pas savoir ce qu'est l'amour charnel. Ne pas savoir ce qu'est la volupté. Se transformer pour n'être rien d'autre qu'excitation, rien d'autre que mystérieux, incompréhensible et miraculeux trouble de l'homme devant le corps d'une femme. Et il dit tout haut : « Daphnis ! »

Le mouton broutait l'herbe desséchée et Jan répéta encore une fois avec un soupir : « Daphnis, Daphnis...

— Tu appelles Daphnis ?

— Oui, dit-il, j'appelle Daphnis.

— C'est bien, dit Edwige, il faut retourner à lui.

Aller là où l'homme n'a pas encore été mutilé par le christianisme. C'est ce que tu voulais dire ?

— Oui, dit Jan qui voulait dire quelque chose de tout à fait différent.

— Là-bas, il y avait peut-être encore un petit paradis de naturel, reprit Edwige. Des moutons et des bergers. Des gens qui appartiennent à la nature. La liberté des sens. C'est ça pour toi Daphnis, n'est-ce pas ? »

Il lui assura de nouveau que c'était exactement ce qu'il voulait dire et Edwige affirma : « Oui, tu as raison, c'est l'île de Daphnis ! »

Et comme il prenait plaisir à développer leur entente fondée sur le malentendu, il ajouta : « Et l'hôtel où nous habitons devrait s'appeler : *De l'autre côté.*

— Oui ! s'écria Edwige avec enthousiasme. De l'autre côté de cette geôle de notre civilisation ! »

De petits groupes de gens nus s'approchaient d'eux ; Edwige leur présenta Jan. Les gens lui serraient la main, le saluaient, déclinaient leurs titres et disaient qu'ils étaient enchantés. Ensuite, ils traitèrent différents thèmes : la température de l'eau, l'hypocrisie de la société qui mutile l'âme et le corps, la beauté de l'île.

A propos de ce dernier sujet, Edwige souligna : « Jan vient de dire que c'est l'île de Daphnis. Je trouve qu'il a raison ».

Tout le monde était ravi de cette trouvaille et un homme extraordinairement ventru développa l'idée que la civilisation occidentale allait périr et que l'humanité serait enfin libérée du fardeau asservissant de la

343

tradition judéo-chrétienne. C'étaient des phrases que Jan avait déjà dix fois, vingt fois, trente fois, cent fois, cinq cents fois, mille fois entendues, et ces quelques mètres de plage se changèrent bientôt en amphi. L'homme parlait, tous les autres écoutaient avec intérêt et leurs sexes dénudés regardaient bêtement et tristement vers le sable jaune.

# ŒUVRES DE MILAN KUNDERA

*Aux Éditions Gallimard*

LA PLAISANTERIE.

RISIBLES AMOURS.

LA VIE EST AILLEURS.

LA VALSE AUX ADIEUX.

LE LIVRE DU RIRE ET DE L'OUBLI.

L'INSOUTENABLE LÉGÈRETÉ DE L'ÊTRE.

Entre 1985 et 1987 les traductions des ouvrages ci-dessus ont été entièrement revues par l'auteur et, dès lors, ont la même valeur d'authenticité que le texte tchèque.

L'IMMORTALITÉ.

La traduction, entièrement revue par l'auteur, a la même valeur d'authenticité que le texte tchèque.

*Théâtre*

JACQUES ET SON MAÎTRE, HOMMAGE À DENIS DIDEROT.

*Essais*

L'ART DU ROMAN.

LES TESTAMENTS TRAHIS.

SUR L'ŒUVRE DE MILAN KUNDERA

Maria Nemcova Banerjee : PARADOXES TERMINAUX, *Éditions Gallimard.*

# COLLECTION FOLIO

*Dernières parutions*

*Impression S.E.P.C. à Saint-Amand (Cher),*
*le 4 juillet 1994.*
*Dépôt légal : juillet 1994.*
*1er dépôt légal dans la collection : mai 1987.*
*Numéro d'imprimeur : 1703.*
ISBN 2-07-037831-4./Imprimé en France.